小説家、織田作之助

斎藤理生 著

HANDAI Livre 071
大阪大学出版会

目次

序章　織田作之助とは誰か

大阪の作家（?）

織田作之助は「大阪の作家」として知られています。一九一三（大正二）年に大阪に生まれて以来、作之助は主に大阪で暮らし、たびたび大阪を舞台にした小説を書きました。『織田作之助全集』を開いてみれば、大阪の風景はいたるところに見つかります。代表作『夫婦善哉《めおとぜんざい》』の主な舞台であるミナミ（道頓堀を中心とした繁華街）周辺。『木の都』に描かれた夕陽丘の町並み。『アド・バルーン』の二ツ井戸の夜店のにぎわい。在りし日の大阪の空気が、ひしひしと伝わってくるようなそれらの光景が、作之助の体験にもとづく描写であることは疑いありません。

現在も、大阪の街を歩けば、あちこちで作之助にゆかりのあるものに出会います。難波駅近くの法善寺横丁には、『夫婦善哉』に登場する汁粉屋「夫婦善哉」や、関東煮《かんとだき》（おでん）屋の「正弁丹吾亭《しょうべんたんごてい》」があります。「正弁丹吾亭」の前には、作之助の句が彫られた碑もあります。千日前に行けば「織田作之助好み」のカレーを売りにし、店内に作之助の写真を飾る「自由軒」があります。作之助が懇意にしていた本屋の「波屋書房」も健在です。口縄坂《くちなわざか》を上ればそこにも作之助の碑がありますし、生國魂《いくたま》神社には作之助の銅像まであります。大阪を愛した作之助は、今も「オダサク」と呼ばれて大阪の人々に親しまれています。

ただ、作之助は生涯大阪を離れなかったわけではありません。思春期には五年間、京都に下宿して、旧制第三高等学校（三高、現在の京都大学の前身の一つ）に通いました。そのあと約二年間、東京で文学修行のため下宿生活をしました。戦後の一時期には京都にもいましたし、最晩年に再び上京し、東京で亡くなっています。また、一口に大阪といっても、作之助はミナミ周辺だけで過ごしたわけではありません。大阪府南部の堺や富田林、兵庫県の宝塚にも住んだことがあります。作之助は、大阪を複数の異なる視点から眺められる経験を持っていたのです。特に、京都と東京で暮らした後に帰ってきて、大阪を舞台にした小説を書き始めた、という点は見落とせません。

作之助が生き、代表作の作中時間にしばしば選ばれている大正から昭和初年代は、大阪が急速に発展した〈大大阪《だいおおさか》〉の時代でした。大阪市が、一九二五年の市域拡張で東京市を抜き、日本最大、世界第六位の都市になったのです。ところが、そうした〈大大阪〉的な都会らしさは、作之助の作品のなかで目立ちません。そもそも、大阪駅とその周辺（いわゆるキタ）や、大阪城近辺のような、政治・行政的な中心部の影が薄いのです。『夫婦善哉』には地名がたくさん出てきますが、柳吉の実家のある梅田新道をほぼ唯一の例外として、夫婦が転々とするのはもっぱらミナミ界隈です。

つまり、作之助は単純に、自分の生活圏や都市の中心部だけを「大阪」として描いたわけではないのです。意識的に描く場所を選び、絞っています。しかも、慣れ親しんだ土地でも、その風景を文章にするうえで、さまざまな文献を参照した形跡があります。

たとえば『木の都』。この小説の冒頭には、「千日前界隈の見晴らしの利く建物の上から、はるか東の方を、北より順に高津の高台、生玉の高台、夕陽丘の高台と見て行けば、何百年の昔からの静けさをしんと底にたたえた鬱蒼たる緑の色が」という風景描写があります。この眺望は、北尾鐐之助《きたおりょうのすけ》のルポルタージュ『近代大阪』の「高津、生玉寺町」のなかの「千日前、道頓堀辺の高い建物のバルコニーから、東を望んだとき、大阪には珍らしい森の丘が、近く東の方一帯に連り、その青々とした茂りの中から」という一節を踏まえていると思われます。生玉前町で生まれ、上汐《うえしお》町で育ち、旧制高津中学校（現在の高津高校の前身）を卒業した作之助にとって、瞼を閉じれば浮かびあがるような風景でも、それが外からの都市観察者の目にはどう映るのか、いかなる表現にすることが読者にイメージを共有してもらうために有効なのかを調べたうえで取り入れているのです。作之助の作家としての貪欲さがうかがえるでしょう。

だから作之助は、北尾の文章を丸写しにはしません。『木の都』と『近代大阪』とを見比べると、共通点があるだけに、ちがいも目立ちます。

口縄坂について、『木の都』の語り手は「不思議に移り変りの少い町であることが、十年振りの私の眼にもうなずけた。北へ折れてガタロ横町の方へ行く片影の途上、寺も家も木も昔のままにそこにあり、町の容子がすこしも昔と変っていない」と、昔ながらの町並みとして捉えていきます。ところが、その一〇年以上前に同じ場所に立っていた北尾の文章は、近代的な風景も視野に入れています。

夕陽ケ丘の口縄坂を降りて、下寺町に出ると、もうそこは片側寺町で、狭い町通りに往来の車がもみ返している。ここにも相当な巨刹があるが、坂上の寺町がもつような静寂さがない。そして、名物のこわめし屋の角から一歩西に入ると、高津入堀川を挟んで、近代都市の構成に必要な、市営アパートの牢獄のような生活が描き出される。（中略）あの広い、徒らに空漠たる寺町寺院の庭苑！　一尺の土をもたない、新しい市営アパートの窓口の植木鉢。それは何という皮肉な生活形式の両極端であろう。

昭和初期、すでに口縄坂周辺には、伝統的な風景と近代的な風景とが隣接していたのです。北尾はその対比に惹かれ、「四角な白いコンクリート」と「寺院の黒い瓦屋根」との「色彩感覚の交錯にキャメラを向け」ます。一方、作之助は近代的な町並みの方は書きません。『木の都』の「私」は「町の容子がすこしも昔と変っていないのを私は喜んだが、しかし家の軒が一斉に低くなっているように思われて、ふと架空の町を歩いているような気もした。しかしこれは、私の背丈がもう昔のままでなくなっているせいであろう」と、とぼけて語ります。むろん「架空」に感じられたのは「背丈」のせいだけではありません。あえて「昔と変っていない」ものだけしか見ずに、街を捉えているからです。

くわしくは後に述べますが、作之助について調べていると、彼が実体験はもちろん、家族や友人、知人から聞いた話、街で見かけた話、読んだ本に載っていた知識や逸話など、面白いと思ったものは、かたっぱしから創作につぎこんでいたことがわかります。手元に集まった素材を次々に使い、構成や配列を変えて、元とは異なるものを作りあげていくこと。音楽でいう、サンプリングやリミックスのような手法。そのふるまいは、人類学者クロード・レヴィ＝ストロースが『野性の思考』で取りあげた「器用仕事（ブリコラージュ）」さえ想い起こさせます。いや、なにも作家に限る必要はないのかもしれません。使えそうな話のタネが見つかると、飛びついて、たちまち〈おもろい話〉を作りあげてしまう。それは、今も昔も、大阪を生きる人々の多くに見られる性質のようにも思われます。

織田作之助と大阪との関係は、これまで強調され過ぎてきたのではないかとわたしは思っています。小説家として作之助が試みたことは、大阪という限定を必要としないからです。それでも、作之助を大阪と完全に切り離すことには、ためらいを感じます。それは、作之助が大阪に生まれたことや大阪を描いたこと以上に、使えるものはどんどん使い、無用に見えるものにさえ新しい価値を付加していった、その手法に〈大阪〉らしさが垣間見えるからです。

坂口安吾は評論「大阪の反逆」で、作之助は「大阪」に縛られすぎてしまったと書いています。「織田は悲しい男であった。彼はあまりにも、ふるさと、大阪を意識しすぎたのである。ありあまる才能を持ちながら、大阪に限定されてしまった」と。安吾の、前年の秋に知り合ったばかりの若い才能を悼む想いが伝わってくる文章です。が、作之助にとっての「大阪」は、安吾が考えていたよりも広い射程を持っていたように思われます。

作之助は「わが文学修行」という随想で、「スタンダールもアランも私にはある種の大阪人だ」と書いています。「私にとっては、大阪人とは地理的なものを意味しない」と。フランスの作家や哲学者さえ取りこんでしまう「大阪」。それは具体的なモノやコトより、発想やふるまいに関わることではなかったでしょうか。

無頼派・流行作家・実験小説家

織田作之助は、日本文学史には「無頼派」の一員として登場します。

「無頼派」は敗戦直後、退廃的な生活を送りながら、反権威的な姿勢を貫いた作家たちを指します。なるほど飲酒こそほとんどしなかったものの、食事をしながら喫煙するほどのヘビースモーカーで、戦後はヒロポンを常用し、住所も安定しなかった作之助は「無頼」のイメージで見られがちです。「無頼派」とされる作家には他に、太宰治や坂口安吾、石川淳らがいます。作之助は、特に太宰および安吾と意気投合しました。それは二度の座談会からもうかがえます。

ただ、三人は継続的に交流をしていたわけではありません。作之助が太宰と安吾に初めて会ったのは一九四六年一一月。しかし翌月に作之助は喀血して倒れ、一ヶ月後に亡くなってしまいます。

しかも、「無頼派」という括り方は後から作り出されたもので、三人の生前には使われていませんでした。「新戯作派」という、やはり三人を含めた呼び方は、太宰と安吾が生きている間には使われていましたが、作之助はそこにも間に合いません。

作之助が文壇に登場したのは一九四〇年です。作家として活動した期間は約七年。作之助にとって戦後は一年半しかありませんでした。それは彼の作家人生の四分の一足らずに過ぎません。その限られた時期のみをクローズアップして、作之助をもっぱら「無頼派」と見なすことは、この作家の重要な部分を見過ごすことになりかねません。

「無頼派」という呼称が浸透してきたのは、作之助に太宰や安吾と近いものが感じ取られてきたからでしょう。ただその共通性は、座談会の盛りあがりや、林忠彦が撮影した写真のイメージではなく、あくまで彼らが書き残した言葉に見出すべきではないでしょうか。それには、やはり作品を読み直す必要があります。

また、作之助は、同時代には流行作家として知られていました。敗戦直後に文壇の寵児となったことは有名ですが、戦時中から狭い意味での〈文学〉に留まらない領域に進出していました。作之助は「文藝」「新潮」といった純文学の雑誌だけに書いたわけではありません。文藝誌とは比較にならない数の読者を相手にする新聞小説を多く書きましたし、週刊誌や婦人雑誌にも作品を発表しました。小説だけではありません。ラジオドラマや芝居の台本も執筆しました。映画シナリオにも手をつけており、映画監督の溝口健二に脚本を依頼されたこともあります。つまり作之助は、多彩なジャンルで活躍をした売れっ子だったのです。

流行する一方で、作之助は、林芙美子が追悼文を「伝統破りの織田作之助」と題したように、伝統に反旗を翻し、前衛的な作品を書こうとした実験小説家でもありました。特に、晩年に書かれた「可能性の文学」は、日本の伝統的な小説スタイルを否定した評論として有名です。

大阪の作家。無頼派。流行作家。実験小説家。作之助にはいくつもの顔があり、光を当てる角度によって、大きく表情を変えます。だからこそ、まずその小説がどのように作られているかを問うべきだと思うのです。

本書のねらい

この本では、織田作之助が小説家として、どのような工夫を凝らして作品を書いたのかを明らかにします。

第Ⅰ部では、作之助の代表作で、何がなされているのかを確かめます。

作之助は、青年時代には劇作家を志望していました。しかし、いくつか発表した戯曲に対する周囲の評価は芳しくありませんでした。そのころ、ふと読んだスタンダールに衝撃を受けて、小説を書き始めます。いざ小説を書き出すと、三作目にして芥川賞候補になりました（『俗臭』)。以後、作之助は小説に心血を注ぐようになります。

小説執筆に転向した時期は、ちょうど新聞記者として働き始めた時期と重なっています。日本敷物新聞、日本織物新聞、日本工業新聞、夕刊大阪新聞と、短い間に業界を転々としていくなかで、作之助は記者として、限られたスペース内に多くの情報を盛りこみ、わかりやすく伝える修業を積みます。

戯曲を作った経験と、新聞記事を書く修練。それらは作之助にとって、自らの文章を見つめ直させ、かつ小説という表現の特徴を考えさせる機会でした。小説では、戯曲では難しかったこと、新聞記事ではできないことが可能になります。作之助は小説に出会って、彼が好んだ言葉を用いれば、小説という表現の「可能性」を意識したはずなのです。

そのため作之助は、小説で何を語るかだけでなく、いかに語るかにも心を砕きました。語り方へのこだわりは、デビュー間もない『夫婦善哉』から、晩年の評論「可能性の文学」まで一貫しています。出世作となった『夫婦善哉』は、ミナミを転々とする男女の二〇年間を足早に語った小説です。そこでは、固有名詞を列挙したり、会話文と地の文とを融合させたり、表現の細部にまで時間の緩急が巧みに織りこまれています(第一章)。また、戦後の文壇に名を知らしめた『世相』は、戦前戦中と似ていながら、しかし何かは決定的に変わってしまっている敗戦後最初の歳末を描いた小説です。そこで大阪の世相は、戦中と戦後の時間が入り交じる複雑な描かれ方をします（第二章）。晩年に、小説の面白さを追究する新たな文学的実験の必要を説いた評論「可能性の文学」では、将棋棋士の坂田三吉の端歩をマクラに、評論そのものが面白く読めるように書かれています（第三章）。

このように第Ⅰ部では、作之助作品の、中身と連動した〈かたち〉の魅力に迫ります。

第Ⅱ部では、作之助が得意とした創作方法を解き明かします。

想像力とは、無から有を生み出すように、まったく新しい世界を創り出すものだけではありません。あるきっかけや手がかりを得ることで、それを大きく広げ、羽ばたかせるのも、やはり想像力の働きでしょう。後者のタイプの想像力に長けていた作家としては、芥川龍之介や太宰治があげられます。作之助もまた、そのような想像力の使い方を得意としていました。

作之助は見聞や読書体験を積極的に活用して小説を作りました。それは時に引き写しとも見られるものでしたが、その切り取り方、文脈の付け方に独自性があります。先にも触れた『近代大阪』という昭和初期のルポルタージュを参考にしつつ、エピソードや風景描写の取捨選択をしています（第一章）。作之助は何を取りあげ、何は取りあげなかったのでしょうか。『耳袋』のような近世から伝わる奇談や落語を踏まえながら、原作をどのように作之助の小説へと変えているのでしょうか（第二章）。敬愛した太宰治や宇野浩二の小説を参照したと思しき一人称小説には、どのような特徴があるのでしょうか（第三・四章）。

第Ⅲ部では、作之助の新聞小説を分析します。

戦後一年半ほどしか生きられなかった作之助ですが、その間に四つも新聞小説を発表しています。戦後の爆発的な人気の背景には、新聞小説家としての活躍もあったのです。また、記者を経験していた作之助は、新聞というメディアの特質を熟知していました。作品を当時の新聞のなかで読むと、今日、文庫や全集で読む場合には知り得ない、さまざまなしかけに気づかされます。

戦時下で、新聞が戦争関連報道に覆い尽くされていくなかで、銃後の大阪を描いた小説は、どのように当時の紙面の記事と話題を共有しているのでしょうか。また、単行本に収められた際に、どこが改稿されているのでしょうか（第一章）。降伏文書調印の三日後から半月だけ連載された小説では、何を諷刺しているでしょうか（第二章）。敗戦翌年の京阪の新興新聞に連載した小説は、刻々と変わる社会や、混乱した世相を報じる地方紙の記事と、どのように連動しているでしょうか（第三・四章）。その後、中央の大手の新聞に書いたときには、どのようなしかけを施しているでしょうか（第五章）。これらは、衣食住にも事欠く時代に、人は新聞というメディアのなかの虚構に何を求め、作之助はどう応えたのかという問いでもあります。

最後に、作之助が没後にどのように語られたのかを確かめたいと思います。没後の追悼文や批評には、現在にまで続く作之助評価の土台が形成される過程が見出されるからです。また、作之助が没後も文壇で話題になり続けたことは、〈小説の面白さ〉をめぐる一九四七年前後の文壇と出版界の盛りあがりという、大きな動きと関わっています。作之助の営みはどのように受け継がれていったのでしょうか。最終章では、本書で取りあげてきた作之助の考察を「無頼派」やさらにその外へ開いていきます。

くり返しますが、織田作之助は「大阪の作家」として親しまれ、また「無頼派」として知られています。それらを否定するつもりはありません。作家にまつわるイメージは、その作品を理解するための導入になります。ただ一方で、それらが固定観念となって、〈食わず嫌い〉を招いたり、作品の理解を妨げたりするおそれもあります。本書では、小説家として何をしたのかを問うことから始めて、読者の皆さんに織田作之助について新たな像を抱いてもらいたいと思います。

I　代表作を読む——形式の工夫

第一章　「系譜小説」と語りの方法――『夫婦善哉』

「大阪を主題にした小説」と「系譜小説」

織田作之助＝大阪の作家、という作家イメージを強く支えているのが、出世作『夫婦善哉』（一九四〇・四）です。蝶子と柳吉の二人が、大阪のミナミを中心に、住居と職業を転々としていく物語。蝶子はコツコツお金を貯めるしっかり者。でも、せっかく望み通り藝者になったのに、柳吉に惚れて棒に振ってしまい、以後も柳吉の世話をし続ける羽目になる彼女には、どこか抜けているところがあります。柳吉は、ぼんぼん（お坊ちゃん）らしく、自制心も甲斐性もない男です。が、時折り意外なしたたかさを見せることがあり、油断できません。

舞台が大阪だというだけでなく、こうした男女の姿が、たとえば大正時代に書かれた上司《かみつかさ》小剣《しょうけん》の小説『鱧《はも》の皮』（一九一四・一）にも似ているせいか、どこか大阪らしい風情を醸し出すようです。大阪に現在もある創元社から刊行された単行本『夫婦善哉』（一九四〇）の「あとがき」で、作家みずから「大阪を主題にした」と述べたこの小説は、広告でも「大阪の生んだ特異性をもつ」ことが強調されていました。その後、一九五五年に淡島千景と森繁久彌が演じた映画のヒットの余波もあって、典型的な大阪の夫婦の物語、という理解は、今や広く行き渡っています。二〇一三年にも、NHKの土曜ドラマで、尾野真千子と森山未來が演じて話題になりました。

ただし作之助の「あとがき」には、続きがありました。

　この単行本に収めた五つの作品は何れも大阪を主題にした小説である。と同時に、これらの五篇には私が意識して追究した或るスタイル、手法が一貫して流れていると言えば言えるかも知れぬ。いわばこれらの作品は一つの物語《ロマン》形式の上に成り立つものである。この形式が今後どのように私の作品の上で変化して行くかは、いまにわかに予言しがたいが、たとえどのように変化して行くにしろ、これら一系列の作品をここに集めてみることは、これが私のはじめての作品集であるという喜びとは別に、何かそこはかとなき意義を感ずるのである。

作之助は「大阪を主題にした」ことよりも、「年代記的」な「物語形式《ロマン》」で書いたことに「意義」を見出しているのです。しかもこのあとに続けて、「よくもまあ同じ形式で書いて来たものだとあきれるほど」だとか、「年代記的な、絵巻物風な、流転的なこれらの小説をしか書けなかった」とか述べています。同時期に発表した評論でも、「私は好んで「ある人の生涯」を書く」と記しています(「小説の思想(下)」一九四〇・六・一四)。作之助がこの「形式」に強くこだわっていたことがわかります。

そして、今では忘れられていますが、実は『夫婦善哉』が発表された時期には、よく似た「年代記的」な作品を、他の作家たちも書いていました。舞台は大阪ではありませんし、必ずしも夫婦が中心ではありません。が、市井に生きる人々の半生が足早に語られる点で似ているのです。それらは「系譜小説」と呼ばれていました。

では「系譜小説」にはどのような作品があったのでしょうか。また、『夫婦善哉』はそれらと特にどこが似ていて、ちがったのでしょうか。

この章では、まずは一九四〇年の文壇に立ち戻り、『夫婦善哉』の発表当時の評判と、「系譜小説」をめぐる動きを確かめたうえで、この小説の特徴を浮き彫りにします。そうすることで、『夫婦善哉』に限らず、ともすれば大阪の作家としてのみ評価されがちな作之助の創作活動を、文学史のなかで捉え直せるはずです。

「系譜小説」の流行

『夫婦善哉』は、一九四〇年四月に同人雑誌「海風」に発表されたあと、七月に改造社「文藝推薦」作に選ばれたことで話題になりました。当時の評価を「『文藝推薦』審査後記」から確認しましょう。

・十二分に粘り強い。既につかまえて離さぬものがある。眼も据っているが、今一段と深くなれば、作品に気品が出て来るのではないかと思われる。力量を肯いながら、敬意を払いにくい点がある。（川端康成）

・褒めて云えば、力量があるが、貶して云うと、この力量以上に伸びないのではないか、と思われる。（宇野浩二）

・出来上りから云えば、抜群と云えよう。眼と才能は、現在の文学のレベルを超えている。（中略）この手法、唯今は楽々としているが、すぐに行き詰りに会うだろう。それを打破出来れば、作者の前途は祝福されている。（武田麟太郎）

これらの評に共通しているのは、「力量」は認めながら将来性には疑念を挟む、という語り口です。その後も「僕はここに作者の否み難い一種の才能を感じる」としながら「氏の若さの特権が一体何処にあるのかと思い惑わざるを得なかった」とした中村光夫のように、「審査後記」に似た語り口は反復されました。

要するに、作之助はやけに腕達者な、新人らしくない新人だと見なされたわけです。そのため『夫婦善哉』が当時の他の作家の作品と似ていると言われたのも、不思議ではなかったのかもしれません。

批評家の岩上順一は、丹羽文雄の『或る女の半生』（一九四〇・八）という作品と似ていると指摘しました。『或る女の半生』では、炭焼の娘で後に妾となった椙という女性が、旦那ではない男との間に郁子を生みます。成長した郁子は、巡査や行商人と同棲したのち、母の旦那の息子と結婚するものの不和で、夫に女給をさせられます。が、そこで信頼できる男に出会い、身を落ちつけるという筋の小説です。

岩上は『或る女の半生』を、「ひたすら事実の年代順による記録的であって、その主人公をめぐる家族や土地の社会的環境に対する主人公の内的感情の動きが、ぬきさしならぬ切実なつながりに於いて追求されていない」と批判しました。また、「このような年代記物語的な作品」が近年、作之助の『夫婦善哉』をはじめ、数多く発表されているが、それら「運命展開の年代記的形式」は、同じパターンがくり返され、盛り上がりがなく、作家の視野は狭いと批判しました。ところが、ここで岩上が言及したタイプの作品群は、個別には、当時の文藝時評などで高い評価を得ていました。

宇野浩二は、『器用貧乏』（一九三八・六）、『身を助ける藝』（一九三九・六・一五）、『妙な働き者』（一九三九・一一〜一二）と断続的に発表した連作を、一九四〇年七月に単行本『器用貧乏』としてまとめました。連作の筋は、丈三郎という夫と連れ添ったお仙という女性が、一つ一つの仕事は巧みにこなすものの、病気や災厄のために職を転々としながら、夫や親族と死に別れていくというものです。

また、廣津和郎の『巷の歴史』（一九四〇・一）も評判でした。岐阜から上京したお縫という女性が、下宿屋を開業して財を築いてから、養子の息子を恐れて帰郷するまでの四〇年間が描かれた小説です。

さらに、新人だった野口冨士男の『風の系譜』（一九四〇・四〜六）も好評でした。花街に生まれた多代という女性が藝者になって夫に尽くすものの報いられず、別の男の妾になるなど辛酸を嘗め、最後には娘も藝者になろうとするまでが描かれた小説です。

このほかに、前述した丹羽の『或る女の半生』、宇野が並行して書いていた『木と金の間』（一九三九・二）と『木から金へ』（一九三九・四）や、新進作家だった壺井栄の『暦』（一九四〇・二）

もよく似た作風で、話題になった作品です。つまり『夫婦善哉』は、大家・中堅・新人たちが、立て続けに主要登場人物やその一族の有為転変を描いた作品を発表し、好評を博していた最中に現れたのです。

なぜ一九四〇年という年に「系譜小説」が多く発表され、読者の支持を得たのでしょうか。宮本百合子はその理由を、「目前の無説明な、紛糾に対して何とか会得の筋道を見出したい切実な要求」から「多くの作家の眼が、今日の生活の前方や右左へ強い観察を放つよりも寧ろ後方へ、過去に向って広がる形を示した」ことに求めています。たしかに「系譜小説」では時間がぎゅっと縮められ、そこに人物や一族の足どりという「筋道」が付けられます。人の一生を、俯瞰するように捉えられるのです。そうした小説が、戦時下という、身の回りを描きにくくなり、日一日と変わる状況への対応に追われた時期に、強い魅力を放った可能性はあります。

むろん「系譜小説」というまとめ方や岩上への反論が、当時の文壇から出なかったわけではありません。丹羽文雄は「期せずして年代記物語的な小説が文壇に多く出てきたのは、面白い結果」だと認めながらも、岩上の指摘は的を射ていないと言い、「岩上氏のような左翼出の批評家は、作品批評をする場合に、自分の言いたいことが主であって、言いたいことのために小説を都合よく利用したり、割り切ったり、無視する癖がある」と批判しました。また、平野謙は「一口に系譜的作品と言っても『巷の歴史』と『夫婦善哉』とでは同列に扱い難い」として、廣津の『巷の歴史』は評価しながらも、『夫婦善哉』は「新人がひねこびた文体で背伸びした風俗小説を纏めあげている」と指摘しました。しかしこれらの反応は、「系譜小説」という枠組みが、一定の説得力を持ったことを裏づけてもいます。

平野の論に顕著なように、当時の「系譜小説」論では、宇野・廣津・丹羽と作之助・野口とは、作家にとってこうした作品を書く必然性があったのかという点で、区別されることがありました。岩上も、丹羽や廣津が「新らしい様式の発展のためにまず何よりも理論によってその道を切りひらかなければならなかった」のに対し、「そのあとにつづいた「風の系譜」や「夫婦善哉」の若い作家達はただ先人の切り開いた道をすすむだけでよかった」と分けていました。

もっとも実は、新人たちは流行以前から「系譜小説」的な作品を書いていたのです。作之助は単行本『夫婦善哉』の「あとがき」で、「年代記小説ともいうべきジャンルの作品がいま流行しているが、「雨」は昭和十三年に書いたものであるから、私は別に流行を追うたわけではない」とわざわざ断っています。また、『風の系譜』も野口が書きあげたのは一年以上も前で、活字になる前に、宇野や廣津の小説が先に雑誌に発表されてしまったということです。

つまり、新人たちはそれぞれ異なる執筆動機を持っていました。が、たまたま一九四〇年に似た作品が一斉に現れたことで、「系譜小説」として一括されました。キャリアのある作家たちと同じような小説を書いているように見えたことは、〈新人らしくない新人〉という作之助の印象をますます強くしたはずです。

こうした自分への風評に対して、作之助は「一見若さが無いといわれる作品の中にこそ、逆説的に二十代の文学の特徴がある」と抗弁しています。

私の愚作「夫婦善哉」の中にも、そういう意味での若さがあると言えるわけである。（中略）あの作品は大人振っていると簡単に定評づけられたが、実は以てのあの作品は私の若気の至りである。技術的に見ても、炯眼《けいがん》の人はそれを見抜いた筈である。そしてまた私が折角見出した大阪の市井という魂の故郷の中で、不安な眼をしょぼつかせていたことも、あの性急なスタイルから読みとれた筈である。

若さのなさが、かえって今の時代の若者らしさを示しているというのです。しかしここではその当否よりも、そう主張する過程で、作之助が「技術」や「性急なスタイル」について語っている点に注目したいと思います。そこにこそ、他の「系譜小説」との差異が認められるからです。すなわち、『夫婦善哉』の同時代における特徴は、「系譜小説」に特有の、すばやく流れる時間の表現方法にあるのです。

方法としての反復

　あらためて『夫婦善哉』の内容を確認しましょう。物語は蝶子が一二歳の頃から始まります。柳吉と駈け落ちした関東大震災の年に二〇歳。母のお辰が亡くなった時点で三〇歳。その後にカフェーを繁盛させたり、自殺未遂したり、夫婦で浄瑠璃に凝ったり、二年程度の時間が流れていると推測できます。要するに約二〇年間が、基本的には時間の進行に従って語られています。

　『夫婦善哉』の特徴は、とにかく、くり返しが多いことです。引っ越しは六回しています（黒門市場のなかの路地裏・高津神社坂下の剃刀屋・飛田大門前通りの路地裏・飛田大門前通りの関東煮屋・日本橋の御蔵跡公園裏・下寺町電停前のカフェー）。並行して、開業も四回しています（剃刀屋・関東煮屋・果物屋・カフェー）。夫婦は大阪のミナミ周辺（難波から天王寺界隈）を移り住みます。ただし、柳吉はたびたびキタにある梅田の実家に戻ります。「或る日、正月の紋附などを取りに行くと言って、柳吉は梅田新道の家へ出掛けて行った」から始まり、「こっそり梅田新道へ出掛け」ることもあれば、「或る日ぶらりと出て行った儘、幾日も帰って来なかった」こともありますし、新しい商売をするのが億劫で「ある日、どうやら梅田へ出掛けた」こともありします。しかし勘当されたあと、実家に柳吉の居場所はなくなっていきますから、しばらくすると蝶子のもとに帰ってきます。ミナミ周辺を転々とすることと、南北の往復。この二種類の空間移動が『夫婦善哉』において最も目につきやすい反復です。

しかしこの小説には、他にも多くのくり返しが読みとられます。たとえば、小説の出だしは「年中借金取が出はいりした。節季はむろんまるで毎日のことで」と始まり、小説の末尾は「景品の大きな座蒲団は蝶子が毎日使った」と閉じられます。つまり、「毎日」の出来事から始まり、「毎日」のふるまいに終わる作品なのです（この照応には、あとでも触れるように、種吉とお辰の日常から、蝶子と柳吉の日常へという夫婦の世代交代も示されているでしょう）。

また、蝶子が懸命に働いて貯めれば、柳吉がそれを使い果たす、というくり返しも、きわめて具体的に描かれます。柳吉は「ある日、昔の遊び友達に会い（中略）翌日、蝶子が隠していた貯金帳をすっかりおろして」以来、蝶子の貯金から「藝者遊びに百円ほど使った」り、「ある日、その内五十円の金を飛田の廓で瞬く間に使ってしまった」りします。「二百円ほど持ち出して出掛けたまま、三日帰って来なかった」こともあり、折檻されても「暫くすると、また放蕩した」。温泉に養生に行っても「藝者を揚げて散財してい」る始末です。

蝶子はそんな柳吉を一人前にし、夫婦として認めてもらおうとがんばります。その蝶子の努力は、何度もヤトナ（料理屋などで客の相手をする仲居）に出る姿で表されます。二人暮らしを始めるとすぐ「稼ぐ道はヤトナ藝者」と決意し、剃刀屋が行き詰まると「再びヤトナに出ることにした」。柳吉が入院すると「派出婦《はしゅつふ》（臨時の家政婦）を雇って、夜の間だけ柳吉の看病してもらい、ヤトナに出ることにした」。退院後、養生に行くと「費用は蝶子がヤトナで稼いで仕送りした」。帰阪してカフェーを始める前にも「相変らずヤトナに出」ていました。

くり返しは細部にも見られます。自由軒のライスカレーは、親しくなるときも、喧嘩をして蝶子ひとりでも、仲直りしてからも食べられます。蝶子は家出した柳吉の行方を知ろうと「新世界の八卦見」を訪ねた日、駈け落ちした日も暑かったことを思い出します。彼女は後に、母と同じく金光教を信心します。

もちろん、この種のくり返しは他の「系譜小説」にも見られます。たとえば『器用貧乏』のお仙も、卵の卸屋・髪結い・泥鰌《どじょう》屋・写真機の蛇腹張りなど、次々に職を変えていきます。『或る女の半生』でも、郁子が「自分に誰か好きな相手ができると、世間はよってたかって、反対非難をたたきつける結果になるのがおかしかった。宿命のように結果は同じであった」と思う場面や、母と同じような立場になって「歴史は繰返すというのだが、個人の生活の上にも皮肉な繰返しはある」と語り手が述べる場面があります。だからこそ岩上順一も、『夫婦善哉』は他の「系譜小説」と同様に「いかなる意味合からも発展のない場面と場面の寄せあつめ、情景の繰りかえし」だとか、「ひたすら同様な場面の羅列のみが繰りかえされている」とか批判したのです。

ただ、それらのなかでも『夫婦善哉』は、くり返しが一篇のすみずみまで徹底されているのが特徴です。というのも、表現のレベルでも、さまざまなくり返しがなされているからです。

先に触れた「毎日」をはじめ、この小説には、ある行為が反復されたり継続されたりしたことを示す表現が、よく使われます。「よくよく」「かねがね」「屡々《しばしば》」「みるみる」「ずるずる」「まえまえから」などです。なかでも頻出するのが「だんだん」です。「後に随いて廻っているうちに、だんだんに情緒が出た」「立ち話でだんだんに訊けば」「だんだん問屋の借りも嵩んで来て」「柳吉の遊びに油を注ぐために商売をしているようなものだと、蝶子はだんだん後悔した」「果物屋も容易な商売ではないと、だんだん分った」などです。

また、「毎日」に当たる語も、冒頭と末尾以外にもあります。「柳吉は近くの下寺町の竹本組昇に月謝五円で弟子入りし（中略）毎日ぶらりと出掛けた」「毎日膝詰の談判をやった」「毎日、捨てる分が多かった」「柳吉の夢を毎晩見た」「藝者を揚げて散財していた。（中略）ここ一週間余り毎日のことだという」「毎朝、かなり厚化粧してどこかへ出掛けて行く」などです。

このように一篇には、くり返され、積み重ねられている行為を示す表現が多くあります。「だんだん」などの副詞が、一度しか語られていない内容に、時間的な深みを与えています。「毎日」に当たる語が、同じような日々が続いたことを印象づけています。

一方で、そのくり返される日々のなかには、柳吉の家出や散財、夫婦での開業といった、非日常的な出来事も少なからず入ってきています。そのキーワードが「ある日」です。先に引用したように、柳吉の家出や散財は、しばしば「ある日」から始まっています。作中「ある日」は九例あり、その半分以上にあたる五例が、柳吉のふるまいに使われています。

とはいえ、物語において、日常の狭間に突発的な出来事が起こって事態を急展開させる（しかしまた日常に回帰する）という進行は、それ自体がパターン化しています。柳吉の家出のみならず、果物屋やカフェーの開店も唐突でした。蝶子が働く／柳吉が遊ぶ、という日常のくり返しに加え、柳吉が「ある日」家を空ける／夫婦で開店する、という非日常のくり返しがあります。だから『夫婦善哉』は、ひたすら同じようなことをくり返している印象を与えます。そうした印象は、語りによっても補強されています。

列挙と加速

『夫婦善哉』の特徴の一つに、商売や金銭や固有名詞をずらりと並べ立てていく語りがあります。『食通小説の記号学』（二〇〇七）の著者である真銅正宏は、そうした列挙という方法が「大阪」のイメージや夫婦像につながっていると指摘しています。

おそらく織田作之助の捉えた「大阪」の第一の印象は、その生活のリズムにあった。歴史の大きな流れのなかでは、それは馬鹿正直なほどに「繰り返す」リフレインであり、その一齣《こま》一齣は実に愉快なアレグロであった。そして「列挙」とは、述語省略の効果によって、文体の簡潔化とともに、「大阪」のリズムの比喩的な描写の役目をも担っていたと考えられるのである。これは、結末の柳吉・蝶子の像に繋がっていく。

くり返しの多い話と、同じリズムをくり返す表現とは支え合っています。この指摘は納得されるものです。ただ物語の内容と語り方との対応に注目した場合、時間の進み方の速さとの関わりも無視できません。

醤油屋、油屋、八百屋、鰯屋、乾物屋、炭屋、米屋、家主その他、いずれも厳しい催促だった。路地の入口で牛蒡、蓮根、芋、三ツ葉、蒟蒻、紅生姜、鯣、鰯など一銭天婦羅を揚げて商っている種吉は借金取の姿が見えると、下向いてにわかに饂飩粉をこねる真似した。

ここには、列挙される一軒一軒の店の者が次々に押し寄せてきた情景が浮かびあがります。また、種吉が食材を次々に鍋に入れている様子もうかがえます。列挙によって一つ一つの描写は節約されています。そこで述部が略され、読点で続けられるため、個々の動作が勢いをもってすばやくなされたような印象が生まれます。

列挙する表現そのものは、他の「系譜小説」にもあります。『風の系譜』には、「四つ辻のすこし手前あたりには、米屋、髪結い、炭屋、乾物屋というような、あまり繁昌をするとも見えない商家が、ほんの六七軒かたまっていた」といった表現があります。しかしこれらは静止した情景の描写で、言葉の数も多くありません。一方『夫婦善哉』の列挙は動作を伴っており、言葉もふんだんに用いられています。そのため勢いとスピード感がもたらされているのです。

要約と省略

『夫婦善哉』では時間が速く流れます。語り手は「二年経つと、貯金が三百円を少し超えた」「さん年経つと、やっと二百円たまった」などと、要約した表現を使います。こうした表現によって、蝶子が貯蓄に努めた時間が一息に語られるのです。

むろん要約した表現は他の「系譜小説」にも多く見られます。たとえば『巷の歴史』にも、「最初十間しかなかった下宿は、一年後には約二倍に建て増された。木村も大工も材木屋も、お縫のために協力してどんな便宜でもはかった。それから三年後にはとうとう更にこの二倍に建て増された」といった文章があります。そもそも「系譜小説」に限らず、数十年が経過したり、人物の半生が一気に語られたりする短篇は、決して珍しくないでしょう。しかし、『夫婦善哉』の展開や省略が特に鮮やかさに感じられるのは、ここまでに見た連続性を示す表現や動作を伴った列挙の多用は、他作品にはそれほど頻繁には見られないからです。次にあげる、極端に圧縮された表現も珍しいものです。

その内、柳吉が藝者遊びに百円ほど使ったので、二百円に減った。蝶子は泣けもしなかった。夕方電灯もつけぬ暗い六畳の間の真中にぺたりと坐り込み、腕ぐみして肩で息をしながら、障子紙の破れたところをじっとにらんでいた。柳吉は三味線の撥《ばち》で撲《なぐ》られた跡を押えようともせず、ごろごろしていた。

語られるべき場面を省略し、結果のみが示されます。そうすることで、間に起こった出来事を読者に想像させ、ユーモアが生まれています。折檻する様子を詳細に描くのではなく、終わった後の光景を描くことで、時間が瞬時に過ぎ去ったような感覚が与えられているのです。

会話文と地の文との融合

さらに『夫婦善哉』を特徴づけているのが、小説の言葉そのものの圧縮です。一般的に、小説に会話文や手紙の引用が出てくると、それを登場人物が受け取るスピードと、読者が理解するスピードとは、近いものになります。しかしこの小説では、直接話法や引用は多くありません。会話文も、しばしば地の文に溶けこみます。会話文と地の文とが一つになって場面を次から次へと展開させる、講談や浄瑠璃のような語りが、読者をひきつけるのです。

それは、時の流れをより速く感じさせる効果を上げているからでもあるでしょう。『夫婦善哉』では、まれに直接話法が使われても、その登場人物による発話が終わる前から語り手が語り出してしまうことがあります。

柳吉はうまい物に掛けると眼がなくて、「うまいもん屋」へ屡々《しばしば》蝶子を連れて行った。彼にいわせると、北にはうまいもんを食わせる店がなく、うまいもんは何といっても南に限るそうで、それも一流の店は駄目や、汚いことをいうようだが銭を捨てるだけの話、本真《ほんま》にうまいもん食いたかったら、「一ぺん俺の後へ随いて……」行くと、無論一流の店へははいらず、よくて高津の湯豆腐屋、下は夜店のドテ焼、粕饅頭から、戎橋筋そごう横「しる市」のどじょう汁と鯨じる、道頓堀相合橋々詰「出雲屋」のまむし、日本橋「たこ梅」のたこ、法善寺境内「正弁丹吾亭」の関東煮、千日前常盤座横「寿司捨」の鉄火巻と鯛の皮の酢味噌、その向い「だるまや」のかやく飯と粕じるなどで、何れも銭のかからぬいわば下手《げて》もの料理ばかりであった。

柳吉の発言は間接話法として語られ始めています。ところが唐突に直接話法に移り、さらにその発話が途中で断たれて、地の文に移ります。しかも地の文に移ったときには、すでに柳吉の誘いを蝶子が受け、ついて行った時点に飛躍しています。二人の仲の急速な深まりという内容が、地の文と会話文との間にあるべき語句が省略され、圧縮された表現と対応しているのです（くわえて、ここでは店名と品名の列挙によって、二人がそれぞれの店を訪れ、食事したことまでも要約されています）。

この他にも、「「久離《きゅうり》切っての勘当…」を申し渡した父親の頑固」とか、「そんな時、柳吉が背にのせて行くと、「姐ちゃんは…?」良え奥さん持ってはると賞められるのを、ひと事のように聴き流して」とかいった文章があります。発言や応答を省略した性急な語り口が、物語展開の速さに対応しているのです。

逆もあります。

家を出た途端に、ふと東京で集金すべき金が未だ残っていることを思出した。ざっと勘定して四五百円はあると知って、急に心の曇りが晴れた。直ぐ行きつけの茶屋へあがって、蝶子を呼び、物は相談やが駆落ちせえへんか。

前に引用したのは、会話文が終わる前から地の文になる例でした。この引用は、地の文が途中から登場人物の発話（直接話法）になる例です。なされていることは反対です。しかし、もたらされる効果は同じです。この場合でも、語り手による間接話法を明示する語句（「柳吉は〜と言った」など）が省かれています。それらの語句が略されることで、小説の言葉は短くなります。その圧縮された文章と、柳吉の迅速な行動という筋の展開とが呼応しているのです。

〈夫婦〉の姿——くり返しの向こうに

柳吉と蝶子が「法善寺境内の「めおとぜんざい」へ行」く末尾は、くり返しに満ちた物語にふさわしく見えます。柳吉の家出がうやむやになること。二人で「うまいもん」を食べに行くこと。どちらもこの小説で反復されてきたことだからです。

また、作品は「景品の大きな座蒲団は蝶子が毎日使った」という一文で終わります。前に述べたように、「毎日」は冒頭にもあります。それゆえこれまでの研究では、このあと二人が種吉とお辰のような夫婦になるという可能性を読みとられてきました。同じようなことをくり返してきた二人が、前の世代と同じような夫婦になるという、末尾が冒頭につながる円環を読みとることは魅力的です。しかしここでは、時間が着々と進行するなかで、反復が少しずつ反復として機能しなくなっている面にも目を配りたいと思います。

たとえば、蝶子はしだいにヤトナで生計を立てられなくなっていきます。柳吉が入院したので果物屋を閉め、手術代や薬代のため「ヤトナに出ることにした。が、焼石に水だった」ゆえ「蝶子の歌もこんど許りは昔の面影を失うた」。手術後も、柳吉の養生のため「きびしい物いりだったから、半年経っても、三十円と纏った金はたまらなかった」。一方で、開店と閉店をくり返してきた二人ですが、最後に開いたカフェーはさしあたり成功しています。また、末尾の「めおとぜんざい」で、蝶子は柳吉の講釈を以前のように一方的に聞くのではなく、自説を主張してもいます。「めっきり肥えて、そこの座蒲団が尻にかくれる位であった」と体型の変化も語られます。柳吉は以前から浄瑠璃を習っていましたが、最後には二人で凝っています。そして何より、二人でもらった「座蒲団」を愛用すること。それは、蝶子がようやく二人で手に入れた場所に、文字どおり腰を落ち着けられたことを物語っているはずです。

おそらく蝶子は柳吉と、両親のような夫婦にはならないでしょう。戸籍上の夫婦になるのかどうかさえわかりません。それでも「ふうふよきかな」と読めるタイトルが不自然でないのは、長い時間を共に過ごすことで、二人が種吉・お辰とは同じでないにせよ、独特の関係を築きあげているように見えるからです。

やはり大阪を舞台にし、しっかり者の妻とふらふらした夫を描いていることでしばしば類似が指摘される作品に、前に述べた上司小剣の『鱧の皮』があります。『鱧の皮』では、複雑な夫婦の関係が、ある一夜に凝縮して描かれています。一方『夫婦善哉』では、二人が知り合ってから数えても一〇年以上の時が流れています。作品の焦点は、長く積み重ねられる時間のなかで、互いに離れられない関係が紡がれていく過程に当てられているのです。

同じような、しかし刻々と変わっていった日々を共にしたことで、未婚の二人が、それでもさしあたり〈夫婦〉と呼ばれるのが最もふさわしい「毎日」にたどり着く物語。「ぜんざいを注文すると、女夫の意味で一人に二杯ずつ持って来」られて、柳吉は「なんで、二、二、二杯ずつ持って来よるか知ってるか」と講釈を始め、蝶子は「一人より女夫の方が良えいうことでっしゃろ」と応えます。これ以降、末尾では「二ツ井戸天牛書店の二階広間で開かれた素義《そぎ》（素人義太夫）大会」で「二等賞を貰」う結末まで、「二」という数字がたたみかけられていきます。こうした「二」尽くしの表現も、柳吉と蝶子がある〈夫婦〉の形にたどり着くという内容にふさわしいものになっています。

『夫婦善哉』の位置

一九四〇年の時点で、『夫婦善哉』をはじめとする「系譜小説」に否定的だった岩上順一は、戦後になってその評価を覆します。戦時下に「現実を批判する自由や、それを大胆に再現する自由をうばわれた作家たち」が「文学者らしく市井人の生涯や半生の浮沈にたいする注目」を示し、「社会の下底で知られずに生活をいとなんでいる人々の流転の相を、ともかく歴史のながれにうかべながら描き出そうとした」と評するようになります。この岩上の変化をなぞるように、平野謙も『昭和文学史』では意見を変えます。平野は戦争の時代に年代記風の風俗小説が書かれたことを、「戦時中の藝術的抵抗」の一つに数えあげました。そのため発表当時は流行の「系譜小説」の「悪典型」として批判された『夫婦善哉』も、戦後には「藝術的抵抗」として評価されることにもなりました。しかし二〇〇七年に原稿が発見された幻の続編『続夫婦善哉』では、蝶子が国防婦人会の幹事になったり、弟の信一が徴兵されたりと、時局的な要素が少なからず盛りこまれている事実を含めて、当時の作之助の創作姿勢に戦争への「抵抗」を読みとることは、実態から離れてしまうように思います。

そうした枠組みにとらわれず、あらためて一九四〇年に発表された小説として見直したとき、『夫婦善哉』は「系譜小説」のなかでも独自の形式をとって書かれているという点で際立っています。この小説では、一気呵成に二〇年間が進められてゆく過程で、連続・列挙・要約・省略的な表現が駆使されています。会話文と地の文の前後では、言葉のうえでも内容としても省略されることがあります。一篇には、小説内の時間の進行を速めている面と、表現を節約して小説を読む時間にスピード感を与えている面という、複数の異なる圧縮方法が用いられているのです。

大阪を描いた小説、年代記的な小説を書くうえで、作之助がこうした「形式」の工夫を試みていた事実を見逃してはなりません。このあとに作之助が書く小説は多岐にわたりますが、それらにも出発期以来の「形式」主義者としての姿勢が陰に陽にうかがわれるのです。

第二章　敗戦大阪の風景と戦中戦後の連続性――『世相』

『世相』の読まれかた

敗戦後まだ間もないころ、織田作之助のもとに、編集者の木村徳三から手紙が届きます。木村は三高の先輩にあたり、『夫婦善哉』に賞を与えた雑誌「文藝」に勤め、戦後になって「人間」という新たな純文学雑誌の編集長に抜擢されていました。

木村から執筆依頼を受けた作之助は、『世相』という小説を書きます。分量が多すぎたために一度、木村の求めに応じてさらに一度の推敲を経たのち、『世相』は一九四六年四月号に発表され、作之助の名前を天下に知らしめることになりました。

この小説について、作之助自身は後に創作集『世相』(八雲書店、一九四六)の「あとがき」で、次のように述べています。

この形式は苦しまぎれに作りあげた形式だが、こうした小説の形式の新しさは、ひとは気づいてくれなかったようである。しかし「世相」はこの形式で、なお百枚ぐらいは続いて書くべき材料を残しており、それをいつか書き上げることによって、この形式の新しさは判って貰えると思う。

あえて短くして発表した小説を、もう一度長くする。そのような計画を、作之助がどこまで本格的に計画していたかはわかりません。ただ、ここで作之助が「形式」の斬新さを強調していることは注目されます。前章で見たように、もともと作之助は方法意識の強い小説家でしたし、『世相』を発表した前後には、新しい「形式」「スタイル」を模索している、という意味の言葉が、『神経』(一九四六・四)や『郷愁』(一九四六・六)のような私小説的作品にも、「二流文楽論」(一九四六・一〇)や「可能性の文学」のような評論にも、数多く見受けられます。したがって、「書くべき材料を残しており」「苦しまぎれに作りあげた」のだとしても、「形式の新しさ」に挑んだこの小説が、作者にとって自信と意欲に満ちたものであったことは疑いありません。

ところが、先の「あとがき」からもうかがえるように、作之助が試みた「形式」面での「新しさ」は注目されませんでした。『世相』の同時代評で主に注目されているのは、扱われている題材の猥雑さです。つまり発表当時の「世相」は、その「横紙破り」な意欲がくみ取られることはあっても、「若気の至りの悪達者の見本に過ぎず、読んだ後の、舌に滓が溜ったような後味の気味悪さはどうにも始末に困る」という結論に落とされるなど、「形式」の実体やねらいが評価されることは少なく、作之助を失望させました。作之助は「文学的饒舌」（一九四七・二）というエッセイで、「「世相」や婦人画報の「夜の構図」などの作品が、もし僕以外の作家によって書かれたとしたら、誰も「悪どい」という一語では片づけなかっただろう。むろんこれらの作品は低俗かも知れない。しかし、すくなくとも反俗であり、そして、よしんば邪道とはいえ、新しい小説のスタイルを作りあげようという僕の意図は、うぬぼれでなしに、読み取れる筈だ」とこぼしています。

もちろん、『世相』という小説の方法に着目した論考がなかったわけではありません。そのような論考は、大きく二つの流れに分けられます。一つは、虚実の混ぜ方に注目したものです。その大谷晃一によれば、作之助の多くの作品と同じく、『世相』にも実際にあった話とまったくのフィクションとが混在していると言います。なるほど阿部定の公判記録の存在をはじめ、大谷が明らかにした事実の小説への組みこみ方には教えられるところが多々あります。しかし、虚と実がどのように配合されているのかという問題は、大谷のような実証的伝記研究を伴わなければ、一般の読者にはわからないことも事実でしょう。殊に同時代においては、その虚実皮膜を見極めることは、ほとんど不可能だったにちがいありません。したがって、作之助が理解されることを欲した「形式」は別にあったと考えられます。

もう一つ、『世相』の方法として指摘されてきたのは、「私」の機能です。本多秋五は『物語戦後文学史』（一九六六）で、「時間も場所もとびとびで、八方にとび散ろうとする現実の諸断片を（中略）連鎖状に配列し、それを繰り出し手繰りこむ「私」の説話という形式に、辛うじてコントロールしている緊張のうちに、おそらくこの小説の魅力がある」として、「もしこの作品になにかの「新しさ」があるとすれば、それはここでの「私」のつかい方、「私」の機能を措いて他にはあるまい」と述べています。語り手の働きが、『世相』の「形式の新しさ」の一部を成しているというのです。では、その「私」の語りの働きとは何で、それは彼の語る個々の物語といかに結びつき、小説全体はどのようなしくみになっているのでしょうか。

この章では、「私」の働きを含めた『世相』一篇の「形式」を、特にその表現のしくみに注目して分析することで、作之助がこめようとした「新しさ」をうかがいたいと思います。

作品の構成

『世相』は全七章で構成されています。あらすじは次のようにまとめられます。

敗戦の年の暮れに小説を書きあぐんでいる「私」のところへ国民学校の老訓導（小学校教員の旧称）が闇の煙草を売りに来たのを断る（一）。「私」は「十銭藝者」という公的には発表しなかった小説を思い出したことから、一九四〇年七月八日、バー「ダイス」を訪れマダムに迫られながらも「十銭藝者」の話を聞き、海老原という記者との論争ののち、帰り道にこの物語を構想したことを振り返る（二）。やはり小説を書きあぐねている「私」は、一九三六年の阿部定事件のころの、照井静子というカフェの女給との関係を思い出す（三）。一九四三年の秋、雁次郎（鴈治郎）横丁の「天辰」の主人に貸してもらった阿部定の公判記録を読んで、小説を書こうとする（四）。一九四五年の暮れの深夜に旧知の横堀が突然訪ねてきたことで、「私」は彼との過去のいきさつを振り返る（五）。横堀が復員してきてから大阪の闇市をさまよい、「私」の家を訪れるまでが「私」の手で語られる（六）。「私」は横堀を送り出し、小説の材料を探しに行った大晦日の闇市で「天辰」の主人に会い、飲みに行った先で「ダイス」のマダムと再会し、主人から阿部定との関係を聞く（七）。

　このように『世相』は、小説を書きあぐねる「私」が、一九三六年から四五年までの約一〇年間に触れあってきた複数の人物を回想し、「聯想《れんそう》」し、あるいは偶然に出くわすことによって語り紡いでゆく形をとっています。そこでは個々の人物だけでなく、カフェー、十銭藝者、阿部定事件、闇市など、それぞれの時代を象徴する風俗も描かれています。また、その一〇年間は「前代未聞の言論の束縛を受けたあと未曾有の言論の自由が許された」と「私」が語る、激動の時代でもありました。

　ところが、小説を読む過程では、この一〇年の変化が認識されにくくなっています。実際「語り手の立場は戦後であるが作品の舞台は戦中の大阪であり、いくつかの挿話が昭和十年頃から第二次世界大戦の終りごろまでを背景として語られているのである。ところが、この作品を読んでみると、語られている一つ一つの小話があたかも戦後の風俗を中心に描いているような錯覚に陥いる」という意見があります（矢島道弘『悪鬼たちの復権』一九七九）。矢島はその理由を、「織田にとって、戦中と戦後には断絶はなく」、「戦中に懐胎していた精神そのものが、そのまま戦後の世相・風俗に逢着《ほうちゃく》した」ためだと説明しています。作之助に、戦中から戦後にわたる「世相」を断絶ではなく連続として描くねらいがあったという見方には賛成です。しかしここで問いたいのは、小説のどのような特徴がそうした〈作之助のねらい〉を読む者にうかがわせるのか、ということです。先走って言えば、それは『世相』がさまざまなレベルでくり返す「形式」にしたてあげられているからです。

〈白〉と〈赤〉

『世相』は次のような冒頭で始まります。

凍てついた夜の底を白い風が白く走り、雨戸を敲くのは寒さの音である。厠に立つと、窓硝子に庭の木の枝の影が激しく揺れ、師走の風であった。

そんな風の中を時代遅れの防空頭巾を被って訪れて来た客も、頭巾を脱げば師走の顔であった。青白い浮腫《むくみ》がむくみ、黝《あおぐろ》い隈が周囲《まわり》に目立つ充血した眼を不安そうにしょぼつかせて、「ちょっと現下の世相を……」語りに来たにしては、妙にソワソワと落ち着きがない。

最初の二文で三度も強調されている「風」は、放浪する登場人物たちを象徴しているようです（「客」の老訓導もこのあと「風のように風の中へ出て行」くことになります）。ただそれ以上に注目されるのは、「白」と「師走の」が同じ文中または続く文にそれぞれ二度用いられたり、「青白い」と「黝《あおぐろ》い」という対照性を含んだ反復がなされたりしていることです。「浮腫《むくみ》がむくみ」

という重畳も含めて、こうした過剰な反復は、さまざまなレベルにおけるくり返しが、この小説において重要な役割を果たすことを予告しています。

『世相』では末尾で再び「白い風」が吹きます。つまり冒頭と末尾が「白い風」で照応しているのです。小説の始まりと終わりの照応には、ただ好みの表現をくり返したという以上の意味がこめられているはずです。もともと作之助は、色彩の効果に非常に気を配った作家でした。『道』（一九四三・九）という作品には、「眼の前が真っ白になる。赤い咳が来る。佐伯は青ざめた顔であわただしく咳の音を聴きながらじっと佇んでいる」という描写があります。この描写について作之助は、「吉岡芳兼様へ」（一九四三・一〇）という随想で、「「赤い咳」という表現を生かすために白と青を持って来た」といい、「ここで「赤い」といったのは恐怖の表現です。この「赤」は佐伯の頭に喀血の色と見えるのです」と自作解説しています。

色彩に注意して読むと、『世相』では、特に〈白〉と〈赤〉が多用されていることに気づきます。〈白〉と〈赤〉はしばしば交互に登場します。先に引用したように、「一」では「白い風が白く」吹きます。ところが、「二」の回想のなかで「私」が「ダイス」を訪れる場面あたりから、急速に〈赤〉が目立ってきます。発端は、プラネタリウムに連れ立って行く際の「ダイス」のマダムの服装です。「純白のドレスの胸にピンクの薔薇をつけて、頭には真紅のターバン、真黒のレースの手袋をはめている」姿を見た「私」は「赧くなった」。ここで多彩な色をまとったマダムの姿が細かく描かれているのは、単に彼女の悪趣味や派手さを示すためばかりではありません。以後の物語を、色彩に目を留めながら読むべきことを伝えるサインにもなっているのです。

　マダムのいる「ダイス」は、「赤い灯が映っている硝子扉」の向こうにあります。「私」は最初誤って、隣の「青い内部の灯が映っている硝子張りの扉」に入ってしまい、あわてて出て来きます。一見不要と思われるこのエピソードもまた、青と対比させることによって〈赤〉に注意を喚起するしかけでしょう。実際、店に入ると「赤い色電球の灯がマダムの薩摩上布の白を煽情的に染めて」いき、酒に酔った「私」の顔は「仁王のよう」に紅潮し、手には「赤い斑点」ができ、マダムは「真赤な色のサテン地の、寝巻ともピジャマともドレスともつかぬ怪しげな服」に着替え、戸惑う「私」の指を噛んで「血」をにじませ、「抓《つね》りゃ紫、食いつきゃ紅よ、色で仕上げた…」と都々逸を歌う、というありさまです。つまり〈赤〉の氾濫にともなって、物語が急速に扇情的な調子を帯びてくるのです。

　ところが「私」が一歩引いて、マダムが「十銭藝者」の話を始めると、状況が変わります。「襟首を白く塗」る藝者の話をするマダムの顔の「白粉がとけて」いる様を目にした「私」は、「作家意識が酔い、酒の酔は次第に冷めて行った」。しかもそこに「白いズボンが斬り込むように」入ってきます。その「白い背広」を着た海老原が介入することで、マダムとの情緒はいっそう薄れ、海老原と文学論を戦わす「私」の口には白いビールの「泡」が残ります。

語っている現在である戦後に戻る「三」では、「扇風機の前で胸をひろげていたマダムの想出も、雨戸の隙間から吹き込む師走の風に首をすくめながらでは、色気も悩ましさもなく、古い写真のように色があせていた。踊子の太った足も、場末の閑散な冬のレヴュ小屋で見れば、赤く寒肌立って」と、〈赤〉の意味合いが時代を経て、貧相なものに変わってしまいます。この後に出て来る「紅茶」も「脳に悪影響がある」ズルチン入りです。

しかし物語が過去に飛ぶと、再び〈赤〉がそこかしこに描かれるようになります。「赤玉」と美人座が繁盛していた一九三六年に「赤い首を垂れて」美人座に入り照井静子と出会う話もそうですし、「四」に入って、雁次郎横丁の「赤い大提灯」、「蝋燭の火」のなか、「天辰」で出会うポン引きは「色の青白い男だが、ペラペラと喋る唇はへんに濁った赤さ」で、「血色の良い手」を持つ「天辰」の主人は阿部定の公判記録を「私」に見せながら「赭《あか》くな」る、といった具合です。それにともなって、物語は照井静子や阿部定の男性遍歴の話に踏みこんでいきます。

それでも「五」以降、再び戦後の〈現在〉に戻ると、〈赤〉はほとんど見られなくなります。「七」でマダムと再会しても、もう〈赤〉の世界は広がらず、「白い風」が吹くのみです。

以上のように『世相』では〈白〉と〈赤〉とが交互にあらわれます。この〈赤〉が〈過去〉において「私」の欲望を刺激していることは見やすいでしょう。では〈白〉は何を意味しているのでしょうか。
ここで思い出されるのは、作之助が『木の都』（一九四四・三）の末尾で、やはり「白い風」を用いていたことです。

口縄坂は寒々と木が枯れて、白い風が走っていた。私は石段を降りて行きながら、もうこの坂を登り降りすることも当分あるまいと思った。青春の回想の甘さは終り、新しい現実が私に向き直って来たように思われた。風は木の梢にはげしく突っ掛かっていた。

「白い風」は、慣れ親しんだ思いとの決別を迫るように「私」に吹き付けています。『世相』においても、冒頭と末尾で「白い風」を耳にしながら「私」は小説を書こうとしていましたし、「二」でマダムに流れされそうになったときにも〈白〉がそれを阻んで冷静さを取り戻し、書くことを促していました。すなわち、〈白〉は過去と現在どちらにおいても、小説を書く醒めた意識と関わっているのです。
最初に述べたように、同時代評をはじめ、これまで『世相』は多分に風俗描写を中心に読まれてきたきらいがあります。たしかにそのような情景は〈赤〉と共に作中にあります。しかし『世相』は同時に、小説を書く意識をめぐる〈白〉の物語も含んでいました。この小説は〈赤〉

と〈白〉と二つの物語とが組み合わさることで成立しているのです。

くり返しの物語

『世相』には紅白がくり返される表現のしくみがありました。しかし思い起こしてみれば、色彩のみならず、『世相』の登場人物たちがやることなすことも、たいてい同じことのくり返しではなかったでしょうか。老訓導は「私の前では三度目の古い文藝談」を語り、一九四〇年のマダムは何度も「私」を誘惑し、照井静子や阿部定は次々と別の男たちと関係を持ち、横堀はたびたび金をせびりにやってきました。

しかも、個々の人物たちが何事かをくり返すだけではなく、そうした人物たちが何重にも連なる関係を持っています。

「ダイス」のマダムは「わては大抵の職業《しょうばい》の男と関係はあったが、文士だけは知らん」と言って「私」に近づきます。この言葉は、「角力取りと拳闘家だけはまだ知らないと言っていた」照井静子の記憶と重なり、そのかつての情人の発言との奇妙な符合が、「私」がマダムに手を出すことをためらう理由らしくもあります。マダムの側からすれば、それほど「私」に執着するのは彼が「わてを水揚げした旦那に似てる」からでもあります。

照井静子の記憶は一方で、一九三六年という時代において、阿部定の記憶とも重なっています。また、静子とマダムと阿部定には、作之助の作品に頻出する嫉妬のテーマがまとわりついています。「私」は、静子をめぐっては過去の男に嫉妬し、マダムを前に海老原と口争いしています。さらに、阿部定には石田の妻への嫉妬がありましたし、校長や「天辰」の主人も定をめぐって他の男に嫉妬していました。嫉妬する／される三人の女たちは別々に捉えられるべきではありません。

あるいは、「私」が十銭藝者の話から構想した、恋した女に尽くし続け、牛太郎（遊女の客引き）までするようになる男と、照井静子の魅力に引きずられていた彼自身とがつながることは「その後「十銭藝者」の原稿で、主人公の淪落する女に、その女の魅力に惹きずられながら一生を棒に振る男を配したのも、少しはこの時の経験が与《あずか》っているのだろうか」と語られるとおりです。「天辰」で出会うポン引きや、後に語られる「天辰」の主人を誘ったポン引きも同類でしょう（主人はこのときの体験からポン引きが来店するのを拒まないのだと察せられます）。十銭藝者の話から構想する物語には、「下腹部を斬り取られたまま死んでいる」女の話もありますが、むろんこれは後に出て来る阿部定の石田への行為と重なります。

以上のような登場人物たちの言動の相似も、この小説の時間の流れを混乱させ、戦前・戦中・戦後の境目を見えにくくしているのです。

そのうえ『世相』では、登場人物たちが無関係にもかかわらず、同じ身ぶりを演じることがあります。冒頭で「私」は、老訓導が水洟を垂らしつつ「ポソポソと不景気」な声で語り、「ポソポソと話を続け」るさまを描写していますが、やがて彼も「夜更けの書斎で一人水洟をすすりつつ「ボソボソ口の中で呟」くようになり、後で会った横堀も「ポツリポツリ語りだし」ます。横堀は闇市で煙草を無心する男に「ブツブツ話し掛けて来」られたり、「六円六円と小さな声でポソポソ呟いて」パンを売る中年の男を目にしたりします。末尾近くで阿部定との関係を告白するさいの「天辰」の主人も「問わず語りにポツリポツリ語った」と描写されます。

また、「ローソクでがすから闇じゃないちう訳で……」と、自分で洒落を説明して笑っていた老訓導と同様、「私」も、「西鶴は『詰りての夜市』を書いているが、俺の外出は『詰りての闇市』だ」などと洒落を言いながら「自嘲」するようになります。いや、それ以上に、「……ここだけの話でがすが、恥を申せばかくいう私も闇屋の真似事をやろうと思ったんでがして」と他人の噂話を続けられずに自分の事情を話さずにいられなくなる老訓導の語りは、まさにこの老訓導らを描きつつ、やがて小説を書けないことをこぼさざるをえなくなる「私」の語りを先取りしています。阿部定の公判記録を所持し、貸してくれながら、後にその阿部定の物語に自分も介入していることを打ち明ける「天辰」の主人も同様です。さらには、五年前とはちがって誘惑をせず、店の内情を赤裸々に語るマダムの語りも、放浪小説を書き飛ばしていたころとちがって、そうした小説を書くことの飽き足らなさをこぼす現在の「私」の語りと重なります。『世相』は複数の話の寄せ集めによって世間の様子が多角的に見えてくるしくみでできていますが、そこには語り手も含めた登場人物たちが、われもわれもと打ち明け話をするパターンがあるのです。

こうした多様なくり返しの最たるものが、さまざまな挿話を統括している「私」自身が演じる、小説を書くことの反復です。「思えば私にとって人生とは流転であり、淀の水車のくりかえす如くくり返される哀しさを人間の相《すがた》と見て、その相をくりかえしくりかえし書き続けて来た私もまた淀の水車の哀しさだった」と反復の人生を語る彼は、この小説のなかでも書く行為をくり返します。いま千日前で殺された少女の話を書きあぐんでいるだけでなく、「十銭藝者」の話を聞いた夜には、「船場の上流家庭に育った娘…」「十銭藝者がまだ娘の頃…」「犯罪。十銭藝者になった女は…」などと小説化へ向けて何度も語り直しながら練りあげます。阿部定の公判記録を借りて読めば、それを小説にしてなぞろうとします。横堀の話は、聞き終わるのも待たずに慣れ親しんだ手つきで小説にされます。細部の表現においても、彼は書きかけの小説を「「の」という助辞の多すぎる」文章でつづってしまう始末です。

色彩、言動、身ぶり、打ち明け話、書くこと。『世相』という小説は多彩な反復に覆われています。あれもこれもくり返されているように見えるがゆえに、カフェーだの発禁だの闇市だの、それぞれの時代の影が刻印された事物が少なからず登場しているにもかかわらず、戦前・戦中・戦後がのっぺりと連続しているかのような印象を読者に与えるというわけです。

ずれる戦後

『世相』はいたるところにくり返しがある物語だと言いました。けれども、むろんすべてが同じ状態で反復されているわけではありません。戦前から戦中を経て、戦後になって変化しているものもあります。

なるほど照井静子とマダムと阿部定は〈誘惑する女〉〈嫉妬する／される女〉として相似形に捉えられます。しかし戦後のマダムは誘惑をしませんし、他の男たちに言い寄られると聞いても「私」は嫉妬しません。「私」は「一」で老訓導が帰ったあと、新聞の「最近京都の祇園町では藝妓一人の稼ぎ高が最高月に十万円を超える」という記事を見て、マダムのことを思い出し、「今は京都へ行って二度の褄を取っているかも知れない。それとも（中略）キャバレエへ入って藝者ガールをしているのだろうか」と想像していました。ところが「七」で再会したマダムは、「わてがもう一ぺん京都から藝者に出るいうても支度に十万円はいりますし、妹をキャバレエへ出すのも可哀相やし、まァ仕様がない思って」、上本町の「こじんまりした二階建のしもた屋」で料理屋をして「案外清く暮している」。つまりマダムは「私」と同じことを考えながら、別の身の処し方を選んだのです。あるいは、横堀は戦前から〈現在〉まで何度も金をせびりに来ます。しかし横堀は年の瀬の闇市でついに金を儲ける側に立っています。この小説に描かれている時期が年の瀬になっていることは、偶然ではありません。大みそかとは、一つのサイクルが終わり、次のサイクルへとつながっていく、特別な日だからです。

現在の「私」も、「三」で小説を書きあぐねて、以前書いた小説で代用しようと考えますが、戦中と戦後の間に横たわる「ズレ」に無自覚ではいられません。「今書いている千日前の話が一向に進まないのは時代との感覚のズレが気になっているからだとすれば、それ以上にズレている筈の古い原稿を労をはぶいて送るのも如何なものだ」と思うのです。その思いは「七」でも「十銭藝者の話も千日前の殺人事件の話も阿部定の話も、書けばありし日を偲ぶよすがになるとはいうものの、今日の世相と余りにかけ離れた時代感覚の食い違いは如何ともし難く」と確認されます。

そこで「私」は「横堀の話」を書くことで「今日の世相」を描くことを試みました。もともと彼は、「五」の終わりに「横堀がポツリポツリ語りだした話を聴いているうちに、私の頭の中には次第に一つの小説が作りあげられて行った」とあって、その達成が「六」にあたる、というように、「十銭藝者」の話にしろ、阿部定の話にしろ、「小説のタネ」をもらうと、すぐさまそれを用いて一篇の小説を組み立てられる男です。

ところが「私」は、そうした小説の組み立て方が、すでに自動化しており、これまでに書いた小説の「スタイル」を無意識になぞってしまうことに気づき、悩みます。

ペンを取ると、何の渋滞もなく瞬く間に五枚進み、他愛もなく調子に乗っていたが、それがふと悲しかった。調子に乗っているのは、自家薬籠中の人物を処女作以来の書き馴れたスタイルで書いているからであろう。（中略）だから世相を書くといいながら、私はただ世相をだしにして横堀の放浪を書こうとしていたに過ぎない。横堀はただ私の感受性を借りたくぐつとなって世相の舞台を放浪するのだ。なんだ昔の自分の小説と少しも違わないじゃないかと、私は情けなくなった。

「いや、今日の世相が俺の昔の小説の真似をしているのだ。」

そう不遜に呟いてみたが、だからといって昔のスタイルがのこのこはびこるのは自慢にもなるまい。仏の顔も二度三度の放浪小説のスタイルは、仏壇の片隅にしまってもいいくらい蘇苔が生えている筈だのに、世相が浮浪者を増やしたおかげで、時を得たりと老女の厚化粧は醜い。

敗戦後の「世相」は、少なくとも表面上は、「私」が使い慣れたスタイルを反復すればぴったりするものに感じられます。しかし「私」は、そのような「世相」と「得意の放浪物語」との合致を無邪気に喜べません。それは、変わりばえしないようでいて徐々に姿を変えつつある「世相」に対して、自分が何ら変化できていないことを告げてもいるからです。とはいえ「世相を生かす新しいスタイル」は未だ見つかっていません。

このように、作之助は『世相』において、使い慣れた「スタイル」の物語の狭間に「スタイル」への疑問を挿入し、書きづらさ自体を小説にしました。得意の物語を作りながら、その物語への違和感も加えたのです。そうしたややこしい構成にすることで、戦前戦中と似ているようでやはりちがう、何も変わらないようで何かは決定的に変わってしまっている戦後の「世相」の混迷ぶりと自身の迷いをリンクさせたわけです。

しかしそのような手法は、また別のレベルで反復を演じていました。

『世相』の古さと新しさ

『世相』は語り手であり小説家である「私」に、一方の手でそれまでくり返し描いてきた「スタイル」の小説を掲げさせつつ、もう一方の手でそのような「スタイル」を相対化する作家の意識をつづらせることによって、「現下の世相」が戦前戦中と変わらないようでちがってきている状態にあることを表現しようとした小説でした。あえて破綻しかかった危うい「形式」をとることで、簡単には説明できない内容を読み手に感じさせようとしたのです。そのような小説が、作之助にとって「新しい」ものであったことは事実です。

ただ、昭和文学史をひもとけば、小説をめぐる小説とか、小説を書けない小説家の小説とかいう手法は、太宰治や石川淳、高見順といった作家たちが、すでに一九三五年前後にたくさん試みていたことがわかります。作之助は、彼らとよく似た「スタイル」を、一〇年おくれて反復しているだけに過ぎないようにも見えるのです。言いかえれば、『世相』は作之助が単行本の「あとがき」で強調していたほど画期的な小説ではないのかもしれないということです。

しかし後述するように、太宰の小説を愛読していた作之助が、そうした先行作家たちの「スタイル」を反復しかかっていることに無自覚だったとは思えません。むしろ確信犯だったのではないでしょうか。この小説は永井荷風の『濹東綺譚』（一九三七）にも似ています。どちらも新たな小説を構想する作家が巷をさまよう話だからです。ただ、作之助は『世相』発表と前後して、敗戦後に発表された荷風の作品に対して、好意と不満の両方を示しています（「世相と文学」一九四六・二・一八〜一九、「荷風の原稿」一九四六・三・二一）。戦争によって変化しなかった荷風を支持すると共に、敗戦後も変化していない荷風に不満を覚えているのです。その引き裂かれた思いと、敗戦後にみずからの文学を反復するような「世相」が生まれたことに戸惑い、またそれを書く手法に悩む『世相』の語り手の思いは通底しています。

作之助は、このあとに書いた文学論でも、くり返しを恐れませんでした。「可能性の文学」が横光利一の「純粋小説論」（一九三五・四）に似ていることには指摘がありますし、そこで頻繁に用いられた「偶然」という語も、文壇で約一〇年前にたたかわされた「偶然文学論争」という議論において手垢にまみれた術語でした。新たに作り出すのではなく、すでにあるものを掘り起こし、再利用すること。そのスタンスは、いかにも「二流文学」を標榜した作之助らしいものでした。しかし創作活動が強く制約された戦時下を経たあと、真っ先にかつての文学的実験の手法をくり返してみせたことには、新しい時代の到来を告げる効果がありました。

作之助は目の前の混乱した「世相」を、戦前戦中からの単純な連続でも非連続でもなく、反復とずれの関係において捉えようとしました。それを小説のなかで登場人物に語らせるばかりではなく、小説の「形式」でも表現したこと。得意とした物語形式を再演しつつ、もうそれだけでは足りないのだと明かしてみせること。そこに『世相』の「新しさ」があったのです。

第三章　方法としての坂田三吉――「可能性の文学」

端歩と坂田と作之助

織田作之助は将棋が好きでした。その棋力について、昭和文壇屈指の将棋強者として知られた藤澤桓夫は「素人としては、まあ、強い方だった」と認めています。また、「出歩いてばかりいても何時の間にか新しい本をよく勉強していたように、将棋の新らしい定石なども仲々よく調べているので驚いた事もある」とも回想しています（「織田作と将棋」一九四八・八）。

作之助は、流行作家になりつつあった戦後には、有名人の将棋愛好者同士を対局させる新興新聞社の企画に参加したこともあります。人気俳優だった月形龍之介と指し、「大阪日日新聞」

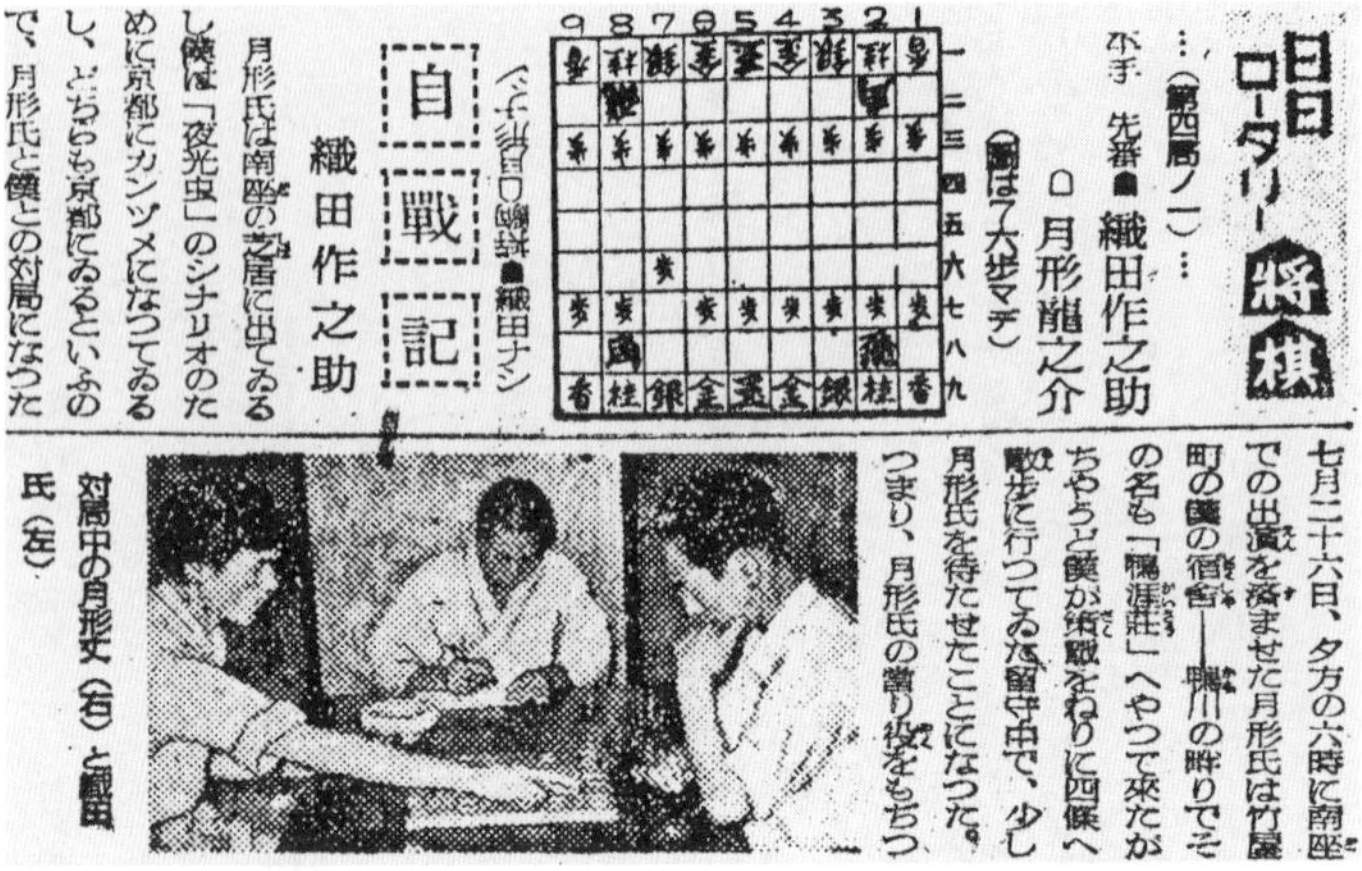
日日ローターリー将棋
…（第四局ノ二）…
平手　先番■織田作之助
□月形龍之介
（図は7六歩マデ）
七月二十六日、夕方の六時に南座での出演を済ませた月形氏は竹屋町の僕の宿舎—鴨川の畔りでその名も「鴨涯荘」へやって來たがちやうど僕が策戦をねりに四條へ散歩に行つてゐた留守中で、少し月形氏を待たせたことになつた。つまり、月形氏の衛り役をもちつ
自戦記
織田作之助
月形氏は南座の芝居に出てゐるし僕は「夜光虫」のシナリオのために京都にカンヅメになつてゐるし、どちらも京都にゐるといふので、月形氏と僕との対局になつた
対局中の月形丈（右）と織田氏（左）

図　「大阪日日新聞」（1946・7・31）第2面（大阪市立中央図書館所蔵）

に棋譜が連載されたのです（一九四六・七・三一～八・一〇。図参照）。新聞社の予告では「強引無類の指し口を誇る」と紹介されていた作之助ですが、実戦では、序盤を優勢に進めた月形の一つの悪手に乗じ、手堅い寄せで勝利を収めました。映画『宮本武蔵』（一九四〇）で佐々木小次郎を演じた月形を相手に、大幅な遅刻して対局に臨んだという演出も含めて、作家の素顔を物語る逸話だと言えるでしょう。

作之助は作品にも将棋を多く用いました。実質的なデビュー作と言われる『雨』（一九三八・一一）にも、主人公の豹一が、少年時代に将棋を習う場面があります。教えてくれるのは「奇想天外の手やと言って第一手に角の頭の歩を突くような嫌味な指し方を」する和尚でした。

角の頭の歩を突く。この将棋の常識を無視した奇抜な手は、坂田三吉が一九二〇年一〇月一〇日、大崎熊雄を相手に、先手の二手目として指したことで有名です。作之助の坂田への傾倒がうかがえます。が、この小説に坂田の名前は出てきません。作中でも、和尚の性格を語るために、やや滑稽に使われているだけです。

作之助は『夫婦善哉』で文藝賞を受賞したときの「感想」で、「手のない時は端の歩を突けで、私の「夫婦善哉」は自玉側の端の歩を突いたような小説で、手がなかったのである」と書いています。「突いてはみたが、矢張り行詰り模様で、既に私はあの小説の文体の行詰りを感じていた」というのです。作之助は、将棋の指し手を、小説を書く方法になぞらえています。ただ、これは端歩突きではあっても、坂田の端歩突きではありません。

作之助は六年半後、「可能性の文学」（一九四六・一二）で、「その時私の突いた端の歩」について「日本の伝統的小説の権威を前にして、私は施すべき手がなかった」とふり返っています。「少しはアンチテエゼを含んでいたが、近代小説の可能性を拡大するための端の歩ではなかった」というのです。それに対して「可能性の文学」では、「近代小説の可能性を拡大するため」の手としての端歩突きが語られています。その端歩突きこそ、坂田三吉が二回見せた、画期的ながら、大きなリスクをともなう手のことでした。

では、坂田三吉とはいかなる棋士で、坂田の端歩突きとはどのような手であったのでしょうか。坂田は一九四六年七月二三日に亡くなりました。ちょうど前に述べた月形との対局がなされた七月二六日に、作之助は棋戦を主催した大阪日日新聞社から追悼文を依頼されました。そこで執筆された「坂田三吉のこと」（一九四六・七・二八）で、坂田と端歩は次のように語られています。

坂田は無学文盲で棋譜も読めずこれといって師匠もなかったが、将棋にかけては天稟の鬼才があり、我流の棋風をあみ出して、天衣無縫の型破りの「坂田将棋」は一時東京の棋界をふるえ上らせ、晩年に至るまで棋界の惑星であり、坂田の対局はつねに問題を惹き起した。

ことに問題となったのは、昭和十二年、木村名人（当時八段）と花田八段の二代花形棋士を相手にした二つの対局である。これは坂田対東京方棋士の鼎の軽重を問う昭和の大棋戦で、十六年間対局から遠ざかっていた坂田にとっては坂田将棋の真価を世に問う一世一代の対局であったが、坂田はこの大事な将棋の第一手に、二局とも古今未曾有の型破りの奇手——即ち端の歩を突くという意表外に出て、棋界をあったといわせた。この奇手はいわば坂田の最後の青春ともいうべきもので、普通なら一世一代の大事な将棋だから石橋を敲いて渡る式の堅実な指し方をする筈だのに、敢て定跡破りの乱暴な、不合理な手を以て合理的な近代将棋の代表選手である木村、花田と戦ったという点に、坂田という人の宿命的な天邪鬼があった。

この坂田の手をめぐって、作之助は二つの小説を書いています。共に一九四三年に発表された『聴雨』と『勝負師』です。

坂田に重なる「私」①『聴雨』

『聴雨』は、外で雨の降っていることに気づいた「私」が、坂田三吉と木村義雄の棋戦を思い出す話です。坂田は関西名人自称問題がもつれて長期間のブランクを余儀なくされたあと、そのころ名人に最も近かった木村と花田長太郎という二人の若い棋士と戦うことになります。世間の耳目が集まるなか、坂田は木村との対局の最初の手で、端の歩を突きます。その棋譜を新聞で見た、病気と孤独に苦しんでいた当時の「私」の興奮が語られ、最後は再び坂田の話に戻ります。坂田は木村戦に敗れたものの、次の花田戦でも逆の端歩を突こうと考えつつ、雨に濡れていきます。

酒井隆史『通天閣　新日本資本主義発達史』（二〇一一）で指摘されているように、作之助は『聴雨』の坂田に関する記述の多くを、菅谷北斗星『坂田将棋・近代将棋争覇録　坂田・木村・花田熱戦棋譜』（一九三七）と、坂田「将棋哲学」（「大阪朝日新聞」一九二九・一・八〜一九）に拠っています。そのうえで、数々の逸話を取捨選択したり、坂田の発言を大阪弁にしたり、語る「私」を組み入れたり、独自の工夫を凝らしています。

なかでも「私」の語り方には創意が加わっています。この小説では、「その頃でさえ、坂田には食うや呑まずの暮しが続いていたのである。自分は将棋さえ指して居れば、食う物がなうても、ま、極楽やけれど、細君や子供たちはそうはいかず、しょっちゅう泣き言を聞かされた」というように、地の文において、語り手の説明と坂田の内面とが、しばしば入り交じります。そうすることで「私」と坂田とが見分けがたくなっているのです。酒井隆史はそうした「まるで落語において、マクラからふと本題へと移っているような、あるいは浪曲において、語りから節へ、節から語りへの移行のような、切れ目のない話法の転換」や「ほんのわずかの閃くような場面と話者の転換」を、「絶妙」なものとして評価しています。

注目するべきは、そうした「私」の世界と坂田の世界とをゆるやかにつなぐ語りによって、複数のレベルで「私」と坂田とが重ねられていることです。過去の「私」は、新聞で「先手の角道があいて、後手の端の歩が一つ突き進められているだけという奇妙な図面」を見て、「九四歩つきといふ一手のもつ青春に、むしろ恍惚としてしまった」と言います。

私のこの時の幸福感は、かつて暗澹たる孤独感を味わったことのない人には恐らく分るまい。私はその夜一晩中、この九四歩の一手と二人でいた。もう私は孤独でなかった。私の将棋の素人であることが、かえって良かった。木村はこの九四歩にどう答えるだろうか、九六歩と同じく端の歩を突いて受けるか。それとも一六歩と別の端の歩を突くだろうかなどと、しきりに想像をめぐらし、翌日の新聞を待ち焦れた。

そして結末では、坂田が「次の花田はんとの将棋には、こんどは左の端の歩を突いたろ」と思いつき、そのアイデアを口にしかけて思いとどまり、「その想いつきのしびれるような幸福感に暫らく揺られていた」姿が描かれます。「私」が坂田に憧れているだけではありません。端歩突きを想像し、他人と分かち合いがたい密かな「幸福感」をかみしめている点で、両者は重なって見えるのです。

ただ一方で、坂田の将棋の話の端々に「私」が顔を出す構成は、読者に違和感を与えることもあったようです。発表直後には、「坂田翁という実在の一見書き易く見えて最もむつかしい、この題材を見事に何ら渋滞を示されず渾然とさし示された」点を褒めながらも、「お作に「私」というものが登場してきましたがこれはどういう秘密を物語るものでしょう」と質問する批評がありました。坂田の話なのに、なぜ「私」が差し挟まれるのかわからないというのです。

これに対して作之助は、「僕には作風をかえる上からも「私」が必要だったのです。（中略）といって、僕は私小説を書いたのではありません。また、ただ坂田三吉を書いたのではありません」と答えています（「私信復信　吉岡芳兼様へ」一九四三・一〇）。また、「冒頭の「私」が聴く雨と最後の坂田翁の聴く雨とを照応させて「聴雨」とした」とも語っています。「私」を意識的に使い、「私」と坂田が重なる構成にしたことを打ち明けているのです。

なるほど『聴雨』は「私」と坂田、二人をめぐる物語です。「私」は坂田に共感しています。しかし賛美はしません。『聴雨』の語り手は、時に坂田に辛辣でさえあります。この小説では「我の強気を去らなくては良い将棋は指せないという持論」を持つ坂田が「我を去ろうとして」かえって「我を示す手」を出してしまった姿が描かれています。語り手は「坂田は九四歩を突いた途端に、もう負けていた」と言います。なぜなら「変った手を指してあっと言わせてやろうという心に押し出されて、自ら滝壺の中へ飛び込んでしまった」からだというのです。

語り手は、坂田が「我」を出したために敗れたと考えています。つい変わった手を指そうとする自分を抑えられない坂田。ただその姿は、坂田を描きながら「私」を前に出すという、違和感を与えかねない小説の書き手に似ていないでしょうか。

整理しましょう。『聴雨』には三つのレベルの「私」がいます。坂田の端歩に「幸福感」を抱いた過去の「私」。雨を聴いて、坂田と自分の過去を思い出す今の「私」。そうした今の心境をつづり、つい前に出すぎてしまう書き手の「私」。どの「私」も坂田に重ねられるのです。

このように「私」を意外な形で使った作品が「作者としては気に入っている。評判も悪くなかった」(『猿飛佐助』「あとがき」一九四六)と一定の成功を収めたこと。それは、坂田の端歩もあながち悪手ではなかったのでは、と捉える見方をほのめかしているようにも思われます。

坂田に重なる「私」②『勝負師』

続く『勝負師』も似たしくみを持ちます。『勝負師』は、坂田三吉について「ある文藝雑誌の八月号に書いた」ことを、一ヶ月後の今になって思い悩む「私」の話です。作之助は「あとがき」(前掲『猿飛佐助』)で「小説にならない材料を小説にしてみたという試みに過ぎない」と述べています。やや否定的ではあるものの、「試み」とされていることは無視できません。それは『聴雨』の楽屋裏を語っただけの身辺小説ではないはずです。

語り手は、まず「七十五歳の高齢とはいえ今なお安らかな余生を送っている人」について「何の断りなしに勝手な想像を加えて書いた」ばかりか、「古傷にさわることを敢て憚らなかった」こと、「弱みにつけ込んだような感想をほしいままにした個所も多い」ことを反省します。が、次のように筆を進めます。

それにもかかわらず、今また坂田のことを書こうとするのは、なんとしたことか。けれども、ありていに言えば、その小説で描いた坂田は私であったのだ。坂田をいたわろうとする筆がかえってこれでもかこれでもかと坂田を苛めぬく結果となってしまったというのも、実は自虐の意地悪さであった。私は坂田の中に私を見ていたのである。（中略）つまりは私が坂田を書いたのは、私を書いたことになるのだ。してみれば、私は自分を高きに置いて、坂田を操ったのではない。私は坂田と共に躍ったのだ。それがせめてもの言い訳けになってくれるだろうか。

『勝負師』の語り手は、坂田を小説化した「言い訳け」として、『聴雨』において坂田は「私」でもあった、とくり返します。別の部分では「坂田の中に私の可能性を見た」とも述べています。坂田に重なることによって、ひらけてくる「私」の「可能性」があるということ。それは先に述べた、端歩という手の先鋭さと、「私」を用いた小説の試みとの重なりを裏づけます。そして「可能性の文学」で坂田が使われた理由でもあるはずです。

しかも、このように『聴雨』のねらいが語られる『勝負師』にも、坂田と「私」を重ねるしくみがあります。『聴雨』が坂田の復帰第一局である木村戦を中心にしていたのに対して、『勝負師』では第二局の花田戦が多く描かれています。

花田戦の端歩突きは、次のように語られます。

坂田は花田八段の第一手七六歩を受けた第一着手に、再び端の歩を一四歩と突いたのである。さきには右の端を九四歩と突き、こんどは左の端を一四歩と突く。九四歩は最初に蛸を食った度胸である。一四歩はその蛸の毒を知りつつ敢て再び食った度胸である。無論、後者の方が多くの自信を要する。なんという底ぬけの自信かと、私は驚いた。

語り手は、坂田が再び端歩を突いた「度胸」を取りあげます。注意したいのは、この作品が、「私」を出しながら坂田を語ることにおいて、やはり二度目の試みになっていることです。それも坂田の端歩と同じく「ちょうど一月」後に試みている、というのは、偶然にしては出来すぎでしょう。坂田を小説にした反省を語ると同時に、再び坂田を小説にする。一度失敗した挑戦を懲りずに行う。『勝負師』の「私」のふるまいは、花田戦における坂田のふるまいをなぞっているのです。

現実の花田長太郎は、対局後の感想で、坂田が「自分は勝敗に超越して新手の開拓に精進するつもりです」と語っていたことを取りあげ、「勝負士としての存在しかない私どもにとりまして坂田さんの言葉は何にかしら私の耳朶《じだ》を打つものがあります。私などは周囲の環境から勝負に拘泥し未だに焦った落着けぬ気持ちが抜切れないのはどうした訳なのでしょう」と述べました。坂田は「勝負士」を超えているというのです。作之助はこの花田の感想を読んでいます。

「一四歩」の解釈についてはいていても引用さえしています。しかし小説では「二人の勝負師が無我の境地のままに血みどろになっている瞬間」を描き、坂田をあくまで「勝負師」に留めるのです。

作之助の小説では、坂田と花田は、共に日常生活においては少し変わった、脱俗的な人物として語られています。しかし将棋に関しては、どちらも「勝負師」になります。坂田は完全に俗を脱した存在にはされていません。作之助の小説で、坂田はどこまでも、我を捨て去ろうとしながらも我を出してしまう存在として語られています。自分ではままならない性に振り回されながら、時にふてぶてしく、悲劇的というよりユーモラスな雰囲気を湛えたその姿は、『夫婦善哉』の蝶子と柳吉、『わが町』（一九四二・一一）の佐渡島他吉、『六白金星』（一九四六・三）の楢雄、『世相』の横堀といった、作之助の小説にしばしば登場する人物たちを想起させます。

具体的な影響も見られます。『勝負師』の「私」は冒頭で「赤ん坊が泣き出した」声に惹かれ、坂田の「子供の泣き声を聴いていると、自然に心が浄まり、なぜか良い気持になって来る」という発言を思い出します。末尾では、赤ん坊の泣き声が対局中の坂田の耳朶を打っていたとされます。『聴雨』と同様に、冒頭の「私」と末尾の坂田を照応させ、両者を重ねる手法が用いられているのです。この赤ん坊の泣き声という、坂田の「将棋哲学」を踏まえた部分を、作之助は『螢』（一九四四・九）の登勢の造型に活かしています。登勢は「なぜか赤児の泣声が好き」で「あの火のついたような声を聴いていると、しぜんに心が澄んで来ると言い言いし」、「わけもなく惹きつけられ」たとされているのです。

ただし、作之助は執筆当時まだ存命であった坂田だけをそうした〈ままならない人物〉にしたわけではありません。坂田を書くことで自分も書く、という試みをもう一度くり返し、はたして失敗する男として「私」を描いてもいるのです。

このように、作之助が一九四三年に発表した二つの小説では、坂田が自家薬籠中の登場人物のように描かれると共に、語り手「私」に重ねられていくという特徴が見られました。そこで端歩突きは「私」を用いた実験的な手法に重ねられます。その実験性は、坂田の端歩をただの敗着の一手と見なさない解釈へと読者を誘うでしょう。

「可能性の文学」が書かれるのはこの三年後です。評論という形式で書かれたその作品では、登場人物としての坂田は後景に退かせられています。逆に、作之助が坂田を「私」に重ね、端歩の実験性を評価する意図は、より鮮明になっています。

一九四六年の坂田と「可能性の文学」

「可能性の文学」は、坂田の端歩突きのような常識に縛られない手法が、文学においても取り組まれるべきだと説いた評論です。しかし、なぜ一九四六年一二月という時期にこの主張をするために、坂田と端歩突きが取りあげられたのでしょうか。

一九四六年下半期は、棋界に大きな変化の兆しが現れた時期でした。かつて坂田を打ち負かし、実力制初代名人となり、「十年不敗」を謳われた木村義雄名人が、戦地から復員してきたばかりの升田幸三に連敗したのです。「木村名人・升田七段挑戦五番勝負」（「夕刊新大阪」一九四六・九・一八〜一〇・三、一〇・一五〜二九、一二・九〜三一）は、新興地方新聞主催の棋戦ながら、大きな話題となりました。夕刊大阪新聞社に勤めていた足立巻一は、のちに『夕刊流星号——ある新聞の生涯』（一九八一）で、「それは牢固とした旧秩序に対して新しい若い力が交替してゆく、時代そのものの象徴であったかもしれない」と書きました。升田の出現は、棋界を超えた戦後という時代の変化、世代交代の印象を与えていたのです。

四六年一一月まで京阪で暮らし、「夕刊新大阪」に小説や随想を寄稿していた作之助は、升田が木村を打ち負かしつつある衝撃を、東京の作家たちよりも肌で感じたでしょう。実際、「可能性の文学」の二ヶ月前に発表した「二流文楽論」には、升田の名前が持ち出されています。

一九四六年の一〇月と一二月に、作之助が「改造」という同じメディアから世に問うた「二流文楽論」と「可能性の文学」は、似た内容を語っています。すなわち、既成文壇の権威への反発であり、常識や定説に流されることへの疑念と抵抗です。木村名人の絶対的な権威を突き崩しつつあった新進気鋭の升田の快進撃は、そのモデルにふさわしい存在でした。作之助は

「二流文楽論」で、升田が「雑談中共産党をどう思うかと質問された時、「共産党は将棋が流行している間は、あきまへんな。将棋は王将を大事にするもんやさかい」と、異色ある返答をした」ことを取りあげて、「独創的な言葉」と評価しています。作之助が升田に注目していたのは明らかです。また、升田が関西出身で、棋戦が大阪の新興新聞社主催で行われたことも、京阪の新興新聞に連載した小説で人気を博し、「読売新聞」で小説を連載中だった作之助に、親近感を与えたでしょう。二人を対談させる計画もあったと言います。

作之助は、この升田に自分を重ねる戦略も採れたはずです。しかし作之助は、升田を「二流」の旗印にはしません。大阪の代表にもしません。升田と木村の棋風ではなく、人物の評価を取りあげ、文壇に「一流」が多すぎることの批判に使うだけです。二ヶ月後の「可能性の文学」では、升田に触れさえしません。

代わって持ち出されたのが、四ヶ月前に亡くなった坂田三吉でした。しかし戦後のメディアにおいて、坂田はすでに忘れられかけた人でした。坂田の死は、「夕刊新大阪」「大阪日日新聞」のような関西の夕刊紙では大きく取りあげられたものの、全国紙である「朝日新聞」「毎日新聞」での扱いは小さなものでした（後者は死亡日を間違って記載している始末です）。前述の木村・花田との「昭和の大棋戦」を主催した「読売新聞」は、報じさえしませんでした。

したがって、評論のマクラとしては、いま木村名人の権威を真っ向から崩しつつある升田ではなく、八年前の全盛期の木村に奇抜な手を用いて敗れた坂田の話を持ち出すことは、効果を見こみにくかったはずです。にもかかわらず、作之助は坂田と端歩について長々と語り、自分の文学につなげようとしました。

そこには作之助の坂田に対する好意や共感があったのかもしれません。岡本嗣郎『孤高の棋士　坂田三吉伝』（二〇〇〇）で「新聞将棋と新聞小説は不思議な相関関係にある。二つはその出発点から、ぴったり歩調を合わせて新聞の中にその地歩を固めていった。新聞の大衆化とともに、新聞社の販売政策に欠かせぬ娯楽として、将棋と小説が選ばれたことに、その原因はあるようだ」と述べられているように、かつて新聞小説と棋戦は共に新聞の目玉でした。大正時代も、敗戦直後もそうでした。坂田は「大阪朝日新聞」に見出されましたし、木村義雄との対局も「読売新聞」で喧伝されました。坂田とは「新聞将棋の勃興と歩みをともにする――巻き込まれていく」（酒井隆史『通天閣』）ことになった棋士だったのです。

その坂田を、敗戦後のメディアの寵児で、戦後の一年強で四つもの新聞小説を書いた織田作之助が取りあげたわけです。新聞将棋で有名になった坂田と、新聞小説で有名になりつつあった作之助。二人とも激しい毀誉褒貶にさらされたこと。世間を驚かすのが好きだったこと。そうした共感があったことは推測できます。

しかしそれ以上に、「可能性の文学」の著者には、端歩突きという行為が重要だったのではないでしょうか。少なくとも「可能性の文学」執筆時点で作之助が知り得た升田の斬新さは、その手よりも、名人を連敗させたという事実にありました。むろん将棋において勝敗は重要です。しかし盤上に残された跡には、勝敗だけには還元できない要素が含まれています。その一つに方法への探究心があります。「可能性の文学」では、そこに将棋と文学との接点が見出されています。そして「「可能性の文学」という明確な理論が私にあるわけではない」にもかかわらず、まず既成の枠組みを超えようとする試み自体の必要を訴える作之助には、「善悪はべつとして、将棋の可能性の追究としては、最も飛躍していた」坂田の端歩は際立ったものに映ったのです。

「可能性の文学」と、その四ヶ月前に書かれた追悼文「坂田三吉のこと」とを比較すると、端歩突きへの評価がちがっていることに気づきます。「坂田三吉のこと」から見てみましょう。

坂田の名文句として伝わる言葉に「銀が泣いている。」という一句がある。悪い所へ打たれた銀が進むに進めず、引くに引かれず、ああ悪い手を打たれたと、坂田の心になって泣いているという意味だ。

坂田は死んだ。

坂田の将棋もやがて忘れられるだろう。が「銀が泣いている。」という坂田のこの一句――無学文盲の坂田の口から出たこのあまりにも文学的な表現だけは、永久に後世に残るだろう。しかもこの一句ほど坂田という人を象徴している表現はないと、僕は思う。

この追悼文の内容の多くは「可能性の文学」と共通しています。そこでも「銀が泣いている」という一句は、歴史に残る「坂田という人の一生を宿命的に象徴している」一句だとされています。しかし「可能性の文学」には、その先があります。「私は銀が泣いたことよりも、坂田が一生一代の対局でさした「阿呆な将棋」を坂田の傑作として、永く記憶したい」と、端歩突きの方に光が当てられるのです。つまり、坂田の「人」を象徴した言葉より、指し手、方法が積極的に採りあげられているのです。

作之助は「可能性の文学」で、坂田の話をマクラに使いながら、文学の話へ展開していきます。「定跡へのアンチテエゼは現在の日本の文壇では殆んど皆無にひとしい。将棋は日本だけのものだが、文学は外国にもある。しかし、日本の文学は日本の伝統的小説の定跡を最高の権威として、敢て文学の可能性を追究しようとはしない」と述べ、坂田の「阿呆な将棋」すなわち端歩突きを文学の問題と結びつけ、定型または「オルソドックス」（正統）への挑戦を主張するのです。日本文壇の私小説的伝統を批判し、人間の可能性と小説形式の可能性の追究を誓う作之助が、そこで横光利一の名前を出していることや、「偶然」を小説に組み入れるべきだと語っていることから、かねてから横光の「純粋小説論」との類似が指摘されてきました。当時の文壇では、私小説批判や本格小説待望論を、多くの作家や批評家、外国文学者らが語っていました。そして一九四六年の作之助は、京都のフランス文学者たちの近くにいました。そこには「第二藝術――現代俳句について」（一九四六・一一）で議論を呼んだ桑原武夫もいました。実際に「可能性の文学」では、「桑原武夫が、日本の文学がつまらぬのは、外国の文学に含まれている人間がいかに生くべきかという思想がないからだという意味のことを言っていたが」と、桑原の「日本現代小説の弱点」（一九四六・二）の一部が踏まえられています。その桑原は、「織田作之助君のこと」（一九四八・三）で「本筋はきわめて正しい立論で、西洋ならむしろ常識であろう」と、「可能性の文学」の主張をごく自然に受け止めています。坂口安吾も「これくらい当り前の言葉はない」（「未来のために」一九四七・一・二〇、「別に目新らしい論議ではない。実はあまりにも初歩的な、当然きわまること」（「大阪の反逆」一九四七・四）だと書いています。

直接的な交友があった人たちだけではありません。たとえば中村光夫「文学の框――この一年の文壇について――」（一九四六・一二）における「小説を直ちに私生活告白の技巧と考える自然主義以来の伝統的通念がどれほど現代の若い作家を毒しているか」という発言には、「私小説」という定型を批判する点で「可能性の文学」と通底するものがあります。一方、伊藤整

「本格小説談義」（一九四七・一）の、「小説にとって作者の私がどうあるかという問題は、私小説が日本だけの問題だと日本の文壇人が思っているのとちがって、ほとんど現代の世界の文学、否文学そのものの根本の問題である」という見解は、「日本の文学」と「外国の近代小説」とを図式的に対比させる「可能性の文学」の発想を乗り越えようとしているように思われます。

つまり同時代の文学者の、少なくとも一部にとって、「可能性の文学」の主な内容は前提として共有されていたのです。にもかかわらず、評論家の十返肇が「発表当時は賑やかな反響を受け（中略）織田を伝統文学への反逆者として一種英雄的にさえ見せた」（『贋の季節』一九五四）と回想しているのは、「可能性の文学」に書かれてある主張だけでなく、その訴え方に理由があったのではないでしょうか。そのような見方をしたとき、あらためて注目されるのが、坂田三吉の端歩から語り起こされていることです。

「可能性の文学」のしくみ

一九四六年秋、作之助は「可能性の文学」を書く二〇日ほど前に、吉村正一郎と「可能性の文学」（一九四七・一）と題した対談をしています。この対談では、坂口安吾、エッセイと小説、一流と二流、志賀直哉の文学、ジャン＝ポール・サルトルと徳田秋聲との対比など、同名の評論に近い内容が話題に上っています。しかし将棋の話は出てきません。「可能性の文学」の骨子は、坂田抜きでも語れたのです。それなのに評論では長々と語ったのは、坂田を使うことで、「可能性の文学」をその主張によりふさわしい評論にできると思ったからでしょう。

たとえば「嘘」について。この評論では「小説家というもの」は「宗教家や教育家や政治家や山師にも劣らぬ大嘘つき」だと、くり返し述べられます。「嘘つきでない小説家なんて、私にとっては凡そ意味がない」とさえ書かれます。小説の「嘘」を重視し、作家たるもの小説以外でも「嘘」をつくことを推奨するような態度。それは、まさにこの「可能性の文学」でも嘘がつかれていることを示唆するでしょう。

この評論には『世相』の楽屋裏が語られており、作中の作家が阿部定の公判記録を持っているので、現実の作之助も持っていると誤解されたという逸話が紹介されています。ところが大谷晃一の伝記によれば、作之助は本当に阿部定の公判記録を持っていたというのです。つまり、『世相』という小説の方が本当で、公判記録など小説に使った嘘だ、と述べた評論の方が嘘だったわけです。

これが一般の評論なら、作之助は〈嘘つき〉のそしりを免れないかもしれません。しかし「可能性の文学」においては、その嘘は、少なくとも読者への裏切りにはならないでしょう。小説家は嘘つきだ、と主張する小説家の手で書かれたこの評論は、それ自体が嘘であることを、あらかじめほのめかしているからです。

また、作之助は「目下上京中で、銀座裏の宿舎でこの原稿を書きはじめる数時間前は」などと、今まさに評論を書いている状況を語ることで、ただの評論ではなく、評論を書く評論にしています。その後にジッドの『贋金つくり』という、小説を書く小説の方法について語られます。これらは「嘘」の可能性の追究を訴える「可能性の文学」の主張と対応しています。そうした対応が、読者をより楽しませるしかけにもなっているのです。

つまり「可能性の文学」は、虚構の面白さを主張の柱とする評論だからこそ、面白がらせる虚構のしかけを備えているのです。坂口安吾は「大阪の反逆」で、表層的な面白さを「ハッタリ」と呼び、作之助は「ハッタリ」に重きを置き過ぎてしまったと見なしています。しかし少なくとも「可能性の文学」においては、嘘も面白さもうわべだけにとどまってはおらず、内容と緊密につながっています。その自己言及的なしくみが「可能性の文学」の特色なのであり、坂田三吉はその一部としてなくてはならない働きをしているのです。

「可能性の文学」では、坂田と端歩の話がマクラにしては長く続き、文学論としては破格の導入になっています。すなわち、「定跡というオルソドックス」への坂田の「挑戦」を褒めたたえる内容を、まさに「定跡」を踏み外した、横紙破りな構成で書くことで、自己言及的な構造を強化しているのです。

また、狭い文壇の話に限定せずに、間口を広くとっています。文学と無関係の元有名人の話を持ってきたことは、総合雑誌であった「改造」の読者に配慮した導入でもあったでしょう。坂田を使うことは、「小説本来の面白さ」の必要を説く文章そのものを、多くの人の関心を引くものにする工夫でもあるのです。

さらに、織田はこの評論で坂田の端歩突きを「将棋の定跡というオルソドックスに対する坂田の挑戦」だと見なし、「坂田三吉は定跡に挑戦することによって、将棋の可能性を拡大しようとした」と述べています。坂田を反権威の象徴に位置づけ、やがて文学における自身をその系譜に位置づけていく。これも、作之助が坂田を用いたねらいでしょう。

「可能性の文学」は、しばしば志賀直哉批判として受け取られます。しかし意外なことに、志賀の名前は中盤まで出てきません。逆に、坂田の名前は中盤以降消えます。具体的には、前半に坂田の名前が四一回、後半に志賀の名前が二二回出てきます。ただし序盤において権威への大胆な挑戦として坂田の端歩に筆が割かれ、印象づけられることで、中盤以降は、作之助が志賀という権威に挑戦しているように読まれやすくなっています。坂田と作之助が似通うだけではありません。「平手将棋の定跡として、最高権威のもの」である「相懸り将棋の理論を一応完成していた東京棋師の代表である木村」と、「心境的私小説——例えば志賀直哉の小説を最高のものとする定説の権威」というように、表現においても近づけられ、木村と志賀とを重ねやすく作られているのです。

志賀直哉が谷崎潤一郎との対談（一九四六・九）で「織田作之助か。嫌だな僕は。きたならしい」と口にしたことは、作之助の耳にも届いていました。それでも「可能性の文学」では、たとえば太宰治の晩年の評論「如是我聞」（一九四八・三〜七）に比べて、周到に個人攻撃になることは避けられています。作之助はこの評論で二三回とも「志賀直哉」と書いています。決して「志賀」と呼び捨てにはしません。

私はことさらに奇矯な言を弄して、志賀直哉の文学を否定しようというのではない。私は志賀直哉の新しさも、その稟質も、小説の気品を美術品の如く観賞し得る高さにまで引きあげた努力も、口語文で成し得る簡潔な文章の一つの見本として、素人にも文章勉強の便宜を与えた文才も、大いに認める。この点では志賀直哉の功を認めるに吝かではない。しかし、志賀直哉の小説が日本の小説のオルソドックスとなり、主流となったことに、罪はあると、断言して憚からない。

ここには志賀その人ではなく、あくまで世間が〈志賀直哉〉という存在に託している意味に立ち向かおうという意志が明らかです。

とはいえ〈志賀直哉〉に反旗を翻すことが、読者に強いインパクトを与えることを、作之助はしっかり計算していたでしょう。それは坂田の端歩突きのように、取り返しがつかなくなる一手かもしれません。しかし、だからこそどのような反応が巻き起こるのかという「偶然」に託した賭けが、作之助を誘惑したのではないでしょうか。

もっとも、将棋を使ったわかりやすいたとえには、落とし穴もありました。文楽を導入にして文学を語った「二流文楽論」とちがい、「可能性の文学」では、一対一で勝敗を争う将棋になぞらえて文学を語ることにおいて、「織田作之助」と「志賀直哉」という固有名詞が前に出過ぎてしまったきらいがあります。

生身の身体が盤を挟んで向かい合う将棋なら、「坂田三吉」と「木村義雄」の名前が前に出るのは不自然ではありません。しかし文学の場合は、誤解を招きかねません。「可能性の文学」の主旨は、日本の伝統的な文壇小説ではなく、人間と虚構の可能性を追究する小説が書かれるべきだということです。ところが、「織田作之助氏は、死の直前、「可能性の文学」において、志賀直哉氏の文学に反発を示していた」（上林暁）、「ひどくむきになったものだが、それは志賀直哉にぶつかって、これを越えないかぎりおのれの文学の道はないという稍々せっぱつまった昂奮から来ているようだ」（臼井吉見）、「織田の如きは、志賀に「きたならしい」と一言云われたばかりに完全に逆上してしまった」（中野好夫）といった同時代の受容のように、あるいは後年『雑誌『改造』の四十年』（一九七七）で「織田は、このエッセイのなかで、文学の神様といわれた志賀直哉や小林秀雄などを、八つ当り的に斬りまくった」とされているように、作之助が志賀に反発した、という個人的な感情の問題に矮小化される危険がありました。作之助は、そうしたリスクまでは計算していなかったように思われます。

また、売り出し中であった升田幸三ではなく坂田の端歩突きが使われたことで、評論に時代錯誤とも言える面が生まれたことは否定できません。坂田が端歩を突いたのは、もう一〇年近く前でした。そして「可能性の文学」の主張にも、横光の「純粋小説論」と「偶然」をめぐる議論など、一〇年前に流行した話の蒸し返しのようなところがありました。

つまり第二章で述べた『世相』と同じように、作之助は将棋についても文学論としても、一〇年前の話を持ち出して権威に挑んでいる形になるのです。しかし、それはただの時代錯誤ではなく、時計の針を巻き戻すための、意図的な方法ではなかったでしょうか。

「純粋小説論」は話題を呼びましたが、議論はさしたる深まりも見せぬまま、時代は戦争に傾斜していきました。小説の方法や形式的な試みを突き詰めることは困難な状況になりました。作之助も戦時下に、『清楚』（一九四三）のようなメタフィクションを書く一方で、『白鷺部隊』（一九四四・四）や『皮膚』（一九四四・一〇）のような、時局に迎合したと受け取られても仕方のない作品を書いていました。

文壇だけではありません。引退していた坂田は別にして、木村は将棋界のトップとして、棋士たちによる戦争協力組織である棋道報国会での活動や、「戦列断想　勝敗の鍵は「質」に遊び駒なき〝手合〟へ」（一九四四・四・二三）や「出血作戦　駒落将棋の戦略」（一九四五・三・二五）のような、戦局を将棋にたとえて語る仕事を引き受けていました。升田は一九四四年から、陸軍兵士としてトラック諸島に赴いていました。多くの新聞には、小説も棋譜も載らなくなっていました。

しかし一九四六年の暮れ、再び新聞に小説や棋譜が載り始めます。そして将棋界では坂田が死に、木村が升田に圧倒されかけています。ところが文学の世界では、一九三七年に坂田と木村が戦った時代に提起された問題が、残されたままになっています。「可能性の文学」で坂田の端歩を導入にしたのは、時間を巻き戻すためでもあったのではないでしょうか。

坂田の名前が消える「可能性の文学」の終盤には、サルトルの名が一〇回も出てきます。作之助はそこで「サルトルと秋聲」（一九四六・一一・一七〜一九）などの同時期の随想と同じ意見を述べています。すなわち、徳田秋聲や志賀直哉の作品を日本の伝統的な小説の典型と見なし、そこに一定の意義を見出しながらも、あらゆる価値に疑問が提出される戦後において、新しい小説を模索している自分のような作家はサルトルの作品に惹かれるとして、『水いらず』（吉村道夫訳、一九四六）を「人間の可能性を描い」た小説として評価するのです。

ただし「可能性の文学」では、同時に「サルトルの「アンティミテ」（水いらず）という小説を、私はそんなに感心しているわけでもない」とも述べています。では何に感心したというのでしょうか。それはサルトルが「精神や観念のヴェールをかぶらぬ肉体を肉体として描くことを、人間の可能性を追究する新しい出発点としたこと」です。「スタンダールやジイドの終った所からはじめず、彼等がはじめなかった所からはじめ」たことです。

むろん作之助は『水いらず』が戦前の作品だと知っています。「サルトルと秋聲」では「「水いらず」という一九三八年の作品が、一九四六年の日本にとって一つの文学的必然となり得ることだけは、断言してもいい」と述べています。一九三七年の坂田の端歩と、一九三八年のサルトルの小説。革新的な方法への探究を試みた両者を、一九四六年の日本文学は参照するべきだと作之助は説いたのです。

可能性の坂田三吉

「可能性の文学」は絶筆となりました。作之助に、ここでの主張を本格的に実現する時間はありませんでした。ところが、この評論は作之助没後、おそらく彼が想像もしなかった大きな動きを招きよせます。「可能性の文学」は、坂田三吉を「戦後が生んだ国民的英雄の第一号」（岡本嗣郎『孤高の棋士　坂田三吉伝』）にするきっかけになったのです。

鍵になったのは新国劇です。新国劇の辰巳柳太郎は、一九四五年一二月二八日付の作之助への手紙（大阪府立中之島図書館織田文庫所蔵）で、「新国劇としても　ここで一寸問題になる物をやりたく思っています。素材も出来上りも新らしい物にしたいですネ。勝手な事を書いて済まんですが、力になって下されば幸です」と台本を依頼しています。この依頼を作之助は受けなかったようです。が、辰巳は作之助に注目し続けていたのでしょう。「可能性の文学」を読みました。北條秀司「『王将』のはじまり」（『演劇太平記（二）』一九八五）や、一連の言説を踏まえた酒井隆史『通天閣』の分析によると、辰巳が坂田三吉をモデルにした台本を頼もうと、北條秀司に連絡したようです。北條も「可能性の文学」を読んでいました。話は急速にまとまります。北條秀司脚本／辰巳柳太郎主演の新国劇『王将』（有楽座、一九四七・六・四）は、辰巳の名演技もあって好評を得て、伊藤大輔監督・脚本／阪東妻三郎主演による映画『王将』（大映、一九四八・一〇・一八）を引き起こし、やがて村田英雄の歌（西条八十作詞、一九六一・一一）にまで波及したことで、坂田三吉の存在が再び世に広く認知されるようになるのです。

北條が書き、辰巳が演じ、その後さまざまに変奏された坂田の像。それは作之助が「可能性の文学」で提示した、権威や定説に抗う坂田像とは異なります。あえて言えば、それは『聴雨』や『勝負師』に描かれた、作之助作品の登場人物としての坂田を、より通俗的にした姿です。しかし作之助が坂田を評論で取りあげたことが、この忘れかけられていた棋士を蘇らせたのはまちがいありません。いわば作之助は、坂田の「可能性」を引き出したのです。「可能性の文学」は文壇で話題になりました（終章参照）。作之助の主張が広く受け入れられたわけではありません。それでも、評論に坂田三吉を使うという奇抜な手は、坂田の「可能性」を「偶然」引き出し、文壇の外に広がる世界を大きく動かす一手となったのです。

Ⅱ　作之助の〈器用仕事〉——先行作品の換骨奪胎

第一章　『近代大阪』のサンプリング――「馬地獄」

作之助の小説の作り方

織田作之助の伝記や回想記をひもとくと、この作家が日々の経験や見聞で得た素材をかたっぱしから創作につぎこんでいたという逸話を頻繁に目にすることになります。大谷晃一による評伝からは、『夫婦善哉』をはじめ多くの小説が、実は体験や肉親から聞きこんだ話を膨らませたものだったことがわかります。また、藤澤桓夫は「ぼくらの仲間では「書こうと思うことは絶対に織田作にしゃべったらあかん」といっていました」「〝いうと書かれるから、織田作にはいわんとこ、いわんとこ〟と思っていたんですよ（笑）」などと回顧しています（『回想の大阪文学』一九七八)。

もちろん作之助は、小説制作の助けとして、体験や見聞のみにこだわっていたわけではありません。藤澤は同時に、「もし織田君が、何かを読んでおもしろいと思って感心したら、その感心を自分の次かその次の作品の中に生かすわけです」と述べて、『清楚』(一九四三)が夏目漱石『吾輩は猫である』の、『十五夜物語』(一九四五・九・五〜一九)がセルバンテス『ドン・キホーテ』の強い影響下にあることを指摘しています。他にも作之助にはパロディ作品が多くあります。井原西鶴やスタンダールに傾倒し、積極的に取りこんでいたことはみずから吹聴していましたし、作之助自身は明示していないものの、近年の研究からは、同時代作家の小説や、新聞記事、あつかうテーマに関する専門的な文献資料などから少なからぬ摂取を行っていたことが明らかになりつつあります。

友人であった詩人の杉山平一は、作之助が得意とした大阪の町並みを事細かに描出する方法も、こうした小説作法の賜物だったと指摘しています。

「アドバルーン」の夜店の一軒一軒の情景の羅列の美しさは、彼の文学の根本であって、一人の人間にからまる挿話を横にならべてゆく、商売をならべてゆくという方法——これを彼は放浪性と自らは呼んでいたが、これは主人公の運命ではなくてききかじった色々の話をむすぶテク

ニックなのである。（「織田作之助君を偲ぶ」一九四七・五）

大阪の情景にせよ、「放浪性」にせよ、いかにもオダサクらしいと思われている表現には、あちこちから手に入れた材料を作之助が足し合わせていく過程で生まれたものもあるのです。ここでは、そうした作之助の創作手法を、彼の代表的な作品の一つである「馬地獄」を通して確かめたいと思います。「馬地獄」がどのように書かれたかを検証すること。それは、作之助という作家の創造の営みを具体的に明らかにすると共に、近代大阪の町や人情を丹念に描いた風俗作家としてイメージされがちなオダサク像を問い直すことにもなるはずです。

「馬地獄」の概要

大阪の堂島川に架かる玉江橋に、一人の男が佇んでいる。日々の塵労に疲れた「彼」は、弓なりの橋を喘ぎつつ渡る荷馬車の馬を見て「惻隠の情」を覚えている。ある日「彼」は見すぼらしい「男」に声をかけられる。無一文の「男」は、朝から何も食べないまま遠くの親戚を徒歩で訪ねようとしているようだ。同情した「彼」は、なけなしの五〇銭を「男」に差し出す。ところが三日後、同じ「男」に、同じように声をかけられた。失敗に気づいた「男」はあわてて逃げる。

その方向から荷馬車が来た。「彼」はその荷馬車の馬に驚きと苦痛の表情を見出す。

このような内容である「馬地獄」は、一九四一年一二月に発表された『動物集』のなかの、四〇〇字詰め原稿用紙で四枚ほどの掌編です。『動物集』全体は、「十姉妹」「土佐犬」「鴉金」「馬地獄」「梟」「狸」「猫の蚤」という七つの掌編から成ります。いまだ駆け出しの作家であった作之助が、「大阪文学」という中央文壇から離れた同人雑誌に発表した作品でした。ところが幸運なことに、文壇の大家の一人であった正宗白鳥から「いろいろな鳥獣を題目に摂って、人間を描いた小品である。目のつけ所が面白い。少し舌足らずの書振りだが、そこに愛嬌があると言ってもいい」と評価されました。

作之助も自信があったようです。翌月の「大阪文学」には、「古木雄呂志」なる男が、「彼にとっては無数に雑作なく書ける小説を並べたというだけのもの」だと批判してみせる一方、「作の出来栄えから言えば、従来の彼のものより、一段垢ぬけして来ている。七つのうち、「土佐犬」「馬地獄」「狸」の三つがよい。小説家魂が感じられるのだ」と肯定的に取りあげています。「こきおろし」をもじった名前のこの評者は、実は他ならぬ作之助その人であったことを、のちに同人であった名木晧平が明らかにしています。

『動物集』は、その後も『漂流』（一九四二）、『天衣無縫』（一九四七）といった単行本に収められ、没後も『織田作之助選集第一巻』（一九四七）などに収録されました。『織田作之助選集第一巻』の中央公論社出版部による「後記」には、「特に「馬地獄」なる一篇は着想すぐれ、鬱跡もまた鋭い、作者の全作品中でも出色の小品」と記されています。また、『現代日本文学大系70　武田麟太郎・織田作之助・島木健作・檀一雄集』（一九七〇）や、『ちくま日本文学全集織田作之助』（一九九三）には、「馬地獄」が『動物集』から独立して収録されています。これらのことからも、「馬地獄」が高い評価を受けてきたことがわかります。織田作之助研究者の間でも、「七つの話のうち『馬地獄』が最もすぐれ」（大谷晃一）、「人間の慾や金のやりくりを動物の名にかぶせて描いた小品集で、着想の面白さに、織田の才気が感じられる。特に「馬地獄」など秀作である」（浦西和彦）と評価されています。

なかでも宮川康は、「馬地獄」は「はっきりとした起承転結構成」を備えているとして、一篇を「［起］橋の様子と主人公「彼」の紹介／［承］苦労する荷馬車の「馬」を眺める「彼」／［転］「男」にだまされる「彼」／［結］「馬」に苦痛の表情を見る「彼」」と分析しています。また、［転］のエピソードのなかにも起承転結が見られるとして、［転］の部分を「〈起〉「彼」と「男」との出会い／〈承〉「男」に金を渡す「彼」／〈転〉「彼」と「男」との再会／〈結〉逃げていく「男」」と細分化しています。この区分にも、「このような起承転結の二重の構成によって、この掌編は、テンポの良い展開を与えられると同時に、否応なしの完結感を持つ」という指摘も説得力のあるものです。

ただ、そのうえで指摘したいのは、この中核にあたる「転」のエピソードに、典拠と思しき書物が存在することです。その書物とは、北尾鐐之助の『近代大阪』です。

『近代大阪』の寸借

北尾鐐之助『近代大阪』は、一九三二年一二月に、創元社から「近畿景観」シリーズの「第三編」として刊行された、「昭和四年ごろから、七年にかけて、書きためて置いた都会漫歩の記録」（「序」）です。梅田・心斎橋・千日前・天王寺などの中心部はもちろん、淀川や安治川などの河川や橋の様子も写し取り、大阪城や新世界や宝塚歌劇団やデパートの食堂にも目を配ることで、大阪という都市を多角的に観察した二七章から成ります。また、口絵をはじめ計四一枚の写真が挿入されている点には、名古屋新聞社および大阪毎日新聞社で記者として活躍し、「サンデー毎日」編集長として表紙写真も担当していた北尾の持ち味が発揮されています。

織田作之助は、北尾のこの著作から濃厚な影響を受けています。地理学者の加藤政洋は、作之助を「漫歩者・北尾鐐之助の影響を受けて「近代大阪」の景観を多くの作品に描き込んでいった一人の作家」と捉え、作之助の「大阪発見」（一九四〇・八）や「大阪の顔」（一九四三）といった随筆における法善寺横丁の描き方に、『近代大阪』の「法善寺横丁」の章の「露わ」な影響を読みとっています。そこには「ほとんど同意の文章」や「あからさまに北尾をパラフレーズした」あるいは「表現をなぞっている」文章が見られるというのです。そのうえで、作之助の独自性が、法善寺横丁のような「路地空間のなかに「大阪の伝統」という歴史性を敏感に嗅ぎと」り「「大阪らしさ」、「大阪的」なるものを表象＝代表する空間として」位置づけたことや、「表通りから裏通りへと移動する際に惹起された奇妙な感覚」のような細部の「空間的メタファー」にあることを認めています。

もっとも加藤は、作之助の数々の随筆や『夫婦善哉』『世相』などには言及しながらも、「馬地獄」については一言も触れていません。そこでこの章では、『近代大阪』中の「田蓑《たみのばし》橋附近」および「川口風景」という章を「馬地獄」との関連で取りあげます。

まず「田蓑橋附近」を見ましょう。この章で北尾は、「淀屋橋以西の土佐堀側南岸（大川町）渡邊橋以西、田蓑橋玉江橋、堂島大橋などの架っている堂島川筋など」を「橋と、建物と、河との調和美によって、作り出された近代都市風景！」と讃えています。たとえば、田蓑橋から見た夕暮れの風景は次のように活写されています。

午後四時頃になると、橋の両の袂にタクシーが集る。附近の大建築から四方に流れ出す退け時の会社員を狙うのだ。
　実際、この辺りほど、交り気のない俸給生活者を、一時に吐き出すところもすくなかろう。大阪ビルは目下のところ、大阪における大建築の最高のもの、それから大阪帝国大学にしろ、阪大附属病院にしろ、中央電信局にしろ、商工会議所にしろ、みなすくなからぬ通勤者を孕んでいる。試みに田蓑橋の上に立って夕暮れの一時、ここに都会風景を織り出すところの若きインテリの歩みを見給え。そして、その中から、近代女性の溌剌たる一つの階級性を拾うてほほ笑むのだ。ハイヒル、フェルト、ノン・ストッキング、ボッブ、口紅、そして紫の袴、白い看護衣などあらゆる働く女性の群れが、落日に向って、白き、赤きパラソルを橋の上に一斉に咲かせる。

　この「田蓑橋附近」に切り取られた都市風景は、「馬地獄」で描出された風景とは大きく異なります。「馬地獄」では、「東より順に大江橋、渡辺橋、田蓑橋、そして玉江橋まで来ると、橋の感じがにわかに見すぼらしい」とされ、「川口界隈の煤煙にくすんだ空の色」をはじめ、「調和美」とはほど遠い空間が描かれています。「附近の大建築」が無視されているわけではありませんが、「大学病院の建物も橋のたもとの附属建築物だけは、置き忘れられたようにうら淋しい」と、視野が極度に限定され、見過ごされがちな細部が拡大されます。一方で、「橋の上を通る男女や荷馬車」が取りあげられることはあっても、会社員が乗る「タクシー」や「インテリの歩み」や「近代女性」の「ハイヒル（ハイヒール）」に焦点が当てられることはありません。

むろん「田蓑橋附近」とちがって「馬地獄」は玉江橋を中心にしています。同じ川に架かる隣の橋とはいえ、異なる橋を基点にした風景である点は無視できません。しかし、北尾鐐之助は「田蓑橋附近」の光景として、玉江橋も視野に収めています。それは「西の方は玉江橋の黒い橋欄の上に、ゴシック風の四角な側燈がもう点っているが、西の空はまだ明るい。橋の上を行くすべての人が、みな影画を描く。対岸には、電車がすさまじい響きを上げている。自動車が非常なスピードで、黄金虫のようにその電車をかけ抜けて行く」と描かれます。一方「馬地獄」には、「ゴシック風の四角な側燈」も、電車も自動車も出て来ません。やはり両作品の語り手は、近接した場所から、異なる景色を切り取っているのです。

だからこそ注目したいのは、同じ『近代大阪』の「川口風景」という別の章の記述です。この章で北尾は、玉江橋のさらに西に位置する「新船津橋、端建蔵橋の上に立って、安治川筋の海を遠くみる夕暮の風景が好き」だと述べたあと、次のような出会いを描いています。

私はある日、橋上の白いアスファルト面に描き出される、無数の影のうごきをここに求めて、一六ミリの撮影機を動かしていたことがあった。すると突然耳もとで
……もし、もし、一寸お尋ねしますが。

という声が聞えたので、ふり返ると、三十前後の見すぼらしい一人の男が、日やけして真黒な顔をきょとんとさせながら、

……これから堺までどの位ありますか。

と訊くのである。

……堺まで?、堺までは可なり遠いが、君はどこから来たのだね。

……堺へ参ります。昨日神戸の方へ仕事を探しに行きましたが、おもうようにないので、これから歩いて帰ります。……

で、その男のいうところによると、神戸から何でも広い道を、まっすぐに歩いて、ようやく、ここまで辿って来たのであるが、一銭の金子ももたぬので、朝から一粒の飯も口にしていない。空腹でどうにも歩けない。しかし、仕方がないので、これから夜徹し、堺まで歩いて行くというのである。

そして、溜息をついて、じっと、首を垂れたまま、橋の下を見下している。

私はやにわに腰のポケットから銭入れを掴み出して、中から十銭銅貨二ツを取出した。

……これで何か食べて行き給え。

……ありがとう、どうもありがとう。

そう云いながら、男は、気力も何も衰え尽したように、とぼとぼと昭和橋の方へ歩いて行った。

その間私等二人の傍らを、幾百台の自動車が警笛を鳴らしながら疾駆して行った。橋欄の影、アスファルトに落ちる影のうごきも、その日は、地平線低くはびこった横雲にさえぎられて、ついに意に満たぬうちに暮れかかってしまった。

私は翌る日も、また、同じような時刻に、再びここの橋の上に立った。

橋の袂に話している二人の男の姿が目にうつった。一人は四十前後の紳士風の人であったが、も一人の見すぼらしい男の顔をみると、私は愕然とした。

……昨日の男だ。

その男は、きょうも同じように、路傍の慈善家から、幾干かを釣り上げたのであろう。やがてとぼとぼと、あぶなげな足どりでこちらにやって来たが、そこに立っている私の顔をみると、いきなり、くるりと廻れ右をして、それこそ、魂が入ったように、勃然として、風のごとく彼方に走り去った。

私は西の空に落ちかかった、巨大な、真赤な太陽と向い合って、腹の底からこみ上げて来る苦笑を、どうともすることが出来なかった。


長い引用になりましたが、北尾が「川口風景」の章を閉じるにあたって採用したこの寸借詐欺のエピソードは、次に掲げる「馬地獄」終盤と酷似しています。

ある日、そんな風にやっとの努力で渡って行った轍の音をききながら、ほっとして欄干をはなれようとすると、一人の男が寄って来た。貧乏たらしく薄汚い。哀れな声で、針中野まで行くにはどう行けばよいのかと、紀州訛できいた。渡辺橋から市電で阿倍野まで行き、そこから大鉄電車で――と説明しかけると、いや、歩いて行くつもりだと言う。そら、君、無茶だよ。だって、ここから針中野まで何里……あるかもわからぬ遠さにあきれていると、実は、私は和歌山の者ですが、知人を頼って西宮まで訪ねて行きましたところ、針中野というところへ移転したとかで、西宮までの電車賃はありましたが、あと一文もなく、朝から何も食べず、空腹をかかえて西宮からやっとここまで歩いてやって来ました、あと何里ぐらいありますか。半分泣き声だった。

思わず、君、失礼だけれどこれを電車賃にしたまえと、よれよれの五十銭札を男の手に握らせた。けっしてそれはあり余る金ではなかったが、惻隠の情はまだ温く尾をひいていたのだ。男はぺこぺこ頭を下げ、立ち去った。すりきれた草履の足音もない哀れな後姿だった。

それから三日経った夕方、れいのように欄干に凭れて、汚い川水をながめていると、うしろから声をかけられた。もし、もし、ちょっとお伺いしますがのし、針中野ちゅうたらここから……振り向いて、あっ、君はこの間の――男は足音高く逃げて行った。その方向から荷馬車が来た。馬がいななないた。彼はもうその男のことを忘れ、びっくりしたような苦痛の表情を馬の顔に見ていた。

なるほど両作品にはちがいもあります。内容面では、まず荷馬車の馬の有無に気づきます。また、神戸と西宮、堺と針中野、二〇銭と五〇銭というちがいがあります。さらに、「男」は仕事を探しに行ったのか、それとも知人に会いに行ったのかという点や、翌日に「男」を脇から見たのか、三日後に再び声をかけられたのかなどが異なります。

形式面ではどうでしょうか。北尾の文章では、直接話法と間接話法が駆使され、一つ一つの発言の主体がはっきりしています。それに対し、作之助の小説では、二人の発言ばかりか地の文までが部分的に融け合っている、というちがいがあります。

しかし、堂島川に架かる橋の上で夕方、見知らぬ男に声をかけられ、朝から何も食べぬまま遠方まで歩こうとしているらしいその一文無しの男に金を恵んでやったら、別の日に再会することで寸借詐欺に遭ったことに気づく、という基本的なプロット――宮川康が指摘していた［転］の部分の起承転結――の共通性は明らかです。

むろん、作之助は同じ寸借詐欺の話を、北尾の本以外から見聞きしたのかもしれません。あるいは作之助も北尾と同様、実際にこのような体験をしたのかもしれません。

しかし、作之助の蔵書が収められている大阪府立中之島図書館の織田文庫には、『近代大阪』が所蔵されています。少なくとも作之助が『近代大阪』を読んでいたこと自体は確実です。しかも、作之助の第一創作集『夫婦善哉』（一九四〇）の巻末には、同じ創元社から出版されていた『近代大阪』の広告が掲載されています。
ならば、作之助が「川口界隈」という語を使用しているこの小説を執筆するにあたって、手もとにあったはずの『近代大阪』の「川口風景」から何ら示唆を得ていないと考える方が不自然ではないでしょうか。さらに、加藤政洋が指摘していた作之助の大阪論と『近代大阪』との密な関わりを踏まえれば、「馬地獄」が北尾の著作を摂取して書かれた可能性は高いと言わねばなりません。いわば、寸借詐欺の話そのものが寸借されているようなのです。

両作品のちがい

「馬地獄」に『近代大阪』の一部が摂取されていたとして、作之助はそれをどのような改変することで自分なりの小説にしているのでしょうか。あらためて『近代大阪』を見直しましょう。『近代大阪』には大阪のあちこちの風景が取りあげられています。そこで大阪は必ずしも手放しで礼賛されてはいません。北尾の「私」はあくまで観察者です。それでも「川口風景」の前半では、風景を魅力的に切り取っています。たとえば昭和橋は次のように描かれています。

数ある大阪の他の橋にくらべてどこかに一種の品格をもっている。同じようなタイド・アーチをもつ橋はいくらでもある。しかし、堂島大橋にも、大正橋にも、また桜宮大橋にもない、モダアンさと落つきとをもっている。一ツはまだ新しく架けられて、多くの交通量を印しない清浄さもあるのであろうが、この辺りにおける河川橋梁の交錯と、大建築物、大道路の背景とが、この橋の美観を引立てているのである。水路交錯の関係で、タイド・アーチの天蓋の構拱が、斜めに架けられているところにも、単調を破って、非常なモダアン味を感じさせる。別に大きくはないが、美しい橋梁風景を作っている。

このように北尾は、「橋梁風景」に、一九二〇年代から三〇年代にかけて世界各地の建築に見られたモダンな美しさを見出しています。そのため「私」は、この日も「橋上の白いアスファルト面に描き出される、無数の影のうごきをここに求めて」カメラを操っていました。そんなときに「見すぼらしい一人の男」に遭遇し、同情して金を恵みました。それは、自分がカメラに収めようとした美しい近代都市風景が隠し持つ一面に気づかされることでもあったはずです。だから「男」を見送ったあと、「私」が写そうとしていた「橋欄の影、アスファルトに落ちる影のうごき」は、「地平線低くはびこった横雲にさえぎられて」しまうのです。「私」の観察者の視線が、生活者である「男」によって突き放されたのだとも言えるでしょう。

ところが、「男」は翌日も姿を見せ、別の紳士から金を巻きあげていました。その様子を見て、「私」は「男」が寸借詐欺を働いていたことを理解します。近代都市風景の美の背後には貧しい人々の現実がある、と気づいた直後に、そのような二項対立的な認識そのものを突き放して見直さざるを得なくなるのです。自分が堪能していた美の裏側に気づいたと思った直後に、そうした単純な構図による現実認識の甘さを思い知らされるという皮肉。だから「私」は「腹の底からこみ上げて来る苦笑を、どうともすることが出来なかった」のです。

一方、「馬地獄」の語り手が焦点化している「彼」は、風景を見る者ではありますが、北尾の「私」のような観察者とは性質を異にしています。「彼」は「一つ会社に十何年間かこつこつと勤め、しかも地位があがらず、依然として平社員のままでいる人」と説明されています。カメラを携えたモダン美の探索者とは対照的な、この土地になじんだ生活者なのです。「彼」は馴れた橋に美を見出すような心境にはなれません。冒頭から小説世界に映し出されるのは「ともかく、陰気」な風景です。「見すぼらしい」橋、「薄汚い」飲食店、「陰気くさい」事務所、「薄汚れている」病院、「灰色にうずくまったりしている」患者、「くすんだ空の色」、「濁っている」川の水……。世界は「彼」の心を反映し、暗く、灰色に捉えられています。

「彼」は、橋の傾斜に苦しむ荷馬車の馬の表情を見て、胸を痛めることが「自虐めいた習慣」になっています。馬の苦しむ姿にみずからを投影してしまう。だから「以前はちらと見て、通り過ぎていた」。にもかかわらず「近頃」は凝視してしまう。それは「彼」の疲労がより深まったことを意味しています。まさに苦しみの極地にいる馬を見つめ、憐れむことで、わずかの間であれ自分をむしばむ疲労から距離を取ろうとしているのです。

同じ心理が「男」と出会ったときにも働いています。「彼」にとって「けっしてそれはあり余る金ではなかったが」恵んでやろうという気分になった。それは、自分以上に困っている者に「惻隠の情」を覚えたことで、ひととき自分の窮状を忘れられたからです。

しかし、「男」は三日後にも同じ口上で「彼」に語りかけ、失敗に気づきます。すると「すりきれた草履の足音もない哀れな後姿」を示していた前回とは打って変わって「足音高く逃げて行った」。馬や「男」を憐れむことで、自分の疲労を忘れようとしていた「彼」の「惻隠の情」は突き放されます。

「川口風景」は「私」の「苦笑」で終わっていました。それに対し、「馬地獄」は「彼」が馬に驚きと苦痛の表情を見出すところで終わります。同じ寸借詐欺に気づく話ではありますが、おのれの認識の甘さに頬を歪める「川口風景」の「私」に比べて、「馬地獄」の「彼」の内面はより深刻です。末尾で「彼」は「もうその男のことを忘れ」ていました。それは、すでに欺かれたこと自体とは別のことに気を取られていたからです。憐れんでいた「男」に陰で舌を出されていたと知ったこと。それは、「惻隠の情」をかける側であったつもりの自分が、実はかけられるべき側であったと自覚させられたことを意味します。「惻隠の情」を感じることでちっぽけな慰めを得ていた自分こそ、誰よりも憐れな者ではないのか。そのことに気づいた驚きと苦痛を「彼」は味わっているのです。

結末の「びっくりしたような苦痛の表情を馬の顔に見ていた」という「彼」は、かって憐れんでいた馬と、今や同じレベルにあります。寸借詐欺師にだまされた「彼」は、あやつられ、無理をさせられ、空回りしていた点でも、玉江橋の傾斜に苦しむ荷馬車の馬にそっくりだったのです。

もっとも、読者の立場から見れば、「男」が「彼」より優位に立っているとも思えません。「彼」にわずかな金をたからざるを得なかった詐欺師の「男」は、「彼」と同等以下の困難な暮らしをしているはずです。「男」が金をもらって「ぺこぺこ頭を下げ」てみせたという表現も気になります。これは「川口風景」にはない、「馬地獄」で加わった描写です。この「男」の姿は、長年「外交」の仕事をしてきた「彼」の日常の姿を想起させます。前に述べた、両者の発話文が融け合っていることも、「彼」と「男」との近さを暗示しているでしょう。

「彼」と「馬」、「彼」と「男」が似ているように、「男」も馬に似ています。先に、馬の「びっくりしたような苦痛の表情」は、寸借詐欺をされ、「惻隠の情」を相対化された「彼」の表情と対応していると述べました。が、同時にそれは、うかつにも同じ相手に声をかけてしまって、あわてて逃げた「男」が陰で浮かべていた顔でもあるはずなのです。

「川口風景」では、「私」一人の内面の変化に焦点が当てられていました。「馬地獄」では、その変化が当人の自我を脅かす、より痛切なものにされると共に、だます者とだまされる者とが、馬を媒介に重ね合わされるしかけが組みこまれていました。この短い小説には、それぞれの局面で、しかし同じように苦しむ〈馬〉どもが描かれています。だからこそ一篇のタイトルは「馬地獄」なのです。

サンプリングする作之助

『動物集』に収められた短篇のなかには、「馬地獄」以外にも、先行研究において典拠を指摘されているものがあります。「『動物集』の中の『梟』は月給七十円で貧乏し、付けで新本を買っては古本屋に売り払う男の話である。どや、これがお前や、と作之助は広田万寿雄に雑誌を見せた。広田の打ち明け話を脚色していた」（大谷晃一）。「「十姉妹」の一部には、永代蔵一の「二代目に破る扇の風」からヒントを得ている部分があり、「猫の蚤」も亦西鶴の「織留」巻三「何にても知恵の振売」に拠っている」（吉田精一）。作之助は『動物集』執筆に際して、あちこちから創造の種を拾い集め、活用したのです。

ここまで述べてきたように、「馬地獄」からは、モダン都市としての大阪の姿は、極力排除されています。ただし、作之助は『アド・バルーン』（一九四六・二〜三）という小説を書くうえでは、『近代大阪』に対して異なる態度で臨んでいるように見えます。

　第四章でくわしく扱う『アド・バルーン』は、「私」こと長藤十吉が、生後すぐから大阪を中心に各地を転々とした放浪の半生を語る物語です。その一場面、十吉が「昭和六年八月十日の夜、中之島公園の河岸に佇んで」眺めた風景は、次のように描写されます。

> 川の向う正面はちょうど北浜三丁目と二丁目の中程のあたりの、支那料理屋の裏側に当っていて、明けはなした地下室の料理場が殆んど川の水とすれすれでした。その料理場では鈍い電燈の光を浴びた裸かの料理人が影絵のようにうごめいていました。その上は客室で、川に面した窓側で、若い男女が料理をつついています。

この光景は、『近代大阪』の「中之島公園夕景」という章における次の描写と似ています。

> 堂島川の北岸よりも、北浜を控えた土佐堀川の南岸の方にずっと面白味がある。そこには裁ち切ったような世態の断層面が、川に向って描き出されている。（中略）例えば支那料理屋の三階には、若い妻君を連れた、船場辺のボンチが、つつましやかに肉饅頭を味っている。（中略）そのま

た下では、猿又一つになった支那人の料理人が、流るる汗を拭きながら、動物の肉を切って、ときどきペッペッと、河の中へ痰唾を吐いている（後略）

『アド・バルーン』の「私」と北尾鐐之助の「私」とは、近い場所に立っています。したがって、似たような光景が描かれるのは当たり前かもしれません。しかし、主人公の「私」を一九三一年の中之島公園に立たせようとしていた一九四五年の『アド・バルーン』執筆中の作之助の手もとに、北尾による「昭和四年ごろから、七年にかけて、書きためて置いた都会漫歩の記録」があったのなら、風景の類似は、偶然ではなかったのではないでしょうか。

つまり、作之助は『近代大阪』を、その時々のねらいに基づいて大胆に摂取したり、部分的に参考にしたり、あえて無視したりしたようなのです。

ちなみに作之助は、やはり同時代における代表的な大阪をめぐる紀行文である宇野浩二『大阪〈新風土記叢書1〉』（一九三六）もしばしば摂取しています。作之助の『木の都』冒頭の「大阪は木のない都だといわれているが、しかし私の幼時の記憶は不思議に木と結びついている」という一文は、直接それと言及されてこそいませんが、明らかに宇野の『大阪』の最初の章のタイトル「木のない都——昔のままの姿——」と、そのなかの一連の叙述を踏まえています（宇野自身が後に大地書房版『夫婦善哉』（一九四七）の序文で指摘しています）。

また、「大阪論」（一九四三）には次のような一節があります。

大阪の言葉に「ややこしい」という変梃な言葉があるが、これほど大阪の性格を、つまり大阪的なものを、一語で表現し得た言葉は、ちょっとほかに見当らぬだろう。しかし、ではこの「ややこしい」という言葉は、どんな意味かときかれると、ちょっと説明に困る。いはば「ややこしい」という言葉ほど「ややこしい」言葉はないのである。いいかえれば、大阪の性格ほど説明しにくいものはないのである。

この主張は「大阪の憂鬱」（一九四六・八）でも、「「ややこしい」という言葉を説明することほどややこしいものはない」とくり返され、「あの銀行はこの頃ややこしい」といった例があげられています。複数の随筆で「ややこしい」という言葉を大阪と結びつけているため、一見この発想は作之助が考えついたもののように映ります。

ところが、宇野が『大阪』の「さまざまの大阪気質――或いは大阪魂の二つの型――」という章で、小出楢重による「「ややこしい」という言葉に就いて明瞭な解説」の「要領」を写した部分に、「近頃あの銀行はややこしい」という作之助が使っている用例が見受けられるのです。また、作之助の主張も、宇野がそこで「結論して云うと、「ややこしい都とややこしい人」

即ち「大阪及び大阪人」ということになる」と書いていることとよく似ています。

このように、作之助は先行する大阪についての諸言説を適宜とりこみ、あるいはそれらとのちがいを際立たせることによって、みずからの〈大阪〉を織りあげたのです。「私の描く「大阪」は現実の地理的大阪を意味しない。私は大阪というものをつくり上げているのである」（「西鶴の眼と手」一九四四・一）と主張したのも、そのような操作をしていたからでしょう。

したがって、作之助と大阪との関係は、彼の作品に在りし日の現実の都市の反映を読みとるような形ばかりではなく、何のために、どのように〈大阪〉を作っているのかという観点からも検討されなければなりません。そうした観点からの考察を積み重ねることで、大阪の事物を積極的に取り入れた作家としての像と、さまざまなエピソードを寄せ集め、切り貼りして作品をものす作家としての像と、さらには、ことさらに方法的な実験を試みてみせた作家としての像とを貫く織田作之助という作家の輪郭を描き出せるはずなのです。

第二章　笑い話のリミックス──『人情噺』『俄法師』『異郷』

蛍・電球・ジュリアン

織田作之助の作品を全集で読んでいると、よく似た話に出くわすことがあります。

たとえば『螢』（一九四四・九）と『蚊帳』（一九四六・三・一）と『土曜夫人』（一九四六・八・三〇〜一二・六）には、いずれも蚊帳（部屋）のなかを蛍が舞い、その「あえか」な青い光と若い妻の肌の白さが際立つ場面があります。

・ふとあえかな蛍火が部屋をよぎった。祝言の煌々たる灯りに恥じらうごとくその青い火はすぐ消えてしまったが、登勢は気づいて、あ、蛍がと白い手を伸ばした。（『螢』）
・新婚の夜、彼は妻と二人で蚊帳を釣った。永い恋仲だったのだ。蚊帳の中で蛍を飛ばした。妻の白い体の上を、スイスイと青い灯があえかに飛んだ。（『蚊帳』）
・木崎の借りていたアパートの一部屋で過した初夜の蚊帳を、木崎は八重子と二人で吊った。暗くして、蛍を蚊帳の中に飛ばした。蛍のあえかな青い火は、汗かきの八重子のあらわな白い胸のふくらみの上に、すっと停って瞬いた。（『土曜夫人』）

もちろん、一人の作家が同じテーマをくり返し書くことは珍しくありません。作之助で言えば、男二人が一人の女をめぐって葛藤する話が、習作期の『ひとりすまう』（一九三八・六）、戦中の『雪の夜』（一九四一・六）、戦後の『競馬』（一九四六・四）といった複数の作品の骨格を作っています。しかし、ここで取りあげたいのは、もっと具体的な共通性です。

電球の話もあります。『雨』（一九三八・一二）の初出版では、お君というヒロインの女性に「生玉前町の電球口金商」である野瀬安二郎から再婚話が持ちこまれます。お君が「電球口金屋てどんな商売ですねん」と聞くと、仲人は「電球の切れたのおまっしゃろ、あれを一個一厘で買うて来て、つぶして、口金の真鍮や硝子を取って売る商売だす、ぼろいいうこっちゃ」と答えます。しかし語り手は次のように続けます。

しかし、ぼろいのは、当時のタングステン電球の中には小量の白金が使用されているのがあり、電球一万個に一匁五分見当の白金がとれるからである。白金は当時、一匁二十九円の高価であった。もともと廃球は電灯会社でも処分に困り、甚しいのは、地を掘って埋めたりしていたのを、紙屑屋であった安二郎の兄の守蔵が眼をつけた。最初、分解して口金とガラスだけをとっていたので余りぼろいもうけにならなかったが、ふと白金の使用されていることを知り、苦心してそれを分離する方法を発見した。瞬く間に屑屋の守蔵は一躍万を以て数える大金を握った。

同じ話が『俗臭』（一九三九・九）にもあります。主人公の権右衛門は、紙屑屋商売を始めてから、廃球となった電球の一部に特別な価値があることに気づきます。それらは「ヒッツキ」「白金つき」「市電もの」といわれます。そのうち「白金つき」は次のように説明されます。

電球の中には少量だが白金を使用しているのがある。つぶして、ガラスと口金の真鍮をとったあと、白金を分離するのだ。白金は一匁二十六円で、一万個から多くて二匁八分見当とれる。

数値は少し変わっていますが、同じ話であることは明らかでしょう。権右衛門はこの廃球買いをきっかけに、古鉄商、沈没船引き揚げ事業などに手を広げ、儲けていきます。作之助は

『雨』でヒロインの夫となる強欲な人物を紹介するちょっとしたエピソードとして使った話を、『俗臭』では主人公が危ない橋を渡ってのしあがるエピソードとして、より効果をねらって拡大しているのです（なお、両作品を同じ単行本『夫婦善哉』に収録する際に、作之助はこの電球の話を『俗臭』に残し、『雨』からは削っています）。

また、スタンダールの『赤と黒』の主人公であるジュリアン・ソレルの話が、多くの作品に使われています。作之助は「赤と黒――わが名作鑑賞――」（一九四三・一二）に加え、「ジュリアン・ソレル」（一九四六・一〇）という評論を書いているくらい、ジュリアンに傾倒していました。『それでも私は行く』（一九四六・四・二六～七・二五）の主人公の梶鶴雄は、「その生涯を表面的に観察すればいかにも芳しくない人物だが、しかし、貧しく卑しい育ちでありながら、比類なき自尊心の強さと、精神の高貴さと、つねに自分以外の何ものをも頼らず信ぜず、ギリギリ一杯に生きるという情熱の激しさで、いかなる青年も真似ることの出来ない第一級の人物」だという「ジュリアン・ソレルを自分に擬し、ジュリアンのような生き方に憧れることにかけては、人後に落ちなかった」とされます。

同時期に書かれた『夜光虫』（一九四六・五・二四～八・九）には「氷のような冷やかな魂を持ち、つねにひとびとの意表を突くことにのみ、唯一の生甲斐を感じている、風変りな少年」である豹吉という、やはりジュリアン風のスリが登場します。また、初期の作品である『雨』、

『雨』を踏まえた『二十歳』（一九四一）、さらに『二十歳』を踏まえた『青春の逆説』（一九四一）の主人公である豹一が「よし、百数えるうちに、この女の手をいきなり掴むのだぞ」と決意する場面も、ジュリアンを意識して書かれています。

『夜の構図』（一九四六・五〜一二）の主人公の信吉も『赤と黒』を愛し、みずからをジュリアンに擬する男です。劇作家の信吉は『赤と黒』を貸してやるという口実で、女優の冴子に近づきます。

信吉にはジュリアン・ソレル的要素があった。しかし、彼はジュリアンではなかったし、またジュリアンにはなれなかった。ジュリアンのような高貴な精神も情熱もなかった。ジュリアンのような第一級の人物ではない。だから、ジュリアンを自分に擬するのは滑稽だったしジュリアンの真似をするのはあわれな猿真似にすぎなかった。ジュリアン・ソレルは貴く、ソレリアン（ソレルの亜流）は低俗だ――ということの間の事情を、信吉は自分でも心得ていた。

信吉はジュリアンになろうとして、なれません。第Ⅲ部第三章で述べるように、『それでも私は行く』の鶴雄もそうです。「二流文楽論」を書いた一九四六年の作之助は、一流小説である『赤と黒』の主人公に似ていながら、異なる人物を造型することで、「二流」の作品を生み出そうとしているようです。スタンダールと自分の力量のちがいを認めると同時に、一九世紀の小説には見られない人間の複雑さを描こうとねらっていたのです。

電球の話にしろ、ジュリアンの話にしろ、作之助は登場人物の輪郭をくっきりと描き出すために、同じエピソードを再利用しています。しかし、個々の作品で似た内容を扱っていながら、読み味は変わっており、どれも作品として成立しているのであれば、それは一つの技法として、すなわちリミックスとして捉えられるのではないでしょうか。

「首の切損じ」の変奏

作之助が小説作法としてリミックスを用いたこと。それは大阪府立中之島図書館の織田文庫に所蔵されている「創作ノート」からもうかがえます。ノートの一部には、「ゴーゴリの鼻。醍醐笑（日本の笑）　首のこと　これを綴り合わせて一つの短編」というメモがあります。すなわち、作之助はゴーゴリの諷刺小説『鼻』と、やはり蔵書にある『日本人の笑――文学篇――』（一九四三）で紹介されている「首の切損じ（初期の笑話集その四）」――盗みに入った家の主人に首を斬りつけられて、逃げる途中ぶらぶらする首が邪魔だから懐へ入れて走ったという滑稽譚――を組み合わせて短篇を作ろうとしていたのです。

この計画は短篇としては実現しなかったようですが、長篇のなかに活かされました。『異郷』（一九四三）です。江戸時代に漂流して帝政下のロシアに流れ着いてしまった伝兵衛という男の物語です。伝兵衛は夜会で「日本の面白いお話」をせがまれて、次のように語ります。


ある夜のことです。

（と、伝兵衛ははじめた。それは伝兵衛が大坂に居った時読んだ「囃物語」という笑話集にあった話だった。）

主人が眼をさましますと、雨戸ががたごと、鳴っていました。

盗人だなと思った主人は、ひそかに起ち上って、刀をさし、鉢巻をして、盗人が戸を押し破って入ったなら、抜討にしてやろうと、待っていました。

案の定、戸を押し破って、ぬっと顔を出しましたから、主人はすぐさま刀を抜いて、斬りつけました。が、仕損じて、首は中ほどまでしか斬れず、ぶらりとなっただけでした。

盗人は驚いて、すぐ首を戸の穴からひっこめて、一目散に風をくらって逃げました。ところが、首がぶらんぶらんして、逃げる邪魔になって、仕方がありません。そこで、盗人は途中で、自分のその首を千切って、それを懐へ入れて、逃げました。

主人は翌る朝、奉行所へ訴えて出ました。これこれしかじかで、盗人を斬ったが、仕損じて逃がしました。追いかけましたが、首を懐へ入れたせいか逃げ足が早いので、見失いましたと、説明しますと、奉行は、よくぞ申し出た、それでは国中へ触れを廻そうと言って、こんな触れを出しました。

「万一頸のない者が通行しているのを発見すれば、直ちに注進するか、その場で捕えるべし。」

実は『猿飛佐助』（一九四五・二〜三）にも、同じエピソードが紹介される場面があります。佐助は富田無敵という男に、次のような話を聞きます。

——四五日前の夜のことである。道場と知ってか知らずにか、無敵の宅へ盗賊がかかったらしく、真夜中に裏の戸がガタコトと鳴った。素早く眼を覚して、襷、鉢巻も物ものしく、太刀を片手に、いざ抜討ちと待ち構えていると、果して、戸の隙間からぬっと首を差し入れた。すかさず斬りつけたが、どう仕損じたのか、皮一枚斬り残したらしく、首は落ちずにブラリと前へ下っただけである。しまったと、二の太刀を振り上げた途端、首はすっと引っ込められて、盗賊はうしろも見ずに一目散に逃げ出した。直ぐあとを追うた。盗賊は月光を浴びて必死に逃げたが、ぶらつく首が邪魔になるらしく、次第に逃げ足が鈍って来た。二条で追いつき、あわや襟首をつかもうとした時、盗賊はぶらついていた首をいきなり千切ってふところへ入れたので、すかされて前のめりになった。その隙に盗賊はみるみる遠ざかったので、またあとを追うて行ったが、邪魔な首をふところへ入れてしまったせいか、男の逃げ足の速さはにわかに神か仙か妖か、人間とは思えなんだ。三条を過ぎ蛸薬師あたりで見失ってしまった。

奉行所にこの事件を伝えた富田無敵は嗤い者にされてしまいますが、佐助は同情して、二人で旅に出ることになります。

同じエピソードを用いていることから、作之助がこの話を気に入っていたことが推測できます。同時に、同じ話でも文脈によって使い分けていることも明らかです。『異郷』では、漂流者が異国で紹介した、文化を超えて伝わる笑い話として扱われています。一方『猿飛佐助』では、無敵が人々に笑われた話として出てはきますが、荒唐無稽な忍術が当たり前に使われる佐助の世界では、そのような不思議もあり得るかもしれないと思わされる話になっています（残念ながら『猿飛佐助』はこのすぐあとで終わってしまい、この笑い話は活かされなかったのですが）。

『異郷』にはもう一つ、次のようなエピソードがあります。伝兵衛が「子供の頃から勇気のある男だった」ことの証として紹介されている逸話です。

もうその頃淡路屋に丁稚奉公していた彼が、ある日朋輩と門口を掃除していると、三十四五のさむらいが、大小貫ぬきにさして、通り掛った。

「水をまくなよ。さむらいじゃ。」

朋輩が注意したけれど、彼は平気で水をまいていた。

「掛ったら大変じゃ。」

「さむらいが何じゃ。おれはちっとも怖くはないぞ。」

「えらそうに言っても、あのさむらいに食って掛ってはいけんじゃろ。」

朋輩のその言葉をきくと、伝兵衛はいきなり杓を放うりだして駈けだし、あっという間にくだんのさむらいに組み付いてしまった。

さむらいは驚いた。立腹した。が、見れば子供である。

振り放して行こうとすると、伝兵衛はなおも組み付いて行った。

「うるさい、放せ！」

「いや、放さぬ！」

さむらいは黙って伝兵衛を取って投げ、

「いたずら者めが！」

と、足蹴にして立ち去ろうとした。が、伝兵衛はさむらいの袴の裾を掴んで離さず
「投げられた上、足蹴にされてはもう堪忍できぬ。この上は斬るなり、殺すなり、どうとでもしてくれ。」

と、地面に寝ころんだまま、「殺せ、殺せ！」と、あばれまわった。

さむらいはむっとして刀に手を掛けたがなに思ったか、急に笑いだして、

「ゆるせ。腹の立つことがあれば了簡いたせ！」

と、言った。伝兵衛は、

「謝るなら、ゆるしてやろう。」

と、はじめて手を離した。さむらいは赤面しながら立ち去った。


この話は、根岸鎮衛《ねぎしやすもり》の『耳袋』（一八一四）という江戸時代の随筆集にあります。巻之二「浪速任侠の事」という話です。朝比奈某という任侠の棟梁が一〇歳で、土手で仲間と涼んでいたときのエピソードとして紹介されています。

右朝比奈十歳の時、立衆の中間と一同堤に涼み居たりしが、年頃三十四五歳とも見えし侍、如何にもたくましく丈夫なる、大小貫ぬきにさして右堤を通り過ぎけるに、涼み居たりし者ども、あつぱれの男振かな、中々あの位の人へ出入しては勝ちにくからんと言ひければ、かの朝比奈聞きて、我あの侍にあやまらせ見せんといふ。いらざる事と言ひけるが、いつの間にか其場所を抜けて彼侍に組付きければ、小児の事故払ひのけて通りしに、又立寄りては組付き幾遍となくなしけ

れば、右侍面倒なる倅かなと、取って投げのけて行過ぎければ、投げられ踏まれては最早堪忍なりがたし。いざ殺し給へとて何分放さず、侍ももて扱ひ、小児を殺さんもおとなげなしと言葉を和げ、汝憤る事あらば了簡致すべしと申しければ、さあらば書付を賜はれとて頻りに望みし故、いなみけれども何分書付賜らずば殺し給へと言ひける故、據ろなく書付遣しけるを、懸物として生涯任俠の棟梁をなしけると也。

細部にちがいはありますが、仲間にけしかけられて、通りがかりの三四、五の侍にいきなり飛びついた少年が、子供あつかいされてあっさり払いのけられるものの、何度も組みついて、あまりのしつこさに、しまいには侍を謝らせてしまう、という筋は一致しています。

織田文庫には、岩波文庫の『耳袋』上巻が所蔵されています。その作之助の所蔵本を読むと、目次のこの話の上に丸印が付いています。おそらく作之助が、どこかで使おうとあらかじめチェックしていたものでしょう。

『異郷』の伝兵衛は、夜会で先にあげた「首の切損じ」の話をしたところ、喝采を受けます。ところが、それを快く思わない亡命貴族に嫉妬され、その男と決闘せざるを得ないはめに陥ります。町人でありながら、日本の武士道を体現せざるを得なくなる伝兵衛は、迷いながらも決闘に赴きます。

伝兵衛は実在した人物ですが、作之助はそれを「「上方」という雑誌で二十行ばかり彼のことが書かれているのを読んだ」ことからこの作品を書いたと述べています（『異郷』あとがき）。当該の文章は、西谷雅義「ロシアに於ける最初の日本人」（一九三八・六）です（この雑誌も織田文庫に所蔵されています）。

作之助は、大阪生まれの町人がロシアに漂流して生き延び、ピョートル大帝に謁見したという史実を活かしながら、長篇を盛りあげるために決闘の場面を設け、そこに戦時下の小説にふさわしい「武士道」の要素を加えました。その橋渡しとして、『耳袋』の逸話が効果的に使われているのです。

『人情噺』と『耳袋』

やはり『耳袋』の影響が強く見られる作品に、『人情噺』（一九四二）があります。北村薫と宮部みゆきが二〇一一年に編んだアンソロジー『名短篇ほりだしもの』にも採りあげられ、好評価を得ている佳品です。

三右衛門は一八歳で和歌山から大阪に出て来た。風呂屋に雇われ、三平と呼ばれて、最初は下足番をやり、二一歳から風呂の釜を焚く仕事を受け持った。律儀に勤め、一三年経ち、主人の世話で女中と結婚した。それでも生活は変わらなかった。三平が朝三時に起きて釜を焚き、女中が七時に起きて下足番をする生活が一五年続いた。ある日、主人の使いで大金を預かって銀行に行った三平が帰ってこない。翌日、いよいよ逐電したのかと人々が思った矢先に三平は帰ってきて、主人に金を渡し、暇をくれという。大金を手にしてふと魔が差しかけたが、何もできずに帰って来たのだった。主人はその正直さを認め、暇を出さなかった。夫婦はその後も勤勉に働き続けた。しかし入浴時間が改正されて、早起きして働く必要がなくなった。五一歳と四三歳になった夫婦は、二人で睦まじく過ごす時間を得た。

「馬地獄」に似て起承転結のはっきりした話ですが、実は、この作品の〈転〉に当たる部分は、ほぼ『耳袋』巻之三の「下賤の者は心ありて召使ふべき事」という話と一致します。

この話は「或人年久しく召使ひける中間あり。あくまで実体にて心もまた直なる者なりしが、或年主人御蔵前取にて御切米玉落ちける故、金子《きんす》請《うけ》取りに右札差《ふださし》の元へ行くべき処しつらひ有りて行かず、彼者に手紙相添へて金請取りに遣しけるが、其日も暮れ夜に入りても帰らず」というところから始まります。実直に思われていた使用人が、大金を受け取りに行ったあと姿を消して、次の日まで帰ってこないという部分が一致しています。

続いて「翌朝にも帰らざれば扨《さて》は金子請取り出奔なしけるか、数年召仕ひて彼が志も知りたるに出奔などすべき者にあらず、然しとて人を遣しみけれ共見えざれば出奔致せしなるべし、人は知れざるものと大きに後悔なしけるに」とあって、これは「翌朝になっても三平が帰らないとわかると、主人はもはや三平の持ち逃げを半分信じた。金のこともあったが、しかしあの実直者の三平がそんなことをしでかしたのかと思うのが、一層情けなかった。人は油断のならぬ者だと、来る客ごとに、番台で愚痴り、愚痴った」という部分と一致します。

さらに「昼過にも成りて彼者帰りて懐中より金子并《ならび》に札差《ふださし》の書附とも取揃へ主人へ渡しける故、如何致し遅かりしやと尋ねければかの下人申しけるは、私には暇を賜るべしと言ひける故、彌々驚き如何なる事やとて詳しく尋ねければ」という展開も、両作品は一致しています。

この作品のクライマックスにあたる三平の主人への告白をあらためて確認しましょう。

——今後もあることだが、どんな正直者でも、われわれのような身分のものに千円の金を持たせるような使に出すのは、むごい話だ。

自分はかれこれ三十年ここで使うてもらって、いまは五十近い。もう一生ここを動かぬ覚悟であり、葬式もここから出して貰うつもりでいたが、昨日銀行からの帰りに、ふと魔がさしました。

つくづく考えてみると、自分らは一生貧乏で、千円というような大金を手にしたことがない。此の末もこんな大金が手にはいるのは覚つかない。この金と、銀行の通帳をもって今東京かどこかへ逐電したら一生気楽に暮せるだろう。

そう思うと、ええもうどうでもなれ、永年の女房も置逃げだと思い、直ぐ梅田の駅へ駆けつけましたが、切符を買おうとする段になって、ふと、主人も自分を実直者だと信じて下すったればこそ、こうやって大事な使いにも出してくれるのだ。その心にそむいては天罰がおそろしい。女房も悲しむだろうと頭に来て、どうにも切符が買えず、帰るなら今のうちだと駅を出て、それでも電車に乗らず歩いて一時間も掛かって心斎橋まで来ました。

橋の上からぼんやり川を見ていると、とにかくこれだけの金があれば、われわれの身分ではもうほかにのぞむこともないと、また悪い心が出て来ました。

そして梅田の駅へ歩いて引きかえし、切符を買おうか、買うまいか、思案に暮て、たたずむ内に夜になりました。

結局、思いまどいながら、待合室で一夜を明し、朝になりました。が、心は決しかね、梅田のあたりうろうろしているうちに、お正午のサイレンがきこえました。

腹がにわかに空って、しょんぼり気がめいり、冥加おそろしい気持になり、とぼとぼ帰って来ました……。

この三平の告白も、「下賤の者は心ありて召使ふべき事」という話と、ほぼ一致します。

此後もあるべき事なり、如何程律儀にて年久しく召仕ひ給ふとも、中間などに金子百両など持たせべきものにあらず。我等事数年懇意に召仕ひ給ひて我等も奉公せん内は此屋敷出ずと存じけるが、昨日札差にて金子百両程我等請取りて帰る道すがらつく〴〵存じけるに、我等賤しく生れて是迄か程の金子懐中なしたる事なし。此末か程の金子手に入るゝ事あるべきや計り難し。今盗取りて立退かば生涯は暮し方成るべしとて、江戸表を立退き候心にて千住筋迄至り大橋を越して段々行きしが、熟々考ふれば主人も我身実体なる者と見極め給へばこそ大金の使にも申付け給へり。然るを是迄の実体に背き盗せんは天命主命恐るべし慎むべしとて又箕輪迄立帰りしが、又悪心出て、兎角に世を渡る事百金あれば其身の分際には相応なりとて又々立戻り、或は思ひ直してたゝずみなどして、昨夜は朝迄も心決せず迷ひしが、幾重にも冥理の恐しさに善心に決定して今立帰りぬ。かゝる悪心の一旦出し者召使ひ給はんも由なければ暇を賜るべしと言ひしに、主人も彌々感心して厚く止めて召仕ひけると也。

なるほど舞台は近世の江戸から近代の大阪に変わっています。そのため地名のちがいや鉄道の有無など、やはり細部にはちがいがあります。しかし、長年働いて信頼を得てきた実直な使用人が、主人の使いで思わぬ大金を手にして、貧しい自分がこれほどの大金を得ることが今後あろうかと思ってしまい、そのまま逃げてしまおうとする、しかし主人の信頼に気づき、一度は思い直し、途中まで引き返すものの、再び悪心が兆し、翌朝まで心を決しかねたが、最終的に帰って来る、男はその思いを主人に打ち明け、暇をくれと言うが、主人はかえって信頼する……という主な筋は一致しています。

つまり一篇の軸となる主人公の事件と心の動きは、オリジナルではなかったのです。もちろん、だからといって『人情噺』の価値が落ちるとは思いません。むしろ両作品を比較することで、作之助の小説の特徴が浮かびあがります。

まず、『夫婦善哉』に見られた系譜小説の手法を使って、罪を犯す実直な男の背景を足早に読者に伝えていることが見逃せません。系譜小説では素早く時間が流れるために、そのつどそのつどの人物たちの内面がくわしく語られません。そのため多くの読者は、三平をただ実直な男だと思って読んでいくはずです。ところが、失踪して帰って来たときの告白で、ただ実直であると思われていた男が抱えた葛藤が浮かびあがります。主人や女中だけでなく、読者も三平を見損なっていたことがわかるしくみになっているのです。

くわえて、登場人物のその後を描いていることが、作之助の小説の特徴です。『耳袋』では一人の男の物語だったのが、夫婦の物語にされています。それぞれの仕事一辺倒だった夫婦が、物資不足で風呂屋の開店が遅くなったことをきっかけに、二人だけの時間を得ていく話が加わっています。いわば『人情噺』は、作之助が書いたもう一つの〈夫婦善哉〉なのです。

時局に合わせた話題を巧妙に取りこみながら、男の個性を掘り下げ、夫婦の関係を盛りこんだこと。そこに作之助流の『耳袋』のリミックスがあるのです。

『俄法師』と落語または『耳袋』

作之助に『俄法師《にわかほうし》』という、あまり知られていない作品があります。一九四三年一一月二四日付の「大阪新聞」（夕刊綜合版）第四面に「特選読物」として掲載された、四〇〇字詰め原稿用紙に換算して四枚足らずの小品です。

作之助は、創作発表媒体が激減した戦時下から戦後にかけて、新聞や雑誌にたびたび小品を書きました。この作品もそうした時代的な制約のなかで、職業作家としてわずかな活躍の場を得て書いた小説です。『定本織田作之助全集』には収録されていないので、以下に全文を掲げます。

安永《えい》のころの話である。
大坂《さか》の長町に住んでいる徳《とく》助、松助という二人の下戸が、江戸見物に出掛けるのに、三平という近所の上戸を誘《さそ》い合わした。これが間違《ちが》いの基である。
三平はただの上戸ではない。呆れ果てた大酒のみで、そのために女房の来手が無く、いまだに独り者でいるというくらいであった。で、京都、大津を経てはや草津の泊りには、一人で旅籠の樽《たる》をあけてしまい、正体もなく酔いしれて、実に浅ましいくらいであった。

夜明け前に徳《とく》助と松助は起きて、出立の用意《い》をした。そうして、三平を揺り起したがなかなか眼《め》を覚さない。

「酒のみというものは、情けないもんだ。いっそ懲らしめのために……」

徳《とく》助は松助に囁いた。松助は眼《め》くばせした。

三平はやっと眼《め》を覚した。そうして、大きな欠伸を一つしてふと気がつくと、なんだか頭の附近の空気が軽い。

三平は驚《おどろ》いて、頭に手をやった。いつの間に剃られたか、つるつるして、まごうかたなき坊《ぼう》主頭である。

「お主らの仕業だろう？」

三平は詰め寄ったが、徳《とく》助、松助は素知らぬ顔《かお》をした。

三平は怒って、坊《ぼう》主頭で江戸見物しても仕方がないと、二人に別れて大坂《さか》へ引きかえして行った。

途《と》中で三平は何思ったのか法着屋へはいって古い袈裟衣《けさごろも》を買い、出家になりすまして、大坂《さか》へつくと、早速その足で徳《とく》助、松助の家へのそっと顔《かお》を出した。

徳《とく》助、松助の女房は三平の異《い》様な姿《すがた》に仰天した。訳《わけ》を訊くと三平ははらはらと落涙し、

俄法師《はっし》

特選讀物

織田作之助

萩原万象畫

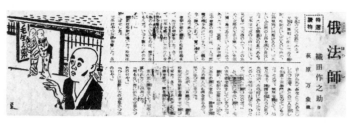

図　「大阪新聞」（1943・11・24）第４面

「実は道中の渡しで船が岩《いわ》に打っ突かって、あっという間にてんぷく、三人共流されてしもうたのだ。気がついた時は、岸《きし》の上で、どうやらわしは助け船に引き上げられて命をとりとめたらしかったが、あとの二人は悲《かな》しや到《とう》頭土左衛門になってしもうた。そこで、無常を観《かん》じて、出家となり、諸《しょ》国を廻《まわ》ろうと思ったのだが、その前にあんた方にこのことを知らせねばと、ひとまず大阪《ママ》へ立帰《かへ》ったのだ。」

と、まことしやかに語《かた》り、そのまま姿《すがた》を眩ましてしまった。

徳《とく》助、松助の女房は泣《な》く泣《な》く夫たちの葬《そう》式を出し、菩《ぼ》提を葬《とむら》うため両人とも頭をまるめて、尼になってしまった。

ところが、二月経つと、徳《とく》助松助は江戸見物を済ませて帰《かえ》って来た。そうしてそれぞれの妻《つま》の頭を見て、腰を抜《ぬ》かしてしまった。

だんだん訳《わけ》をきいて、三平に謀られたことが判った。

「用もない旅に出たのが悪かったのじゃ。」

「ひとに悪戯したのが悪かったのじゃ。」

両人はそう言って、なげいた。

夫たちが帰《かえ》って来たので、勿論《もちろん》女房らは還俗した。そうして道修町の毛生え薬屋へ行った。

ところが、出て来た毛生え薬屋の番頭《ばん》の頭は物凄く禿げていた。二人の女は薬を買うのを諦めて、すごすご表へ出ようとすると、三平が店へはいって来るのに出くわした。三平も毛生え薬を買いに来たのである。三平は二人の前に手をついて

「この頭に免《めん》じて、許してくれ。」

と、謝った。

この小説を読んで、どこかで聞いたことのある話だ、と思った読者もいるのではないでしょうか。『俄法師』は、似た筋の話が少なくありません。たとえば落語「大山詣」です。落語という藝の性質上、細部は演者によってちがうものになりますが、武藤禎夫『定本落語三百題』（二〇〇七）によれば、「大山詣」とは次のような噺です。

大山詣りの講中が江戸出発の前に、「去年のように馬鹿ッ騒ぎして先達さんに迷惑かけてはいけないから、腹を立てたり喧嘩してあばれた奴は、罰として頭の毛を剃り坊主にしよう」と約束をとりきめる。無事、お山をおりて帰りの神奈川宿。酒癖の悪い熊公が大騒ぎしたので、怒った連中が約束をタテに、寝こんだ熊公をクリクリ坊主にしてしまう。翌朝遅く起きた熊、自分の坊主頭に仰天したが、一策を案じて早駕籠で一足先に帰宅すると、講中のかみさん連中を呼び集め

「お山は無事にすんだが、帰りの金沢八景の舟遊びで舟が転覆。一同の死骸も上がらぬ始末。自分一人だけどうにか助かったので、知らせに帰った。これからすぐ高野山に上り、皆の菩提を弔うつもりだ。これ、この通り」と涙ながらに坊主頭を見せたので、かみさん連もすっかり真に受け、我も我もと熊公の手で髪を剃って尼さん姿となり、揃って百万遍の念仏を唱える。そこへ何も知らぬ講中が帰って来、この有様に腹を立て、熊公になぐりかける。熊は落ち着いたもので「草履を履いているうちは、まだ旅のうちだ。怒ると、お前たちも坊主にならにゃいけねえ」と言われ、たじたじの体。ひとり先達だけは「こんなめでたい話はない。考えてもごらん。お山は晴天で、うちに帰りゃアみんな、お毛がなくっておめでたい」

オチはもちろん、江戸に行く話と江戸から旅立つ話で逆なことや、登場人物の名前など、細かい点を含めて差異は少なくありません。しかし男たちが旅をして、道中で一人が頭を丸められ、その一人が先に帰って他の連中の妻たちを坊主にし、旅から帰ってきた夫たちが驚く、という骨格において、「俄法師」との類似は明らかでしょう。

なお、「大山詣」は江戸の落語で、上方落語には「百人坊主」として知られる同種の噺があります。大山詣りが伊勢詣りになっている点を除けば、道中で長屋仲間に坊主にされた男が先に帰宅して仲間の女房たちを欺いて坊主にするまで、ほぼ同じ筋です。しかしその後、坊主にされた女房たちが、亭主や家族ら全員を坊主にしてしまうオチが異なります。

作之助は落語を創作に活かそうとしていました。杉山平一は、作之助が「古本屋の「天牛」で落語全集なんか買うて読んでい」たことを証言しています。「そんなもん読んで、なにすんねん」て聞いたら、「いや、こういうの読んどかなあかんのや」いうてましたね」（「大阪の詩人・作家たち――交友の思い出から」）。「大阪論」（一九四三）では「講談、浄瑠璃や落語の話術」に言及し、「地の文と会話のつながりや、描写と説明との融合や、大胆な省略法、転換法や、人名や地名の選び方などまだまだ日本の小説は、これらのものから学ぶところが多い」と述べています。そこで言及している渡辺均『落語の研究』（一九四三）も織田文庫に所蔵されています。ただし、だからといって『俄法師』は落語を元に作られた、と単純に言うことはできません。落語にも典拠があるからです。武藤禎夫『定本落語三百題』では次のように指摘されています。

この噺の根源は狂言「六人僧」であろう。三人の男が寺詣に同道し、道中の間は腹を立てぬことを約束するが、寝入った一人を、戯れに二人が坊主頭にしてしまう。怒った男は、ひとり在所に戻り、「ご亭主たちは川へはまって死んだ」といつわり、いたずらをした二人の女房を尼にする。帰宅した夫たちも一念発起して三夫婦ともに出家となり、後世一途を願うことになるという筋。これをもとにした話が『西鶴諸国ばなし』巻一（貞享二）の「狐の四天王」であり、さらに十返舎一九の滑稽本『滑稽しっこなし』（文化二）がつくられ、根岸守信の随筆『耳袋』巻一（文化十一）

の「悪しき戯致すまじき事附悪事に頓智の事」にも、同想の話が載っている。

井原西鶴「狐四天王　播州姫路に有りし事」（『西鶴諸国ばなし』巻一・七、一六八五）は、なるほど坊主にされる点は似ています。が、男たちがいたずらをし合う話ではなく、狐が復讐のために人間をだまして坊主にする話で、二つの落語や『俄法師』とは異質な印象を受けます。ただ、なにしろ作之助は『西鶴新論』（一九四二）の著者です。この本では、西鶴の「坊主ぎらい」の例として「狐四天王」末尾を取りあげて「見事に法体を茶化している」と述べています。織田文庫には『西鶴諸国咄　本朝桜陰比事』（一九四一）も所蔵されています。したがって、作家が「狐四天王」を読み、丸坊主にされる部分に着目していたことは確実です。作中で使われ、西鶴が他作品でも用いている「俄坊主」という語も、『俄法師』という題名に影響を与えているかもしれません。

一方、十返舎一九『滑稽しっこなし』（一八〇五）は、「大山詣」とはよく似ています。落語研究においても、「狂言「六人僧」から着想を得た一九の『滑稽しっこなし』の挿話を母体として、落語「大山詣り」が産声をあげたとする見解を、「大山詣り」成立の主流としたい」と述べられています（中込重明「「大山詣り」――狂言からの着想」二〇〇四）。作之助の「俄法師」は、これらの作品の系譜を継ぐものです。

もっとも、二つの落語や狂言「六人僧」や一九の作品では、男たちが出立の前に腹を立てない約束をする、という設定がプロットの上で重要な役割を果たしています。その約束があるからいたずらされた男はその場で怒れず、手のこんだ仕返しをせざるを得なくなるのです。

ところが、『俄法師』にはその設定がありません。そこで注目されるのが、武藤も触れている『耳袋』巻一の「悪《あ》しき戯致《たわむれいた》すまじき事《こと》附悪事に頓智《とんち》の事」です。引用は省略しますが、いたずらで頭を剃られる話という点で似ているだけでなく、この話にも、腹を立てない約束をする段がありません。また、やはり『俄法師』同様、坊主にされた独り者は、いたずらをした二人組と顔を合わせません。その意味で、場所の設定こそ異なりますが、『俄法師』の序盤に最も近いのは、『耳袋』のこの話です。作之助は『耳袋』を、『異郷』の場合のように長篇の一部に用いることもあれば、『人情噺』のように前後に独自の内容をつけて短篇を作ることもあり、『俄法師』のように、わずかな改変だけを加えて掌篇とすることもあったのです。

もっとも『耳袋』中の話には、『俄法師』のように、坊主にされた男と尼になった二人の妻とが再会するという後日談がありません。したがって、作之助は『耳袋』以外にも複数の似た話を知っていて、混ぜ合わせ、独自の工夫を付け加えたと見るべきでしょう。

作之助が施した工夫は、末尾の女房たちが毛生え薬屋に行くくだりに見受けられます。毛生え薬屋は逐電した男との再会の場ですが、先にも触れたように、ここで対面するのは女房たちと男であり、男たち三人の和解は成立していません。

「大山詣」の末尾は「毛がない」すなわち「怪我ない」、無事でよかったという洒落でオチとしていました。対して『俄法師』では、「この頭に免じて、許してくれ」と、いたずらで坊主にされたことを謝罪のために頭を丸めたことにすりかえる滑稽でオチとしています。ただ、これ見よがしに坊主頭を突き出すしぐさは、あなた方の亭主が自分にしたこのいたずらが事件の発端なのだぞ、という開き直った態度とも受け取られます。作之助の独自性は、このような含みを持たせたことにあります。

そもそも「大山詣」のように「怪我ない」ことを喜ぶオチは、戦時下では難しかったはずです。「大阪新聞」の紙面も、戦況が厳しくなるに連れて、余裕がなくなっていきます。当時の紙面の他作品と比較すると、作之助が笑い話を元にした小説を発表していることが、むしろ異様に映ります。むろんそこに戦争への抵抗といったものを読みとるのは短絡でしょう。ただ、紙面と同じ色に染まろうとしない態度はうかがえます。

『社楽』の場合

ここまで『俄法師』の元になったと思しき先行作品を検討してきました。しかし織田作之助作品の愛読者であれば、『俄法師』の内容には既視感があったはずです。作之助が『俄法師』の半年前に「現代文学」という雑誌に発表し、全集第五巻に収められている『社楽』（一九四三・五）という小説に酷似しているからです。『社楽』とは、次のような話です。

大坂骨屋町の徳助・松助という二人の下戸が、社楽と綽名される三平という上戸を江戸見物に誘った。当初は自重していた三平だが、桑名で夜通し飲んで騒ぎ、下戸二人に毒づく。根に持った二人は翌朝、寝過ごした三平を丸坊主にする。目を覚ました三平は驚き、この頭では江戸見物をしても面白くないと引き返した。六日後、松助の留守宅へ出家姿の男が訪ねてくる。男は松助の女房に、四日市の渡しで船が転覆し、徳助と松助が死んだと伝える。二人の女房は亭主を弔おうと剃髪した。そこへ徳助と松助が帰宅し、三平に騙されたと気づく。ところが近所の物識りは、これは三平ではなく坊主を好む狐の仕業であると、狐が復讐のために人間を坊主にした話を教える。その後、二人の女房は玉造の毛生え薬屋で三平に再会する。三平は旅先で知った女と結婚するために頭髪を戻そうとしているという。三平は、仲直りした徳助・松助らに祝われて婚礼の式を挙げる。ところが注文した料理が来ない。店では生國魂神社に届けたという。しかし神社の境内には誰もおらず、料理を食い散らかした跡だけが見つかった。

『俄法師』は明らかに『社楽』の前半を基礎としています。また、『社楽』は西鶴の「狐四天王」も踏まえています。いわば『俄法師』は、『社楽』から「狐四天王」を抜いた作品なのです。いたずらで頭髪を剃っていながら否定する二人の男の嘘が、出家姿の男による二人が死んだという嘘を呼ぶ、という展開は、これまでに見たどの作品にも通じる筋でした。ところが『社楽』では、出家姿の男は狐ではないか、という近所の物識りの話が絡み、その話が作品世界内で一定の説得力を持ちます。読者には、狐は無関係で、三平の報復に過ぎないようにも見えます。が、最後に狐らしき存在が婚礼の料理をだまし取った話があることで、事実と嘘の境界が曖昧になります。三平と狐との関係も、最後まで明かされません。どこからどこまでが本当なのかわからなくなってくる『社楽』で、作之助は「小説の中でどこまで嘘がつけるかという、嘘の可能性を試して」(「可能性の文学」)いるように見えます。

以上、笑い話をいかに料理したか、という観点から作之助におけるリミックスの手法を確かめてきました。その材料の扱い方は時にあまりにも大胆ですし、一見すると同じ話を再利用しているだけに映るかもしれません。しかしそれらも、前後に独自の文脈を用意したり、複数の話を混ぜ合わせたりすることで、織田作之助の小説になっているのです。

第三章　オマージュとしての一人称――『天衣無縫』『勧善懲悪』

織田作之助と太宰治

織田作之助と太宰治。二人の名前が並べられたとき、まっさきに浮かびあがる言葉は「無頼派」でしょう。両作家は、戦後における退廃的な生活や、反権威的な態度によって近いと見なされてきました。写真家の林忠彦がバー「ルパン」で二人を撮影した写真が広く流通していることも大きいでしょう。

なるほど、作之助の「可能性の文学」と、太宰の「如是我聞」（一九四八・三～七）というそれぞれの晩年の文学論は、共に志賀直哉批判を含んでいます。そのため志賀を補助線にすると、その対極としての二人の作家の共通性は鮮明に浮かびあがります。作之助と太宰の文学論は、どちらも〈小説の面白さ〉を重視しているのです。ただそこでの主張は、二人だけでなく、〈小説の面白さとは何か〉という敗戦直後の文壇で熱く議論されていた問題と関わります。この点については、終章で論じます。

この章では、作之助と太宰との関わりを、一人称小説の語りという観点から探ろうと思います。まずは二人の直接的な関係を確認したうえで、作之助の一人称小説に、太宰へのオマージュを見てとりたいと思います。

作之助と太宰は、坂口安吾も含めた座談会を二度行っています。太宰は作之助の追悼文も書いています。しかし二人が初めて顔を合わせたのは四六年一一月で、その翌々月に作之助は亡くなってしまいます。そのため二人に密接な親交があったとは言えません。しかし創作上のつながりはうかがえます。

実は、作之助没後すぐの時点ですでに、「死後、いろんな織田作之助論が語られたようであるが、織田文学における太宰文学の影響について、誰も触れていない」「はずかしいことでもなく、織田文学を侮辱することにもなりはしないのに「可能性の文学」をまつまでもなく太宰文学について彼自ら絶えず人に語っていたし、また初期の「動物集」以後、戦後の諸短編にいたるまで特に、その発想法など影響がかなり明らかに見られる」という見解が示されていました（石《（ママ）》「織田作之助と太宰治」）。ところが、現在に至るまで、このような面での作之助と太宰の関係は十分に明らかにされていません。

　太宰は作之助への追悼文「織田君の死」（一九四七・一・一三）で「私は織田君の短篇小説を二つ通読した事があるきり」だと述べています。したがって、太宰に作之助からの影響をうかがうことは難しいでしょう（もっとも太田治子『明るい方へ』には、「織田の『土曜夫人』に、デッキから人を突きとばすところがあっただろう」と太田静子に言う太宰の姿が描かれています。実は、太宰もひそかに作之助の作品を読んでいた可能性もあります）。しかし作之助の方は、太宰の作品に絶えず特別なまなざしを注いでいました。

　そのまなざしを知るために、ここであらためて作之助の文学的経歴を確認しておきましょう。作之助は一九三三年に戯曲『落ちる』を発表して以来、一九三七年ごろまでは、もっぱら戯曲を書いていました。小説の発表は翌三八年の『ひとりすまう』が最初です。作之助は、小説を書き始めるにあたって他作家の作品を「勉強」したと述べています。

> 　大学へ行かず本郷でうろうろしていた二十六の時、スタンダールの「赤と黒」を読み、いきなり小説を書きだした。スタイルはスタンダール、川端氏、里見氏、宇野氏、瀧井氏から摂取した。その年二つの小説を書いて「海風」に発表したが、二つ目の「雨」というのがやや認められ、翌

年の「俗臭」が室生氏の推薦で芥川賞候補にあげられ、四作目の「放浪」は永井龍男氏の世話で「文学界」にのり、五作目の「夫婦善哉」が文藝推薦になった。

　こんなことなれば、もっと早く小説を書いて置けばよかったと、現金に考えた。八年も劇を勉強して純粋戯曲論などに凝っている間に、小説を勉強して置けばよかったと、私は未だ読みもせぬ小説家の数を数えて、何か取りかえしのつかぬ気がした。（「わが文学修行」一九四三・四）

　かくして作之助は文壇デビュー後も、こうした「摂取」と「勉強」を精力的に続けていきます。それがここにあげている作家ばかりではなく、古典やルポルタージュにまで及んでいたことは、ここまでに見たとおりです。つまり作之助は、みずから明かしているよりもはるかにさまざまなところから作品の筋や形式や文体を借りて自作をひねり出していた作家だったのです。

　では太宰治についてはどうでしょうか。なるほど作之助は、太宰については「摂取」したとは書いていません。しかし太宰に強い関心を抱いていた痕跡は少なからず見受けられます。右の随筆でも「気になる作家」の一人に太宰の名をあげていました。また、評論「芝木好子論」（一九四六・六）においては、芝木の『淡雪』について「この人（芝木好子）でなくては書けぬという小説ではない」として、「たとえば同じ雑誌にのっている太宰治氏の小説にくらべると、このことがもっとはっきりする」と述べています。さらに、「僕は昔から太宰治氏と坂口安吾氏に期待しているが、太宰氏がそろそろ大人になりかけているのを、大いにおそれる」（「文学的饒舌」）とか、「太宰治、坂口安吾に私が誰よりも期待するのは、この点である。彼等の新しさはすくなくとも二流に徹した新しさである」（「二流文楽論」）とか、既成の「一流」文学に追随するのではなく独自の「二流文学」の実現を目指す自分と立場を同じくする作家として、安吾と共に太宰の名前をくり返しあげているのです。

作之助は晩年のインタビューでは、次のような企画さえ語っています。

これは既に四、五年前から考えていたことなのだが、太宰治、坂口安吾、それに自分を加えた三人で同人雑誌をやってみたらと思っています。この三人でやれば必ず新しいものが生れる。そして、それは二流に徹した面白さであり、一流の真似をせぬ面白さです。（「時の人を訪ねて」一九四七・一）

この他にも、太宰の随筆集『信天翁』（一九四二）を読んでいたことを書簡に書いていますし、織田文庫の蔵書から、少なくとも二冊の単行本を所有していたことも確実です。

また、作之助の太宰への心酔を証言する声もあります。作之助の親友で、太宰とも交流のあった青山光二は『青春の賭け　小説織田作之助』（一九七八）で、「太宰だけは、ほかの小説家とちょっと隔絶してるな。批評家が彼れ此れ文句つけられん場所へ、仕事を持って行てしもたよ。批評家の言う事が気にならんというのは、何しろたいしたもんや。な……？」と「かねてからの傾倒」を口にする作之助を描いています。また、敗戦直後、青森疎開中の太宰の元に出入りしていた木村久邇典《くにのり》は、太宰の家を訪問したとき、「織田作か。織田はまるで、おれを兄貴かなんかのように思ってるらしくて、大阪から、長い長い手紙をよこすんだよ。中身は恋文みたいなものもある。閉口してしまうね」と話していたと言います（『太宰治と私』一九七六）。

これらを合わせて考えれば、作之助が太宰作品から「摂取」や「勉強」をした可能性は十分にあります。ここではその一端を、独白体という語りの方法から明らかにします。それは両作家がしばしば採用した饒舌な語り口が、単なる筆癖ではなく、方法的な産物であったという事実を確かめることにもなるでしょう。

一人称小説の試み

織田作之助は、その作家活動の初期にはほとんど一人称の小説を書いていません。先にも触れた、習作ともいうべき『ひとりすまう』を除けば、『俗臭』や『夫婦善哉』以来、作之助の作品は三人称で語られるのが常でした。

ところが一九四二年ごろから急に、一人称の小説が多く書かれます。一月に発表した『秋深き』、四月に発表した『天衣無縫』、『バーナー少佐の手記』といった作品がそれに当たります。その『秋深き』を、作之助は「馬地獄」のときと同じく「古木雄呂志」という偽名を使って、次のように評しています。

私を出して、これだけ私を書かない作品も珍しい。そこをこの作者はちゃんと意識している。つまりは、従来のこの作者の特徴であった「物語性」を避けるために、わざと印象稀薄な私を出している。が、それが利きすぎて、作品全体の印象を稀薄にした感もないではない。

この書きぶりからは、作之助がこの時期、自己の体験をそのまま表す私小説を書こうとしていたのではなく、方法的な自覚のもと「私」という存在を小説に組みこもうとしていたことがわかります。翌年に書かれた『聴雨』『勝負師』における坂田三吉と重なる「私」も同様の試みの一環でしょう。以後、作之助は『木の都』のような私小説的な作品や、第I部第二章で取りあげた『世相』のような「作者」としての「私」を縦横に駆使したメタフィクション、あるいは『勧善懲悪』（一九四二・九〜一〇）、『アド・バルーン』（一九四六・二〜三）のような、作之助とは明確に区別される語り手による独白体の作品など、多様な一人称小説を発表していきます。

以下に考察するのは、最後にあげた独白体の系列です。その出発点には『天衣無縫』があります。それは同じ饒舌という言葉がふさわしい語りではあっても、三人称の語り手が固有名詞や数詞を大量にまき散らす『夫婦善哉』などの語りとは、はっきりと異なるものです。そこに太宰治へのオマージュが認められるのではないか、というのがわたしの見立てです。

『天衣無縫』の語りのしくみ

『天衣無縫』は、語り手である「私」こと政子が、軽部という「のんき」で「底抜けにお人好し」な男と見合い結婚をする話を中心とした小説です。

> 二四歳の政子は、軽部という二九歳の野暮ったい男と見合いをすることになる。ところが軽部は見合いの当日、友人からの酒の誘いを断れずに遅刻してしまう。婚約後の交際でも軽部は、人並み外れてのんきで、時間や金銭にルーズな面ばかり見せる。お人好しで頼りない性格は高校時代からだったこともわかる。式を挙げてからは政子が厳重に夫の身辺を管理しようとする。しかし軽部は相変わらずで、上着を質に入れて友人に金を貸そうとしたり、会社のタイムレコードを押し忘れ続けて減俸されたりして、政子に折檻されても途中で寝てしまうのであった。

タイトルから、「底ぬけにお人好しで気の弱い、理想もなければ未来もない、出世しようなどとはゆめにも思ってはいない、周囲に身をまかせてずるずるとひきずられ流れて行く男」（青山光二「解説」）の造形に焦点が当てられていることは明らかです。しかし、そのような人物そのものは、作之助の小説において珍しくありません。ずるずると引きずられていくという点では『夫婦善哉』の柳吉が思い浮かべられますし、『奇妙な手記』（一九四六・一）の語り手も、みずから「気の弱い人間」と称し、他人にそこをつけこまれ、「ああ、気が弱いということは最大の悪徳だ」と慨嘆する存在です。

『天衣無縫』を特徴づけているのは、そうした人物が、女性の独白体を通して語られていることです。この小説で政子は、軽部の「天衣無縫」ぶりを伝えると共に、ただそれだけの報告者に留まらない役目を果たしています。

政子は、基本的には軽部の行状とそれに対する自分の反応とを語っていきます。注目されるのは、彼女の心情が語っている途中で揺れ動くことです。

・だから、いきなり殺風景な写真を見せつけられ、うむを言わさず、見合いに行けと言われて、はいと承知して、いいえ、承知させられて、（後略）

・いずれにしても私は聞いて口惜しかった。けれど、いいえ、そんな風には考えたくなかった。矢張り見合いは気になっていたのだが、（中略）結局ずるずると引っ張られて、到頭遅刻してしまったのだ――と、そんな風に考えたかった。つまりは底抜けに気の弱い人、決して私との見合いを軽々しく考えたのでも、またわざと遅刻したのでもないと、ずっとあとになってからだが、そう考えることにした。

これら以外にも、作中には「いいえ」「いや」などと訂正したり、「けれど」「といって」などと言い直したりする言葉が頻出します。そうした言い回しは、いかにも実際に語られているかのような雰囲気を作り出しています。しかしより重要なのは、このような表現によって、最終的には否定されるにせよ、表だって強調されている内容とは別の角度から彼女の話を捉える手がかりを、政子自身が洩らしてしまっていることです。

政子は見合い結婚にいたる経緯を、軽部という〈駄目な男〉としぶしぶ見合いをし、成り行きから結婚することになったという風に語っています。しかし度重なる訂正や言い聞かせによって、それが自分を納得させるために作った〈物語〉に近いことも明らかにしてしまうのです。

また、次の引用のように、政子は読み手に積極的に訴えかけることが少なくありません。

・私がその時いくらか心ときめいたとしても、はしたないなぞと言わないでほしい。仲人さんのそのお言葉をきいた晩、更けてから、こっそり寝床で鏡を覗いたからって、嗤わないでほしい。
・私がそんな手荒なことをしたと言って、誰も責めないでほしい。

こうした政子の訴えは、読者の共感を誘うというよりも、かえって語りから距離を取って読む視点を与えてしまうでしょう。政子の語り全体が、並外れてお人好しな夫とそれに振り回される妻、という物語と同時に、そのようなストーリーを作って自他に納得させようとしている妻、という、もう一つの物語をも発信しているわけです。

したがって、この作品を読むうえでは、軽部の「天衣無縫」ぶりだけではなく、そうした夫にいらだつ政子の側の極端さをも見逃せません。「心斎橋筋の雑鬧のなかでひともあろうに許嫁に小銭を借りる」軽部に怒り、「破約するのは今だ」と思い詰める政子に対して、父は「へえ？　軽部君がねえ。そんなことをやったかねえ。こいつは愉快だ、と上機嫌に笑うばかり」だったと言います。母は、「夫のものは妻のもの、妻のものは夫のもの、いったいあんたは小さい時から人に金を貸すのがいやで、妹なんかにでも随分けちくさかったが、たかだか二円のことじゃありませんか、と妙に見当はずれた、しかし痛いこと」を口にします。政子は両親の無理解を嘆きますが、彼女はそうした父母の様子を語ることで、みずからを相対化して読む手がかりを与えてしまうのです。

織田文庫には、『天衣無縫』の草稿が複数所蔵されています。草稿は、発表された形と同じ政子の語りによる系列と、軽部を主人公とした三人称で語られる系列とに分けられます。おそらく『天衣無縫』は、当初三人称の語りで構想されていたものが、一人称小説の試みを続けていたこの時期に、女性独白体に作り直されたのでしょう。

結果、『天衣無縫』は底抜けに「のんき」な男の突飛な言動を魅力とするだけの小説ではなくなりました。軽部の「天衣無縫」ぶりに対して、性急かつ懸命な政子の姿が、物語内容と語りの二つのレベルで強調されています。そのため一篇の中心は、個人の性格ではなく、対照的な夫婦が織り成す関係に移っているのです。

『勧善懲悪』の語りのしくみ

『天衣無縫』と同時期の作品『勧善懲悪』も、独白体で、語り手が語る物語だけでなく、その過程で洩らす言葉が大きな意味を持つ小説です。

没落した「お前」（川那子丹造）の姿に驚く「おれ」（古座谷）は、丹造の片腕として活躍した過去を回想する。丹造は「赤貧洗うがごとき」生活から「立身出世の夢」を見て大阪に出て、さまざまな仕事に手を出して成りあがり、一時は「巨万の富をかかえ」るようになる。ところが参謀格であった古座谷と手を切ったのち、わずか五年で「二円の無心にやって来」るほど没落してしまった。古座谷は丹造に同情しつつ、最後に、実は自分こそ丹造の没落のきっかけとなった暴露本「川那子丹造の真相をあばく」の著者であったことを明かす。

語り手の古座谷が暴露本の著者でもあった、というのがオチになっています。もっとも、このオチは、読者にとってそれほど意外なものではないでしょう。むしろ、読み進めていく内に気づかれるようにしくまれているといってよいくらいです。というのも、第一に、古座谷の語りと暴露本の語りとは、「つまり」やダッシュが多用される「文章」が酷似しているからです。また、古座谷は過去の丹造を語るにあたって実に一〇回も「真相をあばく」の記述を引用しているために、彼の見聞や知識と「真相をあばく」の筆者のそれとがほぼ重なっていることが明らかだからです。しかも古座谷は途中で「真相をあばく」の記述に対し「渋い顔なぞと書いているが、違う。あれは言葉の綾で、他の時は知らず、この時ばかりは、お前の渋い顔なぞいっぺんも見たことはない」（五）と、書き手が同じであることをうっかり洩らしてしまってさえいるのです。

『勧善懲悪』の特色は、そのように語りが進むに連れて思わぬ貌を見せていくところにあります。丹造に「ざまあ見ろ」と言い放つところから語り始める古座谷は、当初、丹造の出世が本人だけの力によるものではなかったことを思い知らせるためであるかのように語ります。

なにが、お前ひとりの力で……。いまとなっては、いかな強情なお前も認めるだろうが、みなおれの力だった……。例えば、支店長募集のあの思いつきにしろ、新聞広告にしろ、たいていの智慧はみな此のおれの……。まあ、だんだんに、聴かせてやろう。（一）

ところが、『天衣無縫』と同様に、この小説にも語り手が訂正したり言い直したりする表現が散見されます。

・もともとヤマコで売っていたお前の、そんな惨めな姿を見ては、いかな此のおれだって、涙のひとつも……いや、出なんだ。出るもんか。（一）
・いや、そういえば、たしかにお前にはひとに惚れこませるだけのものはあった。少くとも、おれのような人間に……。（四）

表面上、古座谷は過去の丹造の言動を弾劾し続けます。しかし、訂正や言い直しを多く含むその語り口は、丹造の一度の失敗にめげないたくましさと行動力にあこがれた面も確かにあったことを浮かびあがらせていくのです。

あるいは古座谷は、書きつづるうちに、次のように丹造をかばうこともあります。

なお、同書百七十六頁から百七十九頁までには（中略）些かユーモア味のある素っ破抜きをしてあるが、まさか、そんなことはなかったろう。よしんば、あったにしたところで、人の命というものは、明日をも知れぬもの、どうにでも弁解はつく、そう執拗に追究するほどのことはなかろう。（六）

現在の古座谷が、以前とちがって丹造を単純に非難しようとしているわけではないことがうかがえます。「真相をあばく」執筆時点では、丹造の嘘や儲け方のあくどさに批判の刃を向けていました。しかし現在の古座谷は、丹造の成りあがりが自らの助けに負う部分が大きいことを力説しています。それゆえ古座谷は、丹造のやり口を非難する一方で、それを手伝った自身の行為を弁解しなければならないはめにも陥ります。たとえば「支店の自滅策としてこれ以上の効果的な方法はなかったと、いまもおれは己惚れている。しかしこれも弁解すれば、結果から見てのこと、何も計画的に支店をつぶす肚ではなかった」（五）というのです。だからこそ終盤にいたると古座谷は「想えば、お互いよからぬことをして来た報いが来たんだよ。今更手おくれだが、よからぬことは、するもんじゃない。おれも近頃めっきり気が弱くなった。お前のように……」と、自分と丹造は同じ穴の狢だと自覚するのです。

いまは共に困窮した自分と丹造とを等しく見つめる古座谷の言葉は、「ざまあ見ろ」で始まる冒頭とは大きく異なっています。にもかかわらず、その変化は読者にとって意外ではありません。それは、この作品が以上のように、古座谷が丹造の話と同時に、彼じしんの心の動きも示しており、そこで丹造への愛憎をほのめかすと共に、自分も同類だったと自覚していく語りのしくみになっていたからです。

太宰治『皮膚と心』『きりぎりす』とのつながり

作之助の二つの独白体小説は、共に饒舌でありながら、ただ野放図に言葉がふりまかれているわけではありませんでした。そこには時に言い過ぎたり、言いよどんだりすることで、語りそのものを物語の一部として読み取らせるしくみがあります。一見すると不必要と思える文句を、語りに効果的に含ませることによって、物語世界に厚みを持たせていたのです。

このような方法は、太宰治も得意としていました。とりわけ『皮膚と心』（一九三九・一一）

と『きりぎりす』（一九四〇・一一）は、結婚をめぐる物語であり、妻が夫を語る形式である点で『天衣無縫』と似ており、執筆にあたって作之助は意識していたのではないかと思われます。作之助がこの太宰の二作品を目にしていたことも確実です。『皮膚と心』については、初出掲載誌である「文学界」一九三九年一一月号が織田文庫に所蔵されているからです。『きりぎりす』については、『夫婦善哉』と共に『日本小説代表作全集6　昭和十五年後半期』（一九四一）に収録されており、作之助の目にも止まりやすかったはずだからです。

しかも、似ているのは基本的な物語設定ばかりではありません。たとえば『皮膚と心』の新婚三ヶ月の「私」が夫との関係を語る次の部分は、主だって語られている内容が、実はゆらぎを含む不安定なものであることを教えるものになっています。

・結婚して、私は幸福でございました。いいえ。いや、やっぱり、幸福、と言わなければなりませぬ。罰があたります。

・何もかも私の慾でございましょう。こんなおたふくの癖に青春なんて、とんでもない。いい笑いものになるだけのことでございます。私は、いまのままで、これだけでもう、身にあまる仕合せなのです。そう思わなければいけません。

誰かに伝えるためではなく、自分を納得させるために発せられた言葉がせりあがってきているのがわかります。このような言い聞かせは、先に確認したように、作之助の『天衣無縫』にも多く見られました。

共通性は細部にもあります。右の波線部をはじめ、『皮膚と心』の「私」は自分を再三「おたふく」と呼びます。『天衣無縫』の政子も「しこめ」「大阪の方言でいえばおんべこちゃ」だと自分を評していました。彼女たちは自分の容貌を卑下しています。ただし『皮膚と心』の「私」は「今まで、おたふく、おたふくと言って、すべてに自信が無い態を装っていたが、けれども、やはり自分の皮膚だけを、それだけは、こっそり、いとおしみ、それが唯一のプライドだった」ことを途中で明かします。『天衣無縫』の政子は「私だってちっとも奇麗じゃない」と述べた直後に「歯列を矯正したら、まだいくらか見られる」と、つい口にしてしまいます。容貌を卑下していた人物が、実は自信を持っていたということ自体は珍しくないかもしれません。しかし一人称の語りにおいてその自信をもらしてしまう点はよく似ています。

もっとも両作品は、夫の造形が大きく異なっており、その点が小説全体のちがいにつながっています。『皮膚と心』では、妻だけでなく夫も劣等感を持っています。夫は妻に「いつもあの人は、自分を卑下して、私がなんとも思っていないのに、学歴のことや、それから二度目だってことや、貧相のことなど、とても気にして、こだわっていらっしゃる様子」だと述べられます。結果、二人は「夫婦そろって自信がなく、はらはらして」「二人そろって、醜いという自覚で、ぎくしゃくして」いると言うのです。そうした彼らが、妻の皮膚病という危機に直面することで、互いに遠慮し合う関係から脱していくところに一篇の特徴があります。

では『天衣無縫』の軽部はどうでしょうか。彼は『皮膚と心』の夫のような自意識は持ち合わせていません。そのあまりの「のんき」ぶりに腹を立てた政子に折檻されたときでさえ、折檻されながら「すやすやと眠ってしま」う始末です。政子は政子で、そうした軽部の反応に屈しないたくましさを持っています。『天衣無縫』は、そうした極端な性格の夫婦の対照が生むおかしみを特徴にしているのです。

他方、『天衣無縫』は、『きりぎりす』と近いところもあります。『きりぎりす』は、貧しいながらも独自の藝術に励んでいた画家と結婚した「私」が、有名になってからの夫が変質してしまったことを歎き、別れを告げようとする話です。特に似ているのは、次のような部分です。

・この世界中に（中略）私でなければ、お嫁に行けないような人のところへ行きたいものだと、私はぼんやり考えて居りました。

・この画は、私でなければ、わからないのだと思いました。（中略）どうしても、あなたのところへ、お嫁に行かなければ、と思いました。

・その人の額の月桂樹の冠は、他の誰にも見えないので、きっと馬鹿扱いを受けるでしょうし、誰もお嫁に行ってあげてお世話しようともしないでしょうから、私が行って一生お仕えしようと思っていました。私は、あなたこそその天使だと思っていました。私でなければ、わからないのだと思っていました。（以上『きりぎりす』）
・いいえ、誰もあの人と結婚することはできない。私はあの人の妻だもの。（『天衣無縫』）

　この人の妻たりうるのは自分を措いて他にいない、と妻の座に自己の存在理由を賭ける点で、二人の語り手は似ています。

　断っておけば、これらは〈女がたり〉だから似ているわけではありません。両作家にとって独白体に訂正や言い聞かせを効果的に含ませる語りは、語り手が女性の場合に限りません。たとえば太宰の『駈込み訴え』（一九四〇・二）には、「あの人は、私の女をとったのだ。いや、ちがった！　あの女が、私からあの人を奪ったのだ。ああ、それもちがう」といった訂正や、「そうだ、私は商人だったのだ」「私は所詮、商人だ」「あの人が、ちっとも私に儲けさせてくれないと今夜見極めがついたから、そこは商人、素速く寝返りを打ったのだ」といった自分への言い聞かせを通じて「あの人」への愛憎を示すしくみがあります。作之助も、『勧善懲悪』の古座谷という男の語りに訂正を効果的に持ちこんでいました。

『勧善懲悪』は、新婚夫婦の物語でこそありませんが、『きりぎりす』との間には強い関連がうかがえます。その冒頭近くの表現を見ましょう。

お前から手を引いた時、おれは既にお前の「今日ある」を予想していたのだ。（中略）ところで、いま、おれが使った此の「今日ある」という言葉を、お前は随分気に入って、全国支店長総会なんかで、やたらに振りまわしていたね。そんな時、お前は自分ひとりの力で、「今日ある」をもたらしたような口利いていたが、聴いていて、おれは心外……いや、おかしかった。（一）

この一節は、次にあげる『きりぎりす』の末尾近くの一節を思い起こさせます。

先日あなたは、新浪漫派の時局的意義とやらに就いて、ラヂオ放送をなさいました。（中略）「私の、こんにち在るは、」というお言葉を聞いて、私は、スイッチを切りました。一体、何になったお積りなのでしょう。恥じて下さい。「こんにち在るは、」なんて恐しい無智な言葉は、二度と、ふたたび、おっしゃらないで下さい。

単に語句が一致しているだけではありません。かつて「見込んだ」男が、経済的に豊かになったことで変節し、やがて自分の〈今日ある〉を恥ずかし気もなく語り出すようになったこと。それを無念に思い、批判していく語り手。このような物語の骨格においても、『勧善懲悪』と『きりぎりす』とは酷似しているのです。

むろん両作品の基本的な物語設定が異なることは見逃せません。『きりぎりす』は、夫に失望して別れていく妻の物語です。対して『勧善懲悪』は、昔の仕事仲間と別れたあと、再び会ったときに参謀格の男の胸に兆した心情の機微を描いた物語です。しかし、その物語において語りが果たしている役割は似ています。

というのも、『きりぎりす』は、一見すると妻が夫の通俗化を責める体裁をとっていながら、妻の側にも自己中心的な面がうかがえる作りになっています。前に引用したように、彼女は妻の座に自己の存在理由を求めていました。そのために自分の〈物語〉に夫を当てはめようとしているきらいがあるのです。

それは、実は妻の方が悪い、という単純な話ではありません。お互いが相手に求めていたものがずれていたことが見えてくるようなしかけです。額面どおりに受け取られない語りであるゆえに、物語が奥行きを持つのです。それは、先に確認した『勧善懲悪』の古座谷の、丹造を批判するうちに同情や共感がにじみ出てくるしくみと似ています。

以上たしかめてきた共通性から、作之助の『天衣無縫』や『勧善懲悪』が、太宰の『皮膚と心』や『きりぎりす』へのオマージュをこめて作られた可能性は決して小さくないと考えます。

両作家の戦後の読書

織田作之助が『皮膚と心』や『きりぎりす』を念頭に置かずに『天衣無縫』と『勧善懲悪』を書きあげた可能性を完全になくすことはできません。が、仮に偶然似ただけだとしても、よく知られている彼らの作家としての生活や態度の共通性とは異なる、小説の、それも素材ではなく語りの方法に通じるものがあることは間違いありません。

また、個々の作品の影響関係と共に、あらためて強調しておきたいのは、作之助が自分の作品世界を作りあげるためには「勉強」したという作家や作品以外の広い領域にも精力的に手を出していたことです。たとえば『勧善懲悪』にしても、『きりぎりす』以外の作品からも「摂取」の跡がうかがえます。中石孝は、作之助が里見弴の『荊棘の冠』（一九三四）を「くりかえし読み、その会話体の文体など、かなり参考にしていたということを吉田定一をはじめ何人もの人から聞いた。作之助の会話体の佳作『勧善懲悪』がその後書かれている」と指摘しています。たしかに小説全体の構図は大きく異なるものの、里見弴『荊棘の冠』の「小幡宗吉の手記」にある「まァ待て、だんだんに言って聞かしてやる」という部分は、『勧善懲悪』の「まあ、だんだんに、聴かせてやろう」という部分と酷似しており、「摂取」の跡は明らかです。

他作家の作品の手法や言葉を積極的に取りこんで自作の糧にしていくこと。作之助と太宰は、その退廃的な生活や反権威的な態度以上に、そうした創作方法において似ているのです。

最後に、作之助と太宰とが敗戦直後に、同じメディアのアンケートに答えて、同じ本を紹介しているという、あまり知られていない事実に触れておきましょう。

太宰は一九四六年四月二二日発行の「夕刊新大阪」に掲載された「読書ノート」という欄で、次のように書いています（全集未収録）。

新刊書では、アンドレ・ジークフリード、伊吹武彦訳の「アメリカとは何ぞや」面白く拝読仕りました、後略

その半月後の五月七日発行の「夕刊新大阪」の「読書ノート」では、作之助が次のように書いています。

ジーグフリード著、伊吹武彦訳「アメリカとは何ぞや」（世界文学社刊）は題名は際物的だが、内容は最近アメリカに関する多くの刊行物中で出色のものと思った（後略）

しかも作之助は、この翌日、「京都日日新聞」に連載中だった『それでも私は行く』で、主人公の梶鶴雄に、この本を本屋で手に取らせています。

『アメリカとは何ぞや』は、フランス人経済学者が、原本が刊行された一九三七年現在のアメリカの性格を、主にヨーロッパおよび一九世紀のアメリカと比較して論じた著作です。伊吹武彦が、世界文学社を興した作之助の友人の柴野方彦から、戦争直後の日本人が読むにふさわしいような本を翻訳してもらいたいと依頼を受けて翻訳した本です。

時期的には、太宰が紹介した本を作之助も読んで紹介した、という可能性もないわけではありません。しかし事態はむしろ逆ではなかったでしょうか。「夕刊新大阪」の「読書ノート」欄では、東洋史学者の石濱純太郎や、画家の鍋井克之らも『アメリカとは何ぞや』をあげており、関西の知識層によく読まれていたことがわかります。推測の域を出ませんが、この本を太宰が手に取ったのは、作之助から教えてもらった可能性があります。前述した、疎開先の太宰が作之助からもらったという「長い長い手紙」で言及されていたのかもしれないと思うのです。

太宰の戦後の書簡を読むと、彼が世界文学社の「世界文学」創刊号に掲載されたジイドの「架空のインタビュー」を読んでいたことがわかります。また、京都で雑誌「東西」を編集していた作家の貴司山治と書簡を交わしたり（「返事の手紙」一九四六・五）、弟子の堤重久を貴司に紹介したりしていました。貴司への書簡の一つ（同年五月二一日付）には、藤澤桓夫の名も登場します。関西文壇の中心であった藤澤は、やはり「読書ノート」で太宰の『お伽草紙』（一九四五）を絶賛していました（一九四六・五・四）。「読書ノート」は新興夕刊紙の小さなアンケート欄ですが、そこから「京都へ移住しようか」（前掲堤宛書簡）とも考えていた敗戦直後の太宰が、関西のメディアと文学者に接近していたことがわかります。

敗戦直後の京都で、作之助と太宰が出会っていたら、どのような成果が生まれたでしょうか。歴史に「もし…」は禁物ですが、それはあながち根拠のない想像というわけでもないのです。

第四章　大阪・脱線・嘘——『アド・バルーン』

『アド・バルーン』と「大阪」

織田作之助が先行作家に影響を受けつつ書いた一人称小説として、もう一つ、『アド・バルーン』（「新文学」一九四六・二〜三）を取りあげましょう。

「私」こと長藤十吉が半生を語る。十吉は落語家の円団治の長男として生まれるが、生後すぐに母を喪い、方々へ里子に出される。七歳で実家に戻されると、最初の継母の浜子に連れられて歩いた千日前の夜景に魅せられる。しかし次々に継母は替わり、一五歳で丁稚に出るが、奉公先を転々として父に勘当される。二五歳で幼なじみの文子に再会し、文子を追って東京まで歩いたが、結局は大阪に戻って、中之島公園であてもなく佇んでいたところを秋山という男に救われ、紙芝居屋になる。その後、行方知れずになった秋山と新聞記事を介して再会でき、いったん別れて互いのために貯金をして、五年後に四天王寺西門で待ち合わせる。するとその場に父も姿を見せて和解し、二年後に亡くなった父を葬ったあと、残された義母に孝行しようと思う。

作之助はこの自作について、「空襲最中、大阪を（焼けた大阪をなつかしむ意味で）書いたという点で、なつかしい作」と述べたり（「あとがき」『六白金星』一九四六）、「大阪が焼けた直後、大阪惜愛の意味で、空襲警報下に、こつこつと書いた作」「当時私は今のうちに大阪を書き残して置こうという、やや悲壮な気持で、この作には一字一句打ち込んでいた」と述べたりしています（「あとがき」『世相』一九四六）。また、宇野浩二が「今のところ、あなたのほかには大阪を十分に書ける人はまずいないのですから、『猿飛佐助』を早く片づけて、『大阪』を、『大阪』を、書いて下さい」（織田作之助宛書簡、一九四五・四・二四）と励ましたことが執筆を促したという経緯もよく知られています。

そのため『アド・バルーン』は、大阪の町がいかに見事に、また強い思い入れで描写されたかという点に注目して読まれてきました。「七歳の主人公が継母に連れられ、二ツ井戸、道頓堀、法善寺横丁、千日前へと夜店見物に行く件りが圧巻で、一字一句打ちこんで、興にのって克明に描いている。いまのうちに大阪を書きのこしておこうという、大阪惜愛の悲壮なまでの気持がうかがわれ、なみなみならぬ執着といちずさで書かれた、さながら散文詩である」という青山光二の「解説」(『夫婦善哉』二〇〇〇)は、こうした見解の最大公約数的なものです。近年「名作をガイドに旅へ出よう!」と帯に謳われたJTBパブリッシングの文庫に収録されたのも、大阪の町並みが詳細に描かれた小説として広く受容されているためでしょう。

しかし、『アド・バルーン』の世界に現実の大阪を対応させてみると、つじつまの合わない要素が見つかることも事実です。

たとえば、十吉が千日前の夜景に魅了される場面。名描写と讃えられてきたその文章は「やがて楽天地の建物が見えました。が、浜子は私たちをその前まで連れて行ってはくれず、ひょいと日本橋一丁目の方へ折れて」と書かれています。しかし年代に注意しましょう。これは作之助が体験として知っている昭和の風景ではありません。まだ生まれていない明治の風景です。

確認すると、十吉は後に「朝日新聞」の記事で「昭和六年八月十日の夜、中之島公園の川岸に佇んで死を決していた長藤十吉君(当時二十八)」と紹介されたと言います。したがって一九〇四年に生まれたと考えるのが自然です。すると七歳の彼が浜子と千日前を歩いたのは、一九一〇年という計算になります。

しかし、先の引用部で十吉が見たと言っている楽天地の開業は、一九一四年七月なのです。十吉が「尋常三年生の冬」に長藤家を去った浜子は、楽天地開業の数年前に長藤家を去った計算になります。十吉が浜子に連れられて楽天地を見ることは不可能なのです。

こうしたずれは他にもあります。十吉は一五歳で丁稚奉公に出た次の年、陶器祭で幼なじみの漆山文子に出会いますが、無視されます。現在の十吉は、それから怠け癖がついたと語りかけたあと、怠け癖はその前からついていたと訂正し、次のように回想します。

私は一と六の日ごとに平野町に夜店が出る灯ともし頃になると、そわそわとして、そして店を抜け出すのでした。それから、あの新世界の通天閣の灯。ライオンハミガキの広告燈が赤になり青になり黄に変って点滅するあの南の夜空は、私の胸を悩ましく揺ぶり、私はえらくなって文子と結婚しなければならぬと、中等商業の講義録をひもとくのだったが、私の想いはすぐ講義録を遠くはなれて、どこかで聞えている大正琴に誘われながら、灯の空にあこがれ、さまようのでした。

しかし通天閣に「ライオンはみがき」の広告燈が設置されたのは一九二〇年です。一方、十吉が文子に無視されたのは一九一九年という計算になります。十吉は、文子に再会した翌年以降でなければ、「ライオンはみがき」のネオンの灯を「南の夜空」に見出せないはずなのです。

現在の十吉は、「大阪の町町がなつかし」く、「惜愛の気持」を抱いていると言います。だから彼は、自分の半生と関わらせて大いに「大阪」を語ります。しかしその追憶の「大阪」は、現実と正確には対応していないのです。

したがって、『アド・バルーン』の叙述をあたかもガイドブックのように読むことには慎重でありたいと思います。ただそうした現実とのずれは、必ずしも小説の欠陥とは言えません。一篇は十吉の一人称回想形式になっています。ならば作中の記述と現実とのずれは、作者のミスではなく、語り手の記憶ちがいかも知れないと疑ってみるべきでしょう。

いや、それら大阪名所の挿入は、語り手による脚色と見ることさえ可能です。十吉は次のような、あやしげな発言をしているからです。

どうせ不景気な話だから、いっそ景気よく語ってやりましょう、子供の頃でおぼえもなし、空想をまじえた創作で語る以上、出来るだけ面白おかしく脚色してやりましょうと、万事「下肥えの代りに」式で喋りました。当人にしか面白くないような子供の頃の話を、ボソボソと不景気な語り口で語ってみたところで仕方がない。嘘でなきゃあ誰も子供の頃の話なんか聞くものかという気持だったから（後略）

一見この発言は、過去の〈騙り〉と現在の語りとを区別しているようです。しかし作り話の上手さを自慢するこの語り手が、今だけ真面目に語り通している保証はありません。その意味でも『アド・バルーン』は、回顧される風景よりも、まず回顧する「私」の語り方に注意して読まれなければなりません。

脱線する語り

その時、私には六十三銭しか持ち合せがなかったのです。十銭白銅六つ一銭銅貨三つ。それだけを握って、大阪から東京まで線路伝いに歩いて行こうと思ったのでした。思えば正気の沙汰ではない。が、むこう見ずはもともと私にとっては生れつきの気性らしかったし、それに、大阪から東京まで何里あるかも判らぬその道も、文子に会いに行くのだと思えば遠い気もしなかった、――とはいうものの、せめて汽車賃の算段がついてからという考えも、勿論泛《うか》ばぬこともなかった。が、やはりテクテクと歩いて行ったのは、金の工面に日の暮れるその足で、少しでも文子のいる東京へ近づきたいという気持にせき立てられたのと、一つには放浪への郷愁でした。

そう言えば、たしかに私の放浪は生れた途端にもう始まっていました……。

「私」の語りの冒頭には、二つの特徴があります。一つは、書き出しのように、聞き手の興味を引きそうな場面から始め、かつ話の途中でもう一度その場面に帰ってくるまで引きつけようとしていることです。「私」の語りは聞き手を強く意識した、計画的なものなのです。一方で、波線部のような〈気づき〉を挿入していることも見逃せません。「私」は、語りながら思いついたり、発見したりしたことにも触れているのです。

こうした冒頭の二つの特徴は、以後の語りでもくり返されます。つまり十吉の語りには、半生を効果的に語るための工夫と、現在の気持ちを織りこむ意志とが同居しているのです。

いったいに私は物事を大袈裟に考えるたちで、私が今まで長長と子供の頃の話をして来たのも、里子に遣られたり、継母に育てられたり、奉公に行ったりしたことが、私の運命をがらりと変えてしまったように思っているせいですが、しかし今ふと考えてみると、私が現在自分のような人間になったのは、環境や境遇のせいではなかったような気もして来る。私という人間はどんな環境や境遇の中に育っても、結局今の自分にしか成れなかったのではないでしょうか、いや、私のような平凡な男がどんな風に育ったかなどという話は、思えばどうでもいいことで、してみると、もうこれ以上話をしてみても始まらぬわけだと、今までの長話も後悔されて来ます。しかし、それもお喋りな生れつきの身から出た錆、私としては早く天王寺西門の出会いにまで漕ぎつけて話を終ってしまいたいのですが、子供の頃の話から始めた以上乗り掛った船で、面白くもない話を当分続けねばなりますまい。

傍線部には、やはり内容を先に告げることで聞き手を引きつけるねらいがうかがえます。が、語り手はその前に波線部のような複数の〈気づき〉を介入させ、「乗り掛った船」からも降りようとしません。そのため話は予定どおりに進まないのです。

十吉の語りには、こうした脱線がさまざまな形で見受けられます。もちろん、回想のなかに現在の思考が介入するのは自然な現象でしょう。が、語り手には、現在の思考の方が中心になってしまっている場合も少なくありません。

私の文子に対する気持は世間でいう恋というものでしたろうか。それとも、単なるあこがれ、ほのかな懐しさ、そういったものでしたろうか。いや、少年時代の他愛ない気持のせんさくなどどうでもよろしい。が、とにかく、そのことがあってから、私は奉公を怠けだした。——ということ、あるいは半分ぐらい嘘になるかも知れない。

疑問文を積み重ねた後「いや」と否定し、「とにかく」と強引にまとめたにもかかわらず、「というと、あるいは半分ぐらい嘘になるかも」とひっくり返してしまいます。何が言いたかったのか、本人もあやふやになりながら言葉を紡いでいる様子です。このようにして語り手は、中心として語ろうとしていた「天王寺西門の出会い」をますます先送りしてしまうのです。

また、語り手は「こと大阪の話になると、やはりなつかしくて、つい細細《こまごま》と語りたくて」脱線してしまうこともあります。浜子と歩く場面では、「家を出て、表門の鳥居をくぐると、もう高津表門筋の坂道、その坂道を登りつめた南側に「かにどん」というぜんざい屋があったことはもう知っている人は殆んどいないでしょう。二つ井戸の「かにどん」は知っている人はいても、この「かにどん」は誰も知らない。しかし、その晩はその「かにどん」へは行かずなどと語っています。結局「かにどん」に行かないのなら、過剰な説明でしょう。また、「ここで一寸通りと筋のことを言いますと、船場では南北の線よりも東西の線の方が町並みが発達しているので、東西の線を通りと呼び、南北の線を筋と呼んでいるが、これが島ノ内に来ると、反対に南北の方がひらけて、南北の線が通り、東西の線が筋になる」といった地理の蘊蓄《うんちく》も、自分の半生や「天王寺西門の出会い」を語るうえでは、重要ではないはずです。

なにも、こうした脱線が『アド・バルーン』に不要だというのではありません。たとえば「車の先引をしていた三月の間に、九円三銭の金がたまっていました。それが資本です。夫《それ》で日本橋四丁目の五会という古物市場で五円で中古自転車を買った。それから大今里のトキワ会という紙芝居協会へ三円払って絵と道具を借りた。谷町で五十銭の半ズボン、松屋町の飴屋で飴五十銭。残った三銭で芋を買って、それで空腹を満しながら、自転車を押して歩いた。飴は一本五厘で、五十銭で仕入れると、百本くれる。普通は一本を二つに折って、それを一銭に売るのだから、売りつくすと二円になる。が、私は二つに折らずに、仕入れたままの長いのを一銭に売りました。そしてその日は全部売りつくすまで廻りましたが、自分で食べた分もあるので、売上げは九十七銭でした」といった叙述に見られる詳細な金額の値は、紙芝居屋になったという話に不可欠の情報とは言えません。が、こうした数字や地名の頻出は、作之助の他の小説と同様、登場人物の仕事や生活のありように強い現実感を与えています。

しかし一方で、終盤の秋山との再会の折に「田所さんは仏家の出で、永年育児事業をやっている眉毛の長い人で、冗談を言ってはひょいと舌を出す癖のある面白い人でした。田所さんのお嬢さんは舞をならっているそうです」などと挟まれる端役の細かな紹介のように、どこまで本気で話を急いでいるのか疑わしくなる説明や描写が多々見られることも事実なのです。

こうした相次ぐ脱線は、読み手に語る行為への注目を促します。紙芝居屋の経験もある「話が上手」な語り手は、一本調子にならぬよう、語り口に幅を持たせています。「こんな風に語ったのです」「その時のことを、少し詳しく語ってみましょう」「その記事の文句をいまだにおぼえています」などと、十吉は標準語と大阪弁を使い分け、時にくわしく語り、また時には新聞記事を暗唱してみせます。

さらに語り手は、そうした自らの語りを対象化した言葉も発しています。

・汲み取った下肥えの代りに……とは、うつかり口がすべった洒落みたいなものですが、ここらが親譲りというのでしょう。

・二十五歳の秋には、あんなに憧れていた夜店で季節外れの扇子を売っている自分を見出さねばならなかったとは、何という皮肉でしょう。「自分を見出す」などという言い方は、たぶん講義録で少しは横文字をかじった影響でしょうが（後略）

・そして三年後には、「自分を見出した。」という言い方をもう一度使いますと、流れ流れて南紀の白浜の温泉の宿の客引をしている自分を見出しました。

・四年目の対面でした。などと言うと、まるで新聞記事みたいだが、その時の対面のことを同じ朝日の記者が書きました。

・しかしたった一つ私の悪い癖は、生れつき言葉がぞんざいで、敬語というものが巧く使えない。それはこの話しっ振りでもいくらか判るでしょうが（後略）

複数の語り口の披露に加えて、こうした自己言及によっても、半生記の進行は停滞します。

そのため「私」は途中で計画を変更せざるを得なくなったと言います。

さて、これからがこの話の眼目にはいるのですが、考えてみると、話の枕に身を入れすぎて、もうこの先の肝腎の部分を詳しく語りたい熱がなくなってしまいました。何をやらしてみても、力一杯つかいすぎて、後になるほど根まけしてしまうといういつもの癖が、こんな話の仕方にも出てしまった訳で、いわば自業自得ですが、しかしこうなればもうどうにも仕様がない、駈足で語らして貰う外はありますまい。

このような言い方をされると、いきおい後に続く「肝腎の部分」の重みは下がります。また、このあとには「私のこの話がもしかりに美談であるとすれば、これからが美談らしくなる訳ですが、美談というものは凡そ面白くないのが相場のようですから、これから先はますますご辛抱願わねばなりますまい」という一文もあります。こうした前置きがなされたうえで語られる秋山との再会は、通常の「美談」と同じようには読めないはずです。むしろここでは「美談」なるものが批判されているように読めます。

岩波文庫『六白金星・可能性の文学他十一篇』（二〇〇九）の「解説」を執筆した佐藤秀明は、「「アド・バルーン」は、後半の秋山さんとの再会と、それに付随する父親との和解という幸福な物語として語られている。しかしそれにしては、前半の里子としてたらい回しされた話や、夜の町の賑わいや、丁稚に出て転々と店を替わったことや、文子に会いに東京まで徒歩で行った話が、やたらと長い」と指摘し、その「アンバランス」の理由を「「美談」を相対的に小さくしようとして、前半のボリュームを増やし、そうすることで「大阪惜愛」のモチーフも生かす」ためだったと推測し、「時局に沿うこの「美談」に、作者は批評的だった」と述べています。この見解に賛同しつつ、付け加えたいのは、「美談」への「批評」は構成の「アンバランス」のみならず、語り方にも見て取れることです。つまり、「美談」を形成するはずの話が脱線にまみれているために、「時局に沿う」話には落ち着かず、何か別の話になるのです。

こうした脱線に満ちた語りは、題名と呼応しています。作之助が一九四五年四月六日と六月一八日に杉山平一に宛てた書簡からは、元の題名が「鴈治郎横丁」だったことがわかります。「鴈治郎横丁」という土地の名を冠した題名は、自作解説や宇野浩二の依頼にあった「大阪」を描くねらいにふさわしいものです。それが「アド・バルーン」になることで、土地から浮かび、主人公の放浪性と揺れ動く語りの暗喩になるのです。

では、このように前面に押し出された語りは、十吉の半生とどう結びついているでしょうか。

ここで注目したいのが、十吉と「落語家の父」円団治との関係です。十吉は、「おれは父親に可愛がられていない」とか、「父がそんなに自分のことを思ってくれているとは何故か思えなかった」とか、しばしば円団治とのへだたりを口にしています。こうした思いの原点には、自分は母が父の「留守中につくった子ではないかと、疑えば疑えぬこともな」く、生後すぐに里子に出されたのは「やはり父親のあらぬ疑いがせき立てたのだろうか——と、おきみ婆さんから教えられた」ことがあります。

ただ一方で、現在の十吉は「今の私は自分ははっきり父親の子だと信じております」と言い、「父は疑っていたかも知れぬが、私はやはり落語家の父の子だった」と語っています。丁稚奉公に行く際の話でも「何よりも私の肚をきめたのは、父が私の申出を聞いて一向に反対しなかったことです。私はそれを父の冷淡だと思うくらい気の廻る子供だったが、しかしその頃は大阪では良家《ええし》のぼんちでない限り、たいていは丁稚奉公に遣らされるならわしだったのだから、世話はない」と述べ、当時は気に障った「父の冷淡」も、ふり返ってみれば当然だったと考えています。

十吉は距離を感じていた円団治の記憶のなかに、現在の、彼を受け入れようとする気持ちを差し挟み、過去とのちがいを強調しています。むろんそれは、秋山との再会の場に円団治も来て、和解したゆえでしょう。先に見たように、十吉は「早く天王寺西門の出会いにまで漕ぎつけて話を終ってしまいたい」と語っていました。それは一見その場で待ち合わせていた秋山との再会を指しているように読めます。しかし作品において秋山の存在が際立つのは終盤に限られます。それに対して、父は十吉の語りの始めから終わりまで、随所に顔を出していました。ならば、語りたかった「天王寺西門での出会い」の相手は、円団治だったのではないでしょうか。

『アド・バルーン』は、十吉が円団治を〈父〉として受け入れようとして語る物語なのです。「私はやはり落語家の父の子だった。自慢にはならぬが、話が上手で」などと、ただ話し上手だと断るのではなく、その上手さは「親譲り」であると強調していたことも見逃せません。また「嘘でなきゃあ誰も子供の頃の話なんか聞くものかという気持だったから、自然相手の仁を見た下司っぽい語り口になったわけ、しかし、そんな語り口でしか私には自分をいたわる方法がなかったと、言えば言えないこともない」という一節があったように、十吉は語ることで自分を慰めてきた男でした。彼は思いつくままに回想しているわけではありません。落語家の父との接点を、語るという営みを通じて証明すること。そこに力点があるために、縦横無尽な語りが前面に押し出されたのです。

宇野浩二と「大阪式の話術」

『アド・バルーン』の語りについて、先行研究では宇野浩二の『蔵の中』（一九一九・四）の影響が指摘されています。『蔵の中』は「そして私は質屋に行こうと思い立ちました」という冒頭から始まり、語り手が質屋に預けている着物の虫干しに行く話ですが、その内容よりも、何度も脱線をして本題がどこにあるのかわからない、語りそのものが際立つ小説です。付け加えれば、やはり宇野の初期作品である『長い恋仲』（一九一九・一〇）も、大阪弁の語り手が脱線をくり返す点で似ています。両作品は織田文庫に所蔵されている『蔵の中他四編』（一九三九）に収められており、作之助が読んでいたことは確実です。随筆「大阪の可能性」（一九四七・一）では、小説における大阪弁について語る際に『長い恋仲』を例にあげてもいます。

なぜ作之助は『アド・バルーン』に、宇野の初期作品に似た語りを用いたのでしょうか。ここで見落とせないのは、作之助が宇野の小説の語りを「大阪」と結びつけていることです。作之助は「大阪論」（一九四三）で、「西鶴の話術を連俳式であるとすれば、宇野浩二氏の、殊に初期の話術は連歌式である。いずれも自由奔放なリズムをもった、聯想の尻を追うて行く方法だが、西鶴は天馬のようにせっかちに追い、宇野氏は春日のごとく遅遅として語るのだ。いずれも大阪式の話術である」と述べています。作之助は宇野の初期作品の、思いつきを次々に口にして脱線していく語りを「大阪式の話術」と捉えているのです。作之助にとって『アド・バルーン』が、宇野流の「大阪式の話術」を取り入れた小説であったことがわかります。

『アド・バルーン』には三枚の草稿が残されており、やはり織田文庫に所蔵されています。草稿でも、主人公の名前や、継母が夜店に連れて行ってくれた逸話は変わりません。ただ注目されるのは、舞台が東京になっていることです。里子を転々とした十吉は「浅草から湯島天神下町へ移っていた父の家へ戻」っています。浜子は元「池の端の藝者」で、彼女が連れて行ってくれるのは「広小路の夜店」になっています。また、語りは十吉の一人称ではなく、三人称になっています。したがって、このあと舞台が大阪にされたことと、語りが一人称の「大阪式の話術」にされたことと、二つの変化は連動していたと推測できます。

前に述べたように、宇野浩二は作之助に大阪を描くことを促しました。その小説の語りは、宇野作品の「大阪式の話術」によく似ていました。したがって宇野は二重の意味で『アド・バルーン』の〈父〉であったと言えるでしょう。

ただしこの小説の語りには、宇野作品にはない特徴もあります。「哀傷と孤独の文学　織田作之助の作品」（一九四七・四）によると、宇野は手紙で作之助に「あなたの小説は、すらすらと、読め、よみながら、せかせかと追いたてられるような気のするところはあるけれど、読みだしたら、むちゅうで、しまいまで、読みとおしてしまう、が、読んでしまってから、いつも、たいてい、巧みな嘘をつかれた、というような気がする、小説に、いわゆる実際世界にない『嘘』を書くのは、私も、さんせいであり、私も、たいてい、そのとおりであるけれど、（中略）どうぞ、これから、読んでしまってから、『真実』とおもわれるような作品を、書いてほしい」と訴えたと言います。その宇野は『アド・バルーン』を、「嘘」の部分は気にかかるものの、作者の「郷愁」がにじんだ「すぐれた作品」と評価しています。
しかし一篇にはこうした、一見「嘘」らしい人物に作家の「心」や「真実」が託されているという発想では捉えきれないものがあります。前に引用したように、十吉はかって「空想をまじえた創作」として「面白おかしく脚色」した「どこまでが嘘か判らぬような身の上ばなし」を語ってきたと打ち明けていました。十吉の語りは、嘘らしくなってしまったというより、はじめから嘘らしさを押し出していたわけです。いわば、嘘を交えなければ過去を語れない十吉の内面そのものが小説の一部になっているのです。この問題は、初出本文でより際だちます。

「嘘」としての語り

単行本では削除されましたが、初出である「新文学」一九四六年二・三月号の『アド・バルーン』には、冒頭、十吉の「物語」が始まる前に次のような文章が据えられていました。

小説の中に出て来る「私」という一人称は、往往にして作者自身のことを指すけれども、しかしまた必ずしも作者自身のことでない場合がすくなくない。「私」といってもそれは所謂ポエティカル・アイ即ち詩的私のことであって、狡猾な作者が自分の好みの人物に化けて物語っている例が多いから、読者はうっかり欺されぬ用意が肝要である。かつて僕は「私はヤブ睨みである。」という冒頭の一句を以てはじまる短い小説を書いたことがあるが、時ならずしてある親切な女読者がヤブ睨みの物理療法を手紙で知らせて来た。あるいは僕をからかう積りだったかも知れない。その手紙の終りに自作と称して、「ほのかなるものなりければ乙女子はほほと笑いて眠りたるらむ」という短歌が一首認めてあったが、しかしこれは斎藤茂吉さんの作である。

いずれにしても「詩的私」をつかう時は作者も読者もよほど用心する必要がある。以下の物語においても、作者はどんな親切な読者に出くわすか、あらかじめ覚悟を要するところであろう。

中心となる物語の開始前に、「作者」を称する語り手が、小説中の「私」と作者との距離に言及し、みずから警戒しつつ、「読者」にも注意を呼びかけています。この形式は太宰治の『春の盗賊』（一九四〇・一）を想起させます。『春の盗賊』の語り手も、「どろぼう」の話を始める前に「いったい、小説の中に、「私」と称する人物を登場させる時には、よほど慎重な心構えを必要とする。フィクションを、この国には、いっそうその傾向が強いのではないかと思われるのであるが、どこの国の人でも、昔から、それを作者の醜聞として信じ込み、上品ぶって非難、憫笑する悪癖がある」とか、「そろそろ小説の世界の中にはいって来ているのであるから、読者も、注意が肝要である」とか断ります。作之助は『春の盗賊』が収録されている太宰の単行本『信天翁』を持っていたので、この類似は偶然ではないでしょう。

もっとも『春の盗賊』は、「どろぼう」に入られた話の語り手と、その話を始める前の断り書きの語り手とがしだいに混同されていく、複雑な構造になっていました。それに対して『アド・バルーン』では、冒頭の「僕」と十吉の「私」とのちがいは明白であり、以後「僕」は出てきません。この初出冒頭の文章は、あくまで十吉による「私」の語りを対象化して読んでもらうために書かれています。十吉の物語を作者の体験として読めなくなるのはもちろん、読者をして十吉の語りに注目させ、ひいては「空想をまじえた創作」で過去を語る彼の「詩的私」の用い方に意識を向かわせるということです。単行本『世相』に収められた際に初出冒頭の断り書きがなくなったのも、『世相』のような複雑な「私」を使った小説のあとで読まれれば、『アド・バルーン』の「私」を安易に作者と直結させることはないと思ったからでしょう。

こうした「私」の表現は、作之助が「可能性の文学」で批判した「一刀三拝式の心境小説的私小説」とは対極にあります。作之助はこの評論で、小説家は「心境小説的私小説」のような「実際の話」ではなく「嘘」を書くべきだと主張していました。ここでの「嘘」は、荒唐無稽な物語に限らないでしょう。『アド・バルーン』のような、語り手がみずから「嘘」であることをほのめかす虚実曖昧な話も、「実際の話」の正反対に位置するはずだからです。

では、十吉はなぜ「嘘」や「脚色」をも辞さない語りを用いずにいられなかったのでしょうか。

　それは、円団治を〈父〉として受け入れるためには、虚実を曖昧にしたまま半生をふり返ることが不可欠であったからです。かつて「生れたばかりの私の顔をそわそわと覗きこんで、色の白いところ、鼻筋の通ったところ、受け口の気味など、母親似のところばかり探して、何となく苦り切って」、生まれて一週間にもならぬ内から里子に出し、浜子と暮らし始めて新次を授かり育てつつも十吉とは七歳になるまで一緒に暮らそうとせず、奉公先を転々とする彼を「簡単に不良扱いにして勘当してしま」った円団治。この父は、再会にあたっても「そうかもう三十七か」とあらためて年齢を確認します。つまり息子の歳さえ覚えていません。この、本当に血がつながっているのか確証のない落語家を、今一度〈父〉として受け入れるためには、何が本当で何が嘘かを厳密に検証しようとする態度は望ましくありません。

　そもそも十吉は、記憶のない部分については、おきみ婆さんの証言に依拠して語っています。「残酷めいた好奇心」を持っていたらしい彼女の発言には「随分うがち過ぎていた」面があると言います。それでも十吉は、世話になった彼女がしてくれた話を受けて半生を語り、円団治の〈子〉としての自分を紡いでいきます。そうした十吉の寛容な想像力は、末尾において、血がつながらず、育てられたわけでもない、円団治のたくさんの後妻の一人に〈母〉として孝行しようと思うところにもあらわれています。

　また、客観的な事実より、主観的な物語を重視し、「嘘」の可能性さえほのめかす語りは、構成の「アンバランス」や脱線と同様に、「美談」の成立を妨げています。十吉は「美談」を報じる新聞記事とのちがいを押し出すように語ってもいました。「新聞にはその日のうちに西と東に別れたように書いていたけれど、秋山さんが私と別れて四国の方へ行ったのは、それから半月ばかりたってからだった」とか、「「午後五時五十三分、天王寺西門の鳥居の真西に太陽が沈まんとする瞬間」と新聞はあとで書きましたが、十分過ぎでした」とか、「嘘」や「脚色」に自覚的な語りをつむぐ十吉は、新聞記事の作為にも敏感でした。

むろん十吉は新聞を批判してはいません。しかし「美談」をしたてあげようとする記事の「嘘」をそれとなく示し、一般的な「美談」からのずれを押し出す語りは、メディアが作った既成の物語に回収されにくいものです。そこに、戦中に書かれ（初出末尾には（二〇・六・一〇）という日付が挿入されています）、戦後に発表されたこの小説の、時代への批評性があります。

Ⅲ　新聞小説での試み——エンタメ×実験

第一章　銃後の大阪――「大阪新聞」と『清楚』

織田作之助と新聞小説

織田作之助は多くの新聞小説を書いています。作之助が書いた新聞小説のうち、現在、実物を確認できるのは次の五作品です。

『清楚』（「大阪新聞」一九四三・五・一～二九）
『十五夜物語』（「産業経済（大阪）新聞」一九四五・九・五～一九）
『それでも私は行く』（「京都日日新聞」一九四六・四・二六～七・二五）
『夜光虫』（「大阪日日新聞」一九四六・五・二四～八・九）

『土曜夫人』（「読売新聞」一九四六・八・三〇〜一二・六）

この他に、『合駒富士』を「夕刊大阪」に一九四〇年一〇月から翌年一月に、『五代友厚』を「日本織物新聞」に一九四二年一月から二月にかけて書いていたようです。が、残念なことに、新聞原紙が残っていないために、現在は実態がわかりません。

右にあげた作品の掲載紙を見ると、はじめは京阪の地方新聞や、戦後に新しく創刊された新聞に連載しています。それが最後には「読売新聞」にたどり着きます。地方紙や新興紙で成功した新進作家が、中央の伝統ある大手新聞に連載するまでにいたったことがわかります。それは作之助の人気の上昇も示しています。テレビもインターネットもなかった時代、新聞は今よりもはるかに影響力のあるメディアでした。その新聞に掲載される小説や、作家の名前も、現代とは比較にならないほど強く人々に印象づけられました。ここで取りあげる『清楚』は、そうした作之助の新聞小説における活躍の出発点に位置づけられます。

『清楚』は、「大阪新聞」で一九四三年五月に全二九回連載された後、全面的な改稿を経て、単行本として一九四三年九月に輝文館から出版されました。講談社や文泉堂出版から出された従来の『織田作之助全集』では、この単行本の本文が採用されています。そのため『清楚』は、今日一般には単行本の本文で読まれています。しかし発表当時の紙面に置き直して読むと、改稿後の本文だけを読んでいては気づかない効果が見出せます。

新聞記者を経験していた作之助は、新聞というメディアをどのように利用して連載小説を書いたのでしょうか。その実態を確かめる前に、まず新聞小説の歴史を簡単におさらいしておきましょう。

戦時下における新聞小説

明治大正期以来、日本の近代小説と新聞とは密接な関係がありました。一八九七年から一九〇二年まで「読売新聞」に連載された尾崎紅葉『金色夜叉』、一九〇七年に東西「朝日新聞」に連載された『虞美人草』以来の夏目漱石の一連の作品、一九二〇年に「大阪毎日新聞」「東京日日新聞」で大人気だった菊池寛『真珠夫人』など、文学史的にも有名なこれらの小説は、新聞の発行部数増に大きく貢献しました。また、毎日家庭に届けられるメディアに小説が載り、人々の生活に根付くことで、世間において小説という藝術が身近になりました。作家たちにとっては、マスメディアから一定の期間、確実に原稿料をもらえる新聞小説の執筆は、生活の支えになりました。雑誌とは比較にならない規模の読者を持つ新聞への執筆は、名前を売るという意味でも都合のよい機会でした。

大正末期になると、大手の新聞の発行部数は一〇〇万部を越します。新聞が膨大な読者を抱えるようになるに連れて、新聞小説も変化します。新聞小説の多くは、いわゆる通俗小説作家たちが書くようになります。吉川英治、大佛次郎といった花形作家も生まれます。しかし純文学作家が新聞に書かなくなったわけではありません。むしろ一九三〇年代には、行き詰まりかけた藝術としての文学を発展させるには、通俗小説の要素、特に「偶然」を取り入れることが重要だという意見がありました。横光利一「純粋小説論」（一九三五・四）はその代表的なものです。純文学と通俗小説とのハイブリッドを考えたとき、新聞小説は格好の舞台でした。

しかし戦争が本格化すると状況が変わります。日中戦争以降、新聞への規制は厳しくなり、報道の自由は以前にも増して失われていきました。また、物理的に新聞の紙面が減少しました。紙不足、インク不足、鉄道などの輸送力不足のためです。「朝日新聞」の朝刊を例にとると、一九三五年には一二頁だったのが、四〇年には八頁になり、四二年には四頁になり、四四年には二頁になりました。いきおい、小説を載せるスペースの余裕はなくなります。「読売新聞」（この時期は「読売報知」）のように、頑なに吉川英治『太閤記』（一九三九〜一九四五）を掲載し続けた新聞もありましたが、「朝日新聞」は四五年三月六日の「社告」で、「苛烈な戦局の現段階に応え、これを機に本社創刊以来連載されて来た小説は一応掲載を打切り、新しい読物をもってこれにかえ、戦意昂揚、戦力増強に資することにいたしました」と創作欄をなくすことを告知します。

ところが、新聞小説をとりまくそのような状況において、新たに連載されようとしていた作品もありました。作之助には、先にはあげなかった幻の新聞小説があります。「香川日日新聞」に連載予定だった『光の都』です。敗戦二ヶ月前の四五年六月一七日に紙面で予告され（図1）、書きためられていたものの、七月四日の高松市への空襲によって灰燼《かいじん》に帰したと言います。記事には次のように書かれています。

国内すでに戦場と化し、もはや前線も銃後もない、われらは日夜陣中にある、さわれその陣中にも一輪の花一味の清風あらば■■の間勇士の心を慰め日々の戦いにも賦活の力となることは疑いない、茲に本社は清新溌剌の新小説を贈り、戦場に家庭に、ひたすら戦う人々の心も豊かに、勝利の日への邁進に資すべく冀求《ききゅう》して止まない、作者織田作之助氏はさきに「夫婦善哉」により文藝賞を受け近くは「正平の結婚」「猿飛佐助」の二作に放送賞をかち■るなど流麗秀美しかも簡潔にして含みのある作風をもって、不振の創作界に縦横の活躍を続けつつある文壇の■新■、挿画は異色ある郷土画人荒井とみ三氏が初めて新聞小説に彩管を揮う、切に御愛情を乞う

作者の言葉　新聞小説がつまらなくなったとは近頃の定評である。が新聞小説というものは本来があくまで面白くなければならぬものであるという持論を抱いている私は私なりに面白い小説を書こうと思っている。が、これは調子を下して読者に媚びるという意味ではない。私は私だけ

新小説豫告

光の都

織田作之助作

荒井とみ三畫

県内すでに戦場と化し、あはや前線も銃後もない。われらは日夜渦中にある。さはれその渦中にも一輪の花一味の清風あらば[illegible]郷土の心を[illegible]日々の戦ひにも[illegible]の力となることは疑ひない。茲に本社は清新溌剌の新小説を贈り、[illegible]に家庭に、ひたすら戦ふ人々の心を豊かに、勝利の日への[illegible]に資すべく熱求して止まない、作者織田作之助氏はさきに「夫婦善哉」により文芸推薦を受け近くは「正午の結婚」「猿飛佐助」の二作に放送賞をかちえるなど新進気鋭しかも円熟の域にして含みのある作風をもつて、不振の創作界に縦横の活躍を続けつゝある文壇の[illegible]新進、挿畫は異色ある郷土出身人荒井とみ三氏が初めて新聞小説に彩管を揮ふ、切に御愛読を乞ふ。

作者の言葉

新聞小説がつまらなくなつたとは近頃の定評である。が新聞小説といふものは本来があくまで面白くなければならぬものであるといふ持論を抱いてゐる私は私なりに面白い小説を書かうと思つてゐる。が、これは調子を下して読者に媚びるといふ意味ではない。私は私だけしか書けぬ面白い小説を書くために、これから毎日苦心をつづけたい。県内の人々よ、私が日日あなた方に贈る一輪の花を受けられよ。しかし、それがどのやうな花であるかは、それこそまことに言はぬが花ではあるまいか。

挿畫の辭

郷土に住んでゐるといふ機縁で、ゆくりなくも作者の女房役に振り当てられた私は、このなき機会でこれからの幾月かを作者と共に愉しく苦行したいと思ふ。願ふわが郷土の人々に、作品が謂はゆる「一輪の花」に添へる「一滴の露」にでも私の努力がなり得れば望外の喜びです。

近日紙上より連載

図 1　「香川日日新聞」（1945・6・17）第 2 面「新小説予告　近日紙上より連載　光の都　織田作之助作　荒井とみ三画」（国立国会図書館所蔵）

しか書けぬ面白い小説を書くために、これから毎日苦心をつづけたい。瀬戸内海の人々よ、私が日日あなた方に贈る一輪の花を受けられよ。しかし、それがどのような花であるかは、それこそまことに言わぬが花ではあるまいか。（■は印刷が薄れて判読不可能であった文字）

極限状況下でも、というより、極限状況だからこそ小説が求められていたことがわかる資料です。当時すでに、天気予報は報じられなくなっています。敵国が空襲しやすくなることを怖れたためです。いわば、明日は雨が降るのか、爆弾が降るのかわからない。そのような時代のメディアに、それでも小説は載っています。人は極限状況でも、否、極限状況だからこそ物語を求めるのではないでしょうか。

戦時下の新聞小説の典型としては、火野葦平の『花と兵隊』（「朝日新聞」一九三八・一二・二〇〜一九三九・六・二四）や、岩田豊雄（獅子文六）の『海軍』（「朝日新聞」一九四二・七・一〜一二・二四）があげられます。前者は、中国の戦地における兵隊の戦争と日常を「私」が記録した体裁の小説です。ベストセラーとなっていた『麦と兵隊』及び『土と兵隊』（共に一九三八）と併せて広く読まれました。後者は、真珠湾攻撃の「九軍神」の一人を美しく描いた小説です。発表の翌年には映画化され、少国民版が作られるなど、人気を博しました。

一九四三年前後には、どの新聞にも、戦争関連の作品が多く掲載されていました。『清楚』

連載前後の「大阪新聞」でも、やはり戦争に関わる内容・作家が選ばれており、当時の新聞小説に、戦時色の強い、戦意を昂揚する文学が期待されていたことがうかがえます。四三年五月からは、中野實の『戦士の譜』という小説が掲載される予定でした。「前線硝煙の中から帰還」した中野による「戦う銃後の大阪を具さに描いた待望の力作」と予告された小説です。

ところが『戦士の譜』は、同年四月一六日以来たびたび「大阪新聞」紙面で予告されたにもかかわらず、結局連載されませんでした。中野が「まったく別な小説」「今日、より重要な主題がみつかった」ために『戦士の譜』を書けなくなったという事情が、五月二三日の紙面で明らかにされます。その、中野が作った空白を埋めるために起用されたのが作之助でした。

なぜ作之助に白羽の矢が立てられたのでしょうか。もちろん、作之助の作家としての腕が信頼されていたから、という理由もあるでしょう。しかし、もし本当に認められていたなら、最初から作之助に依頼されていたはずです。中野が作った穴を埋める役目が求められたのは、やはり、彼が大阪新聞社の前身である夕刊大阪新聞社の元記者で、急な依頼がしやすかったからでしょう。しかし作之助としては、ただの代役に甘んじる気はなかったようです。

『清楚』の構成

『清楚』は、軍医の岸上正平が、戦地から大阪に帰り、清楚な女性と見合いする、三日間の物語です。

一日目。フィリピンの戦場から帰って来た軍医の岸上正平は、地下鉄に乗って実家に戻る。帰宅するなり、両親の頼みで、叔父の知人の娘と見合いをすることになる。

二日目。正平は見合いの前に、戦地に慰問袋を送ってくれた浅間和子という女性に会いたいと思って家を訪ねる。ところが浅間和子は老婆で、すでに亡くなっていた。代わりに慰問袋をくれていた娘は、昨日地下鉄で助けた女性であった。正平は彼女に惹かれるが、その父と話すなかで、最近結婚が決まったと知る。浅間家を辞した正平は、戦死した友人中瀬古の妻に会いに、国民学校へ向かう（単行本『清楚』では、中瀬古に妻はおらず、妹に会いに行くことになっている）。途中の電車で、元傷病兵の船山や、見合いを勧める叔父に出くわす。正平は運動会をしていた国民学校で、急きょ飛び入りの長距離走に出場したあと、中瀬古の妻に会い、友人の最期を話す。帰宅した正平は、父と時局を鑑みた呉服屋の廃業を相談する。将来のためにも正平は結婚を迫られる。だが見合いを仲介する叔父が来ない。

三日目。正平の見合い相手の小谷菊代は、国民学校の教師だった。菊代は運動会で正平を見ていた。しかし見合いが当日になっても始まらないので落ちこむ。職場に顔を出すと、そこに正平が来ている。長距離走で男性教師に借りた巻脚絆を返却に来たのだった。そこで正平は、菊代が見合い相手であることに気づき、「清楚なひと」だと思って惹かれる。帰宅した正平に、菊代から電話がある。正平が返却する巻脚絆を間違えて、自分の巻脚絆を置いていったというのだ。その菊代に正平は、先ほど会ったのを見合いと考えて欲しいと告げ、返事を願い、承諾をもらう。

以上のような展開をする『清楚』は発表後、手を加えられ、形を変えて、さまざまなジャンルに応用されていきました。単行本『清楚』が出版され、シナリオ『四つの都』（一九四四・四）となり、ラジオで『正平の結婚』がＮＨＫ東京中央放送局で四四年五月一九日に放送され、川島雄三監督の映画『還って来た男』が松竹から同年七月二〇日に封切られ、演劇としても同年八月に明朗新劇座「結婚」（邦楽座）と清水金一一座「愉しき哉正平君」（常磐座）、一〇月に佐野周二一座「還って来た男」（浪速座）などで上演されました。これらの事実は、この作品が、戦時下の人々に受け入れられた、魅力的なコンテンツだったことを裏書きしているでしょう。

『清楚』が当時の人々に受け入れられた理由は三つ考えられます。第一に、偶然が偶然を呼んで、登場人物たちが遭遇し、またはすれちがう筋の面白さが楽しまれたのだろうということ。第二に、単行本の「あとがき」で作之助が「なによりも明るくたのしい小説を書きたいと念願して、作者はこの物語を書いた」と記しているように、登場人物たちが明朗で、前向きな話であること。第三に、帰還軍人の結婚という、銃後にふさわしい内容を軸にしていたことです。時局を織りこみながらも、戦時下に限定されない面白さを作り出した点に、作之助の物語作家としての力が発揮されています。それは戦後に流行作家となる下地でもありました。では、『清楚』の新聞小説として特色はどのようなものでしょうか。

「大阪新聞」のなかの『清楚』

単行本や全集ではなく、当時の「大阪新聞」のなかで『清楚』を読み直したとき、最も注目されるのは、物語世界と現実世界とを重ねる効果が、複数のレベルでうかがえることです。まず舞台設定があげられます。主人公の正平は帰還軍人で、しばらく大阪を離れていたので、新鮮な目で町を眺めます。彼は三日間、大阪のあちこちを移動します。淀屋橋・難波・上本町六丁目・千日前といった町を、地下鉄・市電・南海電車を使って動き回るのです。

こうした町や交通機関は「大阪新聞」の購読者がよくなじんでいたものです。作品世界と読者の生活範囲とが一致していたわけです。しかも、作品には柴谷宰二郎による挿絵が付いていました。挿絵は当然、主人公の正平がいる場所を描き出します。

たとえば図2は、小説の第一回（一九四三・五・一）の一部です。挿絵には地下鉄のホームが描かれています。注目してほしいのは、右上に描かれたシャンデリアです。当時の梅田から心斎橋にいたる大阪中心部の地下鉄のホームには、それぞれデザインの異なるシャンデリアが設置されていました。挿絵のシャンデリアは梅田駅のものです。

つまり、当時の多くの読者は、挿絵の細部から、自分たちの生活の舞台が描かれているのを一目で理解し得たのです。それは作品世界に親近感をわかせるしかけでした。

次に、紙面と作品内容との対応があげられます。作品内の話題と、連載前や連載中の新聞の話題との間に重なりが見られるのです。

たとえば、正平の実家は呉服屋で、モンペを作ろうとする客が来ます。また、巻脚絆の貸し借りが、終盤の正平と菊代との出会いに重要な役割を果たしています。そうした小説が連載される一カ月前の一九四三年四月三日の「大阪新聞」に、「戦時の家庭　決戦生活これで　さア着更えよモンペに」という記事があります。そこには「決戦生活表徴の一つとして今後毎月二回服装の戦時態勢日を実現することとなり男子の巻脚絆、女子のモンペ着用は大阪府を中心として近府県協力の下に励行されることとなりました」と書かれているのです。モンペについては四月二〇日にも「心さまざま戦う服装　モンペに映る精神」という記事があります。

また、正平はフィリピンのバタアン（バターン）やコレヒドールで戦ってから帰還したとい

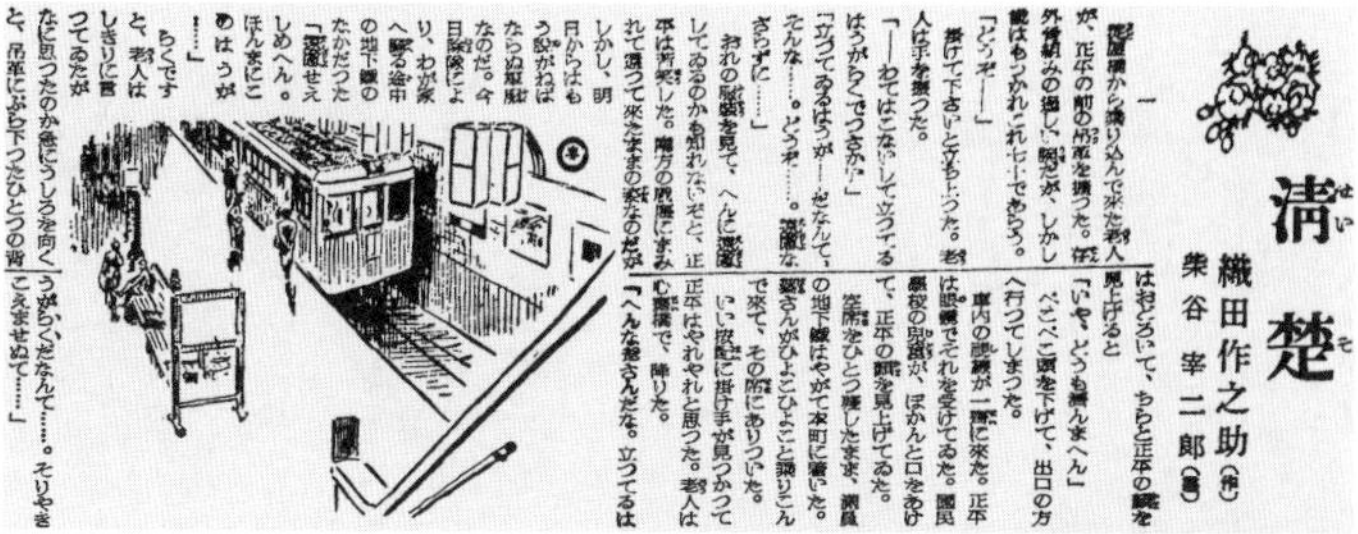

清楚《せいそ》

織田作之助（作）
柴谷宰二郎（画）

図２　織田作之助（作）　柴谷宰二郎（画）『清楚』第１回「大阪新聞」（1943・5・1）第４面
（下は『大阪市地下鉄建設70年のあゆみ　発展を支えた建設技術』（2003）大阪市交通局、203頁より）

う設定になっていますが、連載前には「バタアン総攻撃から一年　座談会」（四・四）、「バタアン攻略一周年」（四・一一）といった記事が掲載されていました。

こうした内容を、作者が紙面を踏まえて持ち出したのかどうかはわかりません。あくまで偶然かもしれません。が、『清楚』という作品には、当時の大阪の人々にとって身近な話題や、それまでにも新聞で目にした内容が多く含まれていることは間違いありません。

連載中になると、記事と小説との重なりは、いっそう明瞭になります。四三年五月九日の「大阪新聞」には、『清楚』の第九回として、正平が戦地に慰問文を送ってくれた家を訪れる話が載っています。その同じ面の上に、「慰問文お待かね　第一線慰問から帰った三浦県社寺兵事課長談」という、戦地では兵士たちが慰問文を待っているという記事が載っているのです（図3）。

また、翌五月一〇日にかけて、正平はコレヒドールの戦いや、そこで死んだ友人の中瀬古を思い出しています。その『清楚』第一〇回の上に、「これぞ皇国の軍馬　盲目で弾丸輸送にご奉公　コレヒドール攻略戦話」という、コレヒドールの戦いの記事が載っています。

これらは作之助が知るよしもなかった、偶然の一致でしょう。しかし「大阪新聞」の読者は、記事と創作と、現実と虚構とが入り交じる感覚を楽しめたのではないでしょうか。

なかには、作之助が計画的に対応を仕組んだことが確実な重なりもあります。第一一回にお

図3　「大阪新聞」（1943・5・9）第4面。『清楚』の左上に「慰問文お待かね」の記事

いて、正平は市電で、戦地で診察した元傷病兵の船山に出くわします。船山は「今日は公休日でありますから、これから「シンガポール総攻撃」の映画を見に行くのであります」と言って、千日前に向かいます（第一三回）。この『シンガポール総攻撃』という映画は、「大阪新聞」では四月二八日の夕刊に広告が掲載されていました。広告は、連載中の五月四・六・九・一三日などにも載りました。実際に連載中に千日前で上映していたことも、当時の紙面の「映画案内」の欄からわかります。船山の行動は「大阪新聞」の読者にも実行可能なものだったのです。

他にも、『清楚』第一七回の下に、作之助の小説『わが町』の書評が載ったこともありました（五月一七日）。これも作家は知らないことで、大阪新聞社が行ったことでしょう。ただ読者には、大阪の作家としての作之助の名前を印象深く焼きつける効果を与えたと思われます。

このように、『清楚』連載中には、作品が紙面の記事や広告と呼応していました。その結果、読者が強いリアリティを感じたり、感情移入したりしやすくなっていました。読者にとっては、作品世界に現実を重ねて楽しめただけではありません。フィクションを通して、慣れ親しんだ現実世界の方を、普段とは異なる目で活き活きと見直せるようになったはずです。

あとの章でくわしく見るように、作之助が戦後に執筆した新聞小説にも、記事や広告など、創作欄とそれ以外の部分が紙面上で化学反応を起こすようなしかけがあります。そのような紙面を活用した新聞小説の書き方を、作之助は『清楚』を「大阪新聞」に執筆する過程で習得したのではないでしょうか。

作之助はこの年の秋に書いた「小説の没落」（一九四三・一一）という評論で、新聞小説を紙面と連動させることの難しさを述べています。

新聞小説などの場合、新聞の第一面乃至第三面に現われる時局のテンポと、学藝欄に掲載される日日の小説のそれとのギャップを殆んど無くしてしまおうとして、あらゆるニュース的事実を取り入れてみたところで、たとえば五月十日に書いた一回分を五月十二日の朝刊に載せるようでは、もう時局のテンポに遅れてしまうのである。

このような難しさがわかったのは、『清楚』で「大阪新聞」の記事と連動させようとねらって書いた経験があったからこそでした。

先に確認したように、作之助への依頼は急でした。作之助に案を練る時間はほとんどなかったはずです。織田文庫には、『清楚』筋書の草稿が残されています。戦地から帰ってきたばかりの男が見合いをするという設定や、慰問文を送ってくれた相手に会いに行くという導入は同じです。しかし主人公が最後に中国へ向かうなど、途中からの展開はかなり異なっています。作之助は執筆中に計画を変更したのです。

また、単行本に登場する「作者」の説明に従うならば、原稿は一日ごとに書かれ、新聞社に提出されていたようです。だとすれば、作之助が日々「大阪新聞」の紙面を確認して、さまざまな効果を学んだ可能性も大いにあります。

単行本『清楚』への改変

初出である新聞の本文と、後にまとめられた単行本の本文とを比較すると、単行本版では「偶然」が強調されていることが目を引きます。基本的な筋は同じですが、単行本では「今日はちょっとした偶然の起った日だ。偶然というものは、続いて起るものだから、そういうことにならぬとも限らぬ」、「昨日から引きつづいて、今日は偶然の多い日だ。これからどんな偶然が起るだろうか」、「一昨日からおれにはいくつかの偶然が重なったが、しかし、今日おれがあのひとに会うたということ以上の、見事な偶然は、おれの一生の中でも、恐らくあるまい」などと、正平がくり返し「偶然」について語る言葉が加わっています。

もとより小説に偶然はつきものです。ただ作之助の小説の特徴は、話の展開に偶然を多く盛りこむだけでなく、語り手や作中人物がそうした「偶然」の面白さに自分から触れることです。作之助の「偶然」へのこだわりは、第Ⅰ部第三章で取りあげた評論「可能性の文学」で、「偶然」

を積極的に導入することが伝統的私小説とは異なる小説の面白さの追求の手段だと訴えられていたことからもわかります。

単行本ではまた、「ここでしばらく作者を登場させよう」と途中で急に「作者」が登場して、メタフィクション（小説の小説）になります。


この物語は絵入り連載小説として、大阪新聞の朝刊に日日掲載されたものを土台としているが、連載当時作者は原則として毎日一回分ずつを書いて新聞社へ届けた。原稿は直ちに挿絵をかいてくれる画描きさんのところへ廻されるのだが、作者と画描きさんの連絡不充分のために、しばしば困ったことが生じた。

問題は正平の服装である。（中略）

画描きさんは、たまりかねて、自分の想像で正平の服装を描かれた。

それは、正平が船山一等兵と並んで、上本町五丁目から六丁目まで歩いて行く場面の挿絵だった。

正平はダブル・ボタンの背広を着て、鳥打帽をかぶらされていた。

作者はそれを見るなり、しまったと思った。（中略）作者の考えている正平は、ダブル・ボタンや鳥打帽とははるかに縁遠い存在である。

「作者」は新聞連載時の挿絵に触れて、画家に作家のイメージとはちがう正平の服装を描かれたので、背広を脱がすために、運動会で長距離走に出場するエピソードを入れたと述べます。ここには新聞連載時に小説と挿絵の間で起こった「偶然」への着眼と、それを作品に取りこむねらいがあります。

こうした一般的な小説形式とは異なる形式の導入は、新聞連載時にはありませんでした。ところが、この後に書かれた新聞小説では、すべてに用いられています。『清楚』の新聞連載版から単行本版への改変が、新聞小説にメタフィクションのしくみを取り入れるきっかけになったようなのです。

単行本の特徴の三つ目として、脱線の頻出があります。「脱線しかけていた母は、また本筋へ話を戻して」、「話がまた脱線しかけたので、父はそれに取り合わず」、「電車は依然として立往生をつづけ、庄造の話も依然として脱線をつづけた」、「話がまた脱線しかけたとたんに、電車は正平の降りる駅に着いた」、「叔父の話はまた脱線して来た」などと、母や叔父が、会話でしばしば脱線をします。

特に叔父は脱線ばかりしています。新聞連載時もそのような性格として造型されていましたが、単行本でより極端になります。たとえば、会話のなかでラ・フォンテーヌの『寓話』の一つをえんえんと紹介したりします。しかもその寓話の内容が、饒舌家批判です。つまり、饒舌を批判する話が饒舌に紹介されていることになります。

このラ・フォンテーヌの『寓話』も織田文庫に所蔵されています。内容も「十九　子供と学者先生」（ラ・フォンテーヌ（中村通介訳）『寓話　上』一九四二）の、ほぼ引き写しです。また、単行本には正平の戦地での様子も描かれていますが、これもやはり織田文庫に所蔵されている『比島作戦』（一九四二）という本の、塩川記者による「コ島敵前上陸に従軍して」の本文から多く借用しています。こちらは時局にふさわしい内容を組みこんでいるとも言えます。が、正平の見合いの話からは大きく脱線している印象を受けます。もちろん前にあげた「作者」の登場も脱線の一つです。

こうした脱線に次ぐ脱線がされる小説は、いきおい、深刻さや生真面目さから遠くなります。物語は軽やかで滑稽なものとなり、軍事色は中心からずらされているのです。

ここでは、『清楚』を連載当時の「大阪新聞」のなかに再配置して読み直すことに重点を置きました。当時の「大阪新聞」の読者は『清楚』を、独立した小説として味わうばかりでなく、紙面のなかで、あるいは現実世界と照らし合わせて楽しむこともできました。「偶然」が相次ぐ筋を展開させるなかで、地方紙にふさわしいその土地の風景を描き、紙面の記事や広告と意図的あるいは偶然に重なるしかけを盛りこむ。そのような試みは、戦後の作之助の新聞小説において、より先鋭化した形で行われることになります。

しかし新聞小説という枠組みそのものを新聞小説のなかで考えるような試みは、連載時にはありませんでした。それは単行本で果たされました。変わりつつあった大阪の世相への関心はもちろん、紙面の活用、メタフィクション、「偶然」など、作之助の戦後の新聞小説の中心となる要素が生まれる出発点に『清楚』があったのです。

第二章　戦時下の新聞小説への諷刺
——「産業経済新聞」と『十五夜物語』

敗戦直後の新聞小説

織田作之助『十五夜物語』は、一九四五年九月五日から一九日まで連載された小説です（全一五回）。掲載されたのは「産業経済新聞」です。もっとも、四五年三月一三日の大阪空襲で産業経済新聞社が全焼したため、このころ「産業経済新聞」と「大阪新聞」は合同で新聞を発行していました。

『十五夜物語』は、敗戦後に最も早く連載された新聞小説の一つです。もちろん、吉川英治『太閤記』（「読売新聞」一九三九・一・一～「読売報知」一九四五・八・二三）や久生十蘭『祖父っちゃん』(「中部日本新聞」一九四五・五・一七～八・二五)のように、八月一五日をわずかにまたいだ作品はあります。また、子母澤寛『勝海舟』(「日本産業経済」一九四四・五・二九～「日本経済新聞」一九四六・一二・二)や大佛次郎『鞍馬天狗敗れず』(「佐賀新聞」一九四五・六・二四～一〇・六)のように、書かれ続けた作品もあります。しかし、敗戦後に発表された小説としては、まだ玉音放送から三週間、降伏文書調印から三日しか経っていない日からスタートしたこの新聞小説が、戦後の最初期に世に出た小説であることは間違いありません。

たとえば、太宰治『パンドラの匣』(「河北新報」一九四五・一〇・二二～一九四六・一・七)も、戦後非常に早い時期に書かれた作品でした。河北新報社文化局長を務めた村上辰雄は、太宰に依頼した理由の一つとして、「終戦後なるべく時を移さずに連載小説を新聞に出したかったのである。その頃は、新聞の連載小説は一つもなかった」と回想しています。しかし、仙台にいた村上が、青森疎開中の太宰に「終戦後、敗戦日本で最初に連載される新聞小説」のつもりで依頼していたころ、すでに大阪の新聞では作之助の連載が始まっていたのです。

敗戦直後に新聞小説を書くことは、大きなリスクをともないました。占領軍が来日したあと、社会がどうなっていくのか、誰にも予想がつかなかったからです。敗戦によって傷つき、平和を喜ぶ人々の心が、しだいにどのように変化するのかも、誰にもわかりませんでした。そのような状況において、多くの読者に受け入れられる小説を書くことは至難の業でした。

実際『十五夜物語』が連載された半月の間には、新聞メディアそのものが大きな変化にさらされていました。GHQは九月一〇日に「言論及新聞ノ自由ニ関スル覚書」を布告し、同一四日には、戦時下において独占的通信社であった同盟通信社に業務停止を命じました。同一八日から二日間は「朝日新聞」の発行を停止します。一九日には、その後の占領期間、日本の新聞を強く規制することになる「日本新聞規則ニ関スル覚書」（プレス・コード）を通告しました。

作之助は『十五夜物語』を単行本『猿飛佐助』（一九四六）に収録した際、「あとがき」で「終戦直後のことで新聞社としても見透しが定まらず、十五回という妙な依頼で、おまけに依頼された三日後にはもう第一回の原稿を掲載しているというどさくさまぎれの新聞小説だった」とふり返っています。当時の新聞社の混乱ぶりがわかります。もっとも、この「あとがき」からは、作之助がそのような状況を前向きに受けとめていたこともわかります。

作者は強引に荒唐無稽な作品を送って、編輯局をまごつかせた。社の内部ではけんけんごうごうたる非難をまき起したらしく、しかしその点は作者の光栄としている所である。日本の文学常識は一見糞真面目な、エッサエッサと人生に取り組んだ所謂深刻な作品を、鰯の頭のように信仰するという傾向があり、この種の諷刺的作品をつねに「不真面目だ」の一言を以て片づけているのであるが、しかし、作者はそのような常識、そしてまた、新聞小説は美男美女の甘い恋を良家の家庭が眉をひそめない程度の上品さを以て描くべきものという新聞小説の常識を、打破るためにも、敢て非難を覚悟して、この作品を書いたのである。十五回という回数に制限されて、尻切れトンボに終ってしまったことは残念だが、このような新聞小説の形式は何れ誰かがやってくれると思っている。誰もやらなければ、作者はもう一度やってみたい。自由は許されたが、内容だけでなく、形式の自由もあってもいいのではないか。

作之助は混乱に乗じて、平時の新聞であれば許されそうにない「荒唐無稽」な「諷刺的作品」を、あえて発表したのです。それは「日本の文学常識」と「新聞小説の常識」を打破するための「形式」の実験でした。

作之助は『清楚』『それでも私は行く』『夜光虫』など、前後に発表した新聞小説では、大阪や京都の地名をふんだんに取り入れて、地方紙の購読者から関心を寄せられやすい作品にしています。また、『合駒富士』（一九四二）の「序」では、「この小説は、新聞に連載されたものだが、私は夕刊を読む人々に、毎日ささやかな謎を饗応した」と述べています。作之助は、読者受けする新聞小説の作法を身につけていたと言えるでしょう。にもかかわらず『十五夜物語』では、あえて異なる小説を書いたというのです。では、その「諷刺」や「形式の自由」また「実験」とは、具体的にどのようなものなのでしょうか。

ここでは『十五夜物語』について、小説の構成や語りのしくみはもちろん、先行する作品との関係も洗い直し、当時の掲載紙の紙面にも置き直します。そうした分析を通じて、作家が語った「諷刺」や「形式の自由」の実態を浮かびあがらせたいと思います。

『十五夜物語』の構成と「作者」

『十五夜物語』全一五回は、次のように展開します。

「作者」は昨今の新聞小説について論じたあと、雷の世界を語り始める。雷の雷助は妻の雷子と人間界の噂をする（第一夜）。雷夫婦は猿飛佐助との応酬を経て（第二夜）、雷子は遠眼鏡で関ヶ原に急ぐ夢想判官を見る（第三夜）。夢想判官は関ヶ原で新免武蔵に出会い、戦に遅れたことを知る（第四夜）。落武者気分の判官は、沈黙した城下町を訪れ、馬と馬方の三蔵を得る（第五夜）。判官は悪家老の穴山権右衛門の暴政を知り、退治を決意する（第六夜）。判官は佐助の助力で天を舞い、穴山を成敗する（第七夜）。その後も放浪する判官は、前方に見えた灯火を天守閣に幽閉された姫の救いを求める合図だと思いこむ（第八夜）。判官主従は竹藪のあばら屋で三好清海入道に会い、名乗り合う（第九夜）。「作者」は読者からの手紙を紹介してから、三好が侍をやめた事情を語ろうとする（第十夜）。判官は姫がさらわれたという三好の法螺を信じる（第十一夜）。「作者」

は映画の記憶を語ってから、一〇年を経過させる。判官主従はあいかわらず姫を探し続けている（第十二夜）。判官は天下の豪傑を求めている天下無二斎に出会う（第十三夜）。無二斎は判官に、雲風群東次という山賊と土地の情勢を教える（第十四夜）。判官が東次を退治する。その様子を雷子が見てあくびをする（最後の夜）。

『十五夜物語』は三つの世界で成り立っています。中心には、夢想判官という夢みる武士が立身出世を志して旅する「人間界」があります。ただ作中には、その「人間界」を「下界」として雲の上から眺めている「雷の社会」もあります。さらに、それらを新聞小説として「げんに書きつつある」という「作者」の世界が縁取っているのです。

作之助は『十五夜物語』を、ラジオ放送劇『夢想判官』のシナリオを元に作りました。『夢想判官』は一九四五年六月二二日と七月五日に書かれ、NHK大阪で収録もされましたが、放送はされなかったようです。しかし自筆シナリオ原稿『夢想判官　第一夜』『夢想判官　第二夜』が残っており、増田周子編『織田作之助と大阪』（二〇一三）に翻刻が掲載されています。その翻刻によれば、『夢想判官　第一夜』は、『十五夜物語』の「第一夜」から「第十四夜」までの内容と重なっています。ただし「第四夜」にあたる部分までの展開がほぼ一致しているのに対して、「第五夜」以降にはちがいも少なくありません。『夢想判官　第一夜』では、夢想判官が三蔵に出会う場は沈黙した城下町に設定されていません。悪家老の穴山もいません。竹藪のあばら屋で会うのは三好清海入道ではなく島左近で、判官は島の娘である小夜姫に夜叉丸という宝刀を託す使命を預かります。判官が天下の豪傑たちと刃を交わす場面も設けられています。それでも、天下無二斎に会い、雲風群東次の噂を聞くという大筋は同じです。

『夢想判官　第二夜』は、判官が群東次を倒す序盤は『十五夜物語』の「最後の夜」と同じです。しかしその後は、小夜姫を救い出したり、小田原城に忍びこんだり、大坂の陣に参加したりする、別の作品になっています。また、『夢想判官』は『第一夜』『第二夜』ともシナリオ原稿なので、「放送員の配役紹介にかぶせて美しい音楽をかぶせましょう」「忍術のドロドロ」「音楽によるギャグ的効果」など音響効果を指示したト書きが書きこまれています。一方で、作中に「作者」の世界は存在しません。

このように、戦中にラジオ放送劇として書かれた『夢想判官』と比較すると、戦後に書かれた『十五夜物語』では、判官の活躍が抑えられていることがわかります。そもそも題名の変更が、判官の後退をはっきりあらわしています。代わって前に出てきているのが「作者」です。

『十五夜物語』は「千一夜物語の向うを張り、十五夜物語と題して、今夜から十五夜の間私が書くことにする」（第一夜）という一文から始まります。あたかも「一回十五枚ずつで、六回だけ、私がやってみることにします」と始まる太宰治『女の決闘』（一九四〇・一～六）のように、冒頭で「私」がこの小説を書いていることを示し、掲載される回数まで予告するのです。

ここで『千一夜物語』に触れていることも注目されます。『十五夜物語』は、内容において『千一夜物語』をふまえているわけではありません。しかし語りのしくみには似ているところがあります。『千一夜物語』では、シェヘラザードが王に語る物語と共に、彼女が語る場そのものが、もう一つの物語を形成しています。『十五夜物語』も、夢想判官の物語と共に、「作者」を自称する「私」が語る場も小説の一部として読ませようとしているのです。

先行する小説とのちがい――吉川英治作品を中心に

『十五夜物語』は、『千一夜物語』以外にも、複数の先行する作品を思い出させるように作られています。

最も想起されやすいのは、セルバンテスの『ドン・キホーテ』です。夢想判官は夢想家の騎士ドン・キホーテと、従者の三蔵はサンチョ・パンサと、走らない痩馬はロシナンテと、簡単に結びつけられるからです。作之助は『ドン・キホーテ』の翻案を書こうとしていました。随想「工夫に富める紳士」（一九四四・一〇）で、「「工夫に富めるラマンチャの紳士、ドン・キホーテ」にあやかって、僕は今年中に「工夫に富める紳士」と題する小説乃至シナリオを書く予定である」と述べているのです（ちなみに『夢想判官　第一夜』では、三蔵は「三蔵伴左衛門」という名を与えられ、よりサンチョ・パンサに近づけられています）。

「第八夜」には、判官が「前方の一筋の灯」を「天守閣に幽閉されているみめ美わしき姫君が救いを求める合図の灯である——という風に思い込んでしま」う場面があります。これはドン・キホーテが風車を巨人だと思いこむ有名な場面を変奏しています。『十五夜物語』は、騎士道小説のパロディである『ドン・キホーテ』のパロディであることを明らかに示すことで、滑稽かつ「諷刺」的な作品であることを読者に告げているのです。

次に、猿飛佐助と三好清海入道の登場から、作之助の『猿飛佐助』（一九四五・二～三）が想い起こされます。ＮＨＫ大阪放送局で一九四五年一月三〇日から二月一日にかけて放送され、放送賞を受けた作品です。ラジオ放送で好評を得た自作を利用し、雷の夫婦や佐助が登場する荒唐無稽な設定を用いること。作之助は、マスメディアに発表する作品として、子どもまで含めた幅広い読者が関心を持つ内容にすることを意識していたようです。忍術あり、言葉あそびありの夢想判官の自由な世界を、ホラ話を楽しむように受け取らせようというねらいです。

ただ、これらはラジオ放送劇『夢想判官』にも共通する性質でした。『十五夜物語』の独自性は、新聞小説の冒頭で、新聞小説そのものについて考えさせようとしていることです。

語り手は「第一夜」で、「新聞小説は面白くなくなったとは近頃の定評である」と断じたうえで、次のように既成の新聞小説を批判し、自作と区別しようとします。

何故新聞小説が面白くなくなったか。——思うに新聞小説の主人公は近頃歴史上の余りにも有名な人物が多すぎたのではなかろうか。（中略）次に近頃の新聞小説には、またかと思う程、美丈夫で時局的で行動家で正義漢で、独身で、自分では異性に心をひかれぬ癖に、異性からはいやという位慕われて困るという果報者が主人公になっていた。こういう修身の教科書みたいな鼻持ちならぬ果報者が主人公になって、のさばっている小説なぞ如何に作者が努力しても面白くなる筈がなかろう。

ここに於て、私は些か趣向を変えて、全くの無名で歴史の教科書にも修身の教科書には出ていないが、極めて風変りであると思われる人物を書こうと思う。

おそらくここで批判されているのは、吉川英治の新聞小説でしょう。なにしろ吉川の『太閤記』が、『十五夜物語』と同じ新聞に一週間前まで連載されていたからです。実際に作之助が『太閤記』を意識していたことは、青山光二に宛てた一九四五年九月一七日付の書簡に「今、吉川英治の太閤記のあとを大阪新聞に書いている」と記していることからわかります。

吉川は敗戦の日を境に筆を断ち、以後しばらくの間、沈黙を守ります。書きためてあった原稿があったので、「産業経済（大阪）新聞」では同二九日まで連載が続きました。が、三一日の「社告」で「本紙連載小説「太閤記」は作者吉川英治氏の都合により当分休載致します」と断られます。その穴を埋めたのが作之助でした。

一般に新聞連載小説は、直前に連載されていた作品との関係を無視できません。特に、前の作品が有名で、かつ唐突に終わってしまった場合、作者も読者も、前作を意識せずに読むことは難しいでしょう。作之助は、そうした前の作品の余韻を利用した書き方をしているのです。

吉川英治の『太閤記』は、大筋ではよく知られた『太閤記』の筋を踏襲しています。すなわち、戦国時代に尾張に生まれた日吉丸が、逆境を乗り越えて立身出世し、豊臣秀吉として天下人になる物語です。ただ、のちに書き加えられた部分を含めても、秀吉が関白に就く一五八五年ごろで終わっており、朝鮮の役や晩年の逸話は語られません。一方で、「日本の天文五年は、支那の明の嘉靖十五年の時にあたる」という書き出しで始まり、序盤は明の景徳鎮で陶器の製法を学んでいた五郎太夫の話が主で、その息子は日吉丸の幼なじみになり、その後もたびたび登場します。吉川には当初、大陸との関係を積極的に用いる腹案があったのでしょう。

当時の読者にも、吉川『太閤記』を、同じ紙面で連日報道される日中戦争に関わる記事と重ねて読んだ人は多かったはずです。連載中の紙面に、『太閤記』を戦争中の現在になぞらえて読ませようとする文脈が作られていたからです。

・大衆文壇の巨豪吉川英治氏が全生命を傾倒して本年初頭より執筆連載中の名作「太閤記」は戦時下の英雄待望時代に合致せる国民皆読の書として白熱的賞賛を受けて居ります（「読売新聞」一九三九・一二・二五）
・作者の麗筆また回を逐って激しい気魄の蔭に人間太閤の機微を横溢せしめ、未曾有の雄渾凄壮なる戦争下幾多含蓄ある示唆を与えてわが国民を感奮興起せしめずにはおかないでありましょう（「読売新聞」一九四二・一二・二七）
・大東亜戦争正に天王山の戦を戦う時巨篇「太閤記」の意義また大なりと確信する（「読売報知」「大阪新聞」一九四四・一一・二三）

もともと吉川『太閤記』は、正力松太郎が「ちょうど、支那事変が起こっている最中で、日本軍がどんどん支那大陸に攻めこんでいる。国中が、この事変で、わき返っている。いまから幾百年前にも、この様にして、支那大陸の続きである朝鮮に、秀吉が無理矢理、攻めこんで行った――と思いつい」て作家に勧めたことから生まれたと言います（「私と吉川英治さん」一九六七・一）。そうした経緯を考えれば、読売新聞社にとって、作品と時局とを結びつける方向性は自然でした。読売新聞文化部長を務めた矢沢高佳は、「「太閤記」のない明日、明後日、「太閤記」のない戦争下の日々、「太閤記」のない読売――誰にもそんなことはあの当時考えられなかったのだ。困苦に堪え、日本の勝利のために、死に直面しながら日々、それぞれの職場に挺身している人たちのために、紙面のどこかに「太閤記」を載せなければ――それが読売全体の底を流れていた空気であり、一つの見えざる執念でもあった」と回想しています（「「太閤記」の思い出」一九六七・二）。

それに対して『十五夜物語』の主人公は、戦国時代のあとに、立身出世も功名を得られない侍です。夢想判官が登場するのは、太閤没後の関ヶ原の戦いです。しかも、判官はその戦にさえ間に合いません。

ここで判官に戦の終わりを教えてくれるのが、新免（宮本）武蔵にされていることも見過ごせません。吉川英治の『宮本武蔵』（「朝日新聞」一九三五・八・二三～一九三九・七・一一）も、一九三〇年代後半に、絶大な人気を誇った新聞小説だからです。この小説がやはり、関ヶ原の戦い終了直後から始まっていました。また、『十五夜物語』冒頭で批判されていた近年の新聞小説の主人公像も、『太閤記』の秀吉というより、お通や朱美といった女性たちに思いを寄せられながらも剣の道に邁進する『宮本武蔵』の武蔵像と一致します。『十五夜物語』にシナリオ原稿『夢想判官』の小夜姫が登場せず、想像上の姫を探し求めていることになったのも、新聞小説の定型から外れようとしているためでしょう。つまり『十五夜物語』は、武蔵を登場させているばかりか、冒頭場面も吉川『宮本武蔵』を想起させるように作られているのです。

だからこそ、『十五夜物語』は『宮本武蔵』からずれている点に特色があります。武蔵も初陣が関ヶ原の戦いであり、戦国時代に間に合ったとは言えません。が、夢想判官はさらに、関ヶ原の戦場にさえ遅刻し、その後も一〇年間放浪します。この二重、三重の遅れは、武力による出世功名を目指す時代が過ぎ去ったことを印象づけます。すなわち、吉川英治の著名な新聞小説を想起させつつずらすことによって、戦時下にふさわしい剣の時代の話を過去のものとして、これから戦後の話をしようとしていることが、読者に伝わるようにしくまれているのです。

似ているのが、『十五夜物語』と同時期に連載されていた大佛次郎の『丹前屏風』(「毎日新聞」一九四五・九・一四～一一・一三)です。この小説は、傾奇者として名高い前田慶次を主人公としています。ところが慶次の戦国時代における活躍は描かれません。時代はすでに徳川の世で、人を食った飄々とした老人が、実はあの慶次だとわかる趣向になっています。一九四五年九月に、大阪と東京で、二人の作家が新聞小説の素材に、ポスト戦国時代における自由奔放な主人公を選んでいたのです。

『丹前屏風』は、新聞連載としては打ち切られてしまいました。しかし大佛はのちに、わずかな書き足しをするだけで短篇小説として完結させています。それができたのは、時代小説として一つの世界を成り立たせており、紙面から独立させても読める作品だったからでしょう。『十五夜物語』も、それ自体を荒唐無稽で滑稽な作品として評価しうることは、『笑い　日本文学における美と情念の流れ』（一九七三）のようなアンソロジーに収録されている事実が示しています。が、その「諷刺的作品」としての魅力を探るためには、語りのしくみをふり返ったうえで、一九四五年九月の新聞紙面に話を戻さなければなりません。

夢想判官の相対化

先にも述べたように、夢想判官の物語は、直接的には語られません。「作者」を自称する語り手が、この小説を作っていく場が設定されており、その場も小説の一部にされています。たとえば「第十夜」では、「この物語の連載が始まって間もなく、読者から極めて風変りな手紙が二通来た」として、「読者」の手による言説まで出てきます。一通は「十五夜物語を読んでいる者です。正直にいってあの小説は感心しません」として文章の欠陥を指摘し、「八千万総ザンゲの今日貴下も少しは反省して貰いたい」と批判する「きびしい手紙」。もう一通は、題名を「十六夜日記」と間違えたあげく「金子五百金お貸し下さいませんか」と依頼する「虫のよい手紙」です。

このような手紙が、現実に作家のもとへ届いたのかどうかはわかりません。しかしさしあたって重要なことは、作品内に夢想判官の話とは別に、「作者」と「読者」とが接する場が作られていることです。しかも、その場で「作者」は「このような手紙が来る所を見ると、どうもこの物語は失敗らしい。何だかそんなような気がする。例えば昨夜のくだりなんかなっちゃいない。作者もほとほと不満足である」とこぼします。語りの場が前面に出ることで、夢想判官の話は感情移入する対象というより、少し離れて読まれるように方向づけられているのです。

実は、『十五夜物語』は、このようなしくみも『ドン・キホーテ』から摂取した可能性があります。『ドン・キホーテ』は、セルバンテスと思しき語り手が、アラビア人の歴史家が書いた原稿のスペイン語訳を編集しながら語っている設定になっています。つまり『ドン・キホーテ』も、やや怪しげな語りの設定がわざわざ作られることで、その場はもちろん、主人公の活躍も距離を置いて読まれるしくみを持っているのです。

主人公は共感を呼ぶのではなく、遠くから笑われる対象として造型されています。だから『十五夜物語』では、戦闘場面の描写も『宮本武蔵』とちがって淡泊です。いわゆる〈ラスボス〉の雲風群東次との斬り合いにしても、たった一文で決着がついてしまいます。紙幅が足りなかったわけではありません。最終話の冒頭で、語り手は「思えばこの物語もいよいよ最後の夜に到って、わが夢想判官の山賊退治という勇ましい場面になったことを、作者は読者と共に喜びたい」などと、悠々と語っているからです。

さらに、夢想判官の姿は、末尾で雷の雷子に、次のようにあきれられます。

かくて会議山の山賊は一人残らず平げられてしまった。

雷子はその一部始終を遠眼鏡で覗いていたが、騒ぎが収まると、急に大きな欠伸をして、

「あーあ、人間というものは何を好んであんな血なまぐさい喧嘩をするんだろう。人間って詰らないものだねえ。」

そう言いながら、ごろりと横になると、やがて寝入ってしまった。


雷子の台詞は、明らかに戦争を愚かなものとして批判しています。戦時中に書かれたシナリオ原稿『夢想判官　第二夜』は、判官が大坂の陣で西軍に属し、東軍に立ち向かっていく場面で終わり、雷の夫婦は出てきません。一方、『十五夜物語』が単行本『猿飛佐助』に収録された際には、末尾にさらに「その後の判官主従については知る所はない。知る必要もない。」という一文が付け加わっています。一連の結末部分の改変は、戦う夢想判官への感情移入を妨げ、人間同士の争いを俯瞰する見方へ読者を誘っています（図1）。

『十五夜物語』には、ポスト戦国時代に、武力による出世功名を求める主人公が、滑稽な夢想家として描かれています。その意味で戦後にふさわしい作品でした。冒頭と末尾に「人間界」から離れた雷の世界を設定し、さらにこの小説を作っている楽屋裏を描くことは、戦争を「諷刺」するねらいと連動していたのです。

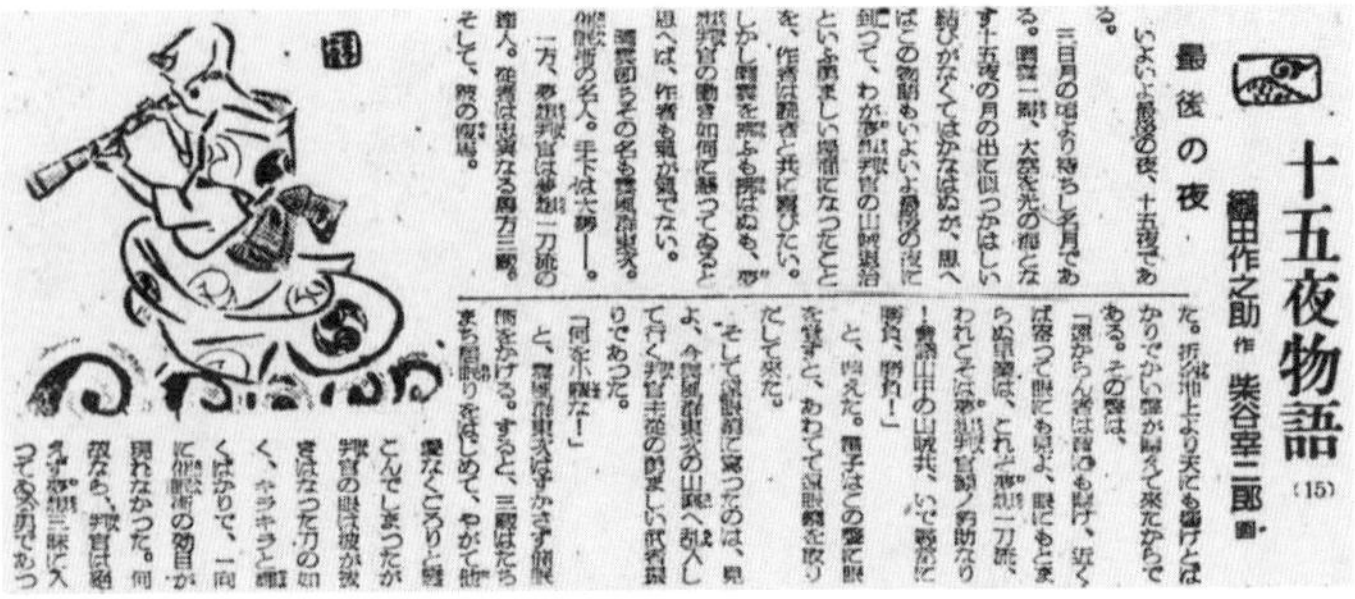
十五夜物語 (15)

織田作之助 作　柴谷宰二郎 画

最後の夜

図１　『十五夜物語』最終回（「産業経済（大阪）新聞」（1945・9・19）第２面）。雷の雷子が下界を見下ろす挿絵が描かれることで、人間どもの争いを俯瞰する視座が強調される

敗戦直後の紙面のなかで

「諷刺的作品」としての読みを誘う箇所は、末尾以外にも確認できます。

たとえば「第十一夜」で、三好清海入道は、侍をやめた理由の第一に「侍だけがあたかも特別の人間であるかの如く、その特権を振りまわして来た」ことをあげています。これが戦時中の軍人の横暴を指していることは見やすいでしょう。先に述べたように、『夢想判官』では、判官が出くわすあばら屋で笛を吹いていた男は島左近でした。島は、主君の石田三成が関東の手に捕らわれたと聞いて「潔よく切腹」します。あくまで武士道を貫く島から、武器を捨てる三好へ。この変更からも、作之助が一篇を戦後の物語として書いたことがわかります。

　また、当時の新聞紙面に対応した部分もあります。「家老の穴山権右衛門はおのれの私腹を肥やすために、苛酷この上もない取立てを行って」「今や人民は餓死を待つ許り」だが「箝口令を発して、政道についての一切の不平、発言、献策を禁じ」ている（第六夜）とか、「この土地の役人共は雲風群東次から掠奪品の裾分けを貰っているので、見て見ぬ振りをしているばかりか、彼等の城主にはことの一切を隠して雲風のクの字もいわない」（第十四夜）とかいった叙述は、「産業経済（大阪）新聞」の投書欄「拡声器」の内容に重なります。一九四五年九月三〇日の「拡声器」では、「九月の〝拡声〟」として、新聞社編集部によってこの時期の投書の傾向が分析されています。そこでは「寄せられた言葉のうち首位を占めるものは矢張り大衆の日常生活関係それも食糧の問題を最多とするが、特に戦時中における担当官僚、統制関首脳部の横暴と不正行為に対する剔抉《てきけつ》暴露とそれらの退陣を迫るものが圧倒的に多い」として「末端配給機関の情実販売、横流し、業務上の横領なども少くな」いことが批判されていました。

　さらに「第十四夜」には、語り手が「この自称天下無二斎は身体こそよぼよぼではあったが、精神までもよぼよぼにはなっていなかったから、彼の言はあたかも尾崎行雄さんの言の如く、まことに聴くべきものが多い」と述べる部分があります。〈憲政の神様〉と呼ばれた尾崎行雄は、敗戦後の混乱のなかであらためて脚光を浴びていました。「朝日新聞」大阪版は、「正邪を識れ　咢堂《がくどう》翁記者団に語る」（一九四五・九・四）や「武力背景の講話拒絶　首相宮へ尾崎行雄氏の意見書」（一九四五・九・八）といった記事で、尾崎が精力的に政治活動を再開したことを報じていました。「第十四夜」掲載の前日にあたる同月一七日の「産業経済（大阪）新聞」でも、「新日本への提言（七）政治」において「議会の大先輩尾崎行雄」が「軍閥、官僚の嵐の中を終始一貫民権擁護持のために独り闘ってきた、特に最近における〝陸海軍大臣を文官にし内閣以外において行動すべし〟との持論をもって権力に食い下がったのであるが、時の流は如何にせん、尾崎的政治は終に顧りみられなかった」という記事が載っていました。

つまり「尾崎行雄」への言及は、この時期の報道の流行に即していたのです。もっとも、これらの記事と小説とでは、尾崎の取りあげ方に温度差があります。『十五夜物語』全体の「諷刺」的構成と引用した一節のような唐突な言及からは、尾崎その人をからかう意図はないにせよ、戦後になって急に尾崎を担ぎ出したメディアを揶揄しているように読めるからです。

また、「第十二夜」の「世間には空約束でぎりぎりまで引っ張って置いていざという時に約束を破ったあげく、お前の方が悪いなどと逆ねじを食わすような人が多いので油断ならない」という、判官と三蔵とのやりとりの間に語り手が唐突に挟む一文も、八月一五日を境に論調を一変させたメディアを当てこすっているように読めます。

このように、創作欄は紙面の他の記事と関わりながら、ずれてもいます。そのずれが「諷刺」に一役買っています。

もっとも、そのようなずれが、常に作品の「諷刺」性に効果をもたらす方向に働いたわけではありません。

たとえば連載前日に当たる一九四五年九月四日の「産業経済（大阪）新聞」には、「捨てよ甘い考え　飢餓地獄も夢でない」「備えよ冬将軍に　困難な薪炭事情を横山大阪府林業課長に訊く」「簡単な『草』の食べ方　食糧自給は草類から　家庭でも出来る繊維の抜き取り」といった記事が並んでいました。同五日、「第一夜」と同じ面には、原爆の脅威を伝える「人類の敵〝原子爆弾〟」が掲載されていました（図2）。あるいは同七日、『十五夜物語』の「第三夜」と同じ面には「進駐軍と地元民心得帖」として「理不尽な要求　断固拒否せよ　女の服装はモンペ姿が最良」「大声で近隣に救援　反撥抗争で免れた例　米兵の暴行」といった記事が載っていました。同八日「第四夜」の真下には「インフレ問題」について「金融証券界第一線に活躍せらるる権威者」たちによる座談会が載り、以後この座談会は「最後の夜」まで一貫して『十五夜物語』に接して掲載され続けました。このような深刻な社会状況を反映した紙面のなかで、連載開始の「第一夜」で雷の雷助に「下界には変った話もない」と言わせる現実離れした小説は、軽佻浮薄だと受け取られても仕方がない面が、たしかにありました。

『十五夜物語』には、敗戦から占領へと事態が着々と進行するなかで、そのような「人間」の営み全体を俯瞰する目が存在します。目前の現実にとらわれない、悩みを笑い飛ばす自由な

人類の敵"原子爆彈"
残虐非人道性に痛烈な矢

稔りの秋の戰災地

忠誠心聊かも揺がず
再び勢力盛返す政黨と實業界

自給耕作に
優良な種子を一般家庭へ配給

誠實一途信義に徹せ

簡易住宅を三十万戸

蔬菜配給機構
根本的に是正

市電運行

戰災地住宅の建築規格決る

戰塵を拂つて觀光都市へ
まづ街の清掃から

十五夜物語（1）
第一夜
織田作之助作

図 2 「産業経済（大阪）新聞」（1945・9・5）第 2 面。
『十五夜物語』の第 1 回の上には原子爆弾の脅威を伝える記事が掲載されている

視座を提示している点で、「新聞小説の常識」を破ろうとした意欲作です。が、現実の不安と困難で埋め尽くされた当時の深刻な新聞紙面にはそぐわず、空回りしている面は否定できません。物資不足で二頁しかなかった当時の狭隘な新聞紙では、小説に紙面を割くこと自体がためらわれても不思議ではありませんでした。そうした時期に、紙面の現実を軽視するかのような作品が、編集部で評判が悪かったのは当然でした。

むろん作之助もそれは承知で、一五回という制限された枠のなかで試みた「形式」の実験でした。『十五夜物語』には「風変り」という語が頻出します。雷助は妻の雷子に佐助と夢想判官を「風変りな人間」として紹介し、三蔵も「風変りな馬方」で、三好も「風変り」な人物として登場します。そもそも「作者」は冒頭で「極めて風変りであると思われる人物」を書くと宣言していましたし、「読者」からも「風変り」な手紙が届きます。このように、語りの場にまでおよぶ「風変り」な設定が、「諷刺的」で「自由」な小説の基盤になっているのです。

しかし「風変り」な人物に興味をもって遠眼鏡で判官を見ていた雷子は、末尾で「人間というものは…」「人間って…」と愛想を尽かします。ここにはもう、判官を他の人物より「風変り」だと評価する視線は存在しません。判官も愚かな「人間」の一人に過ぎません。従来の新聞小説にはない「風変り」な主人公を書く、という「作者」のねらいは、最後まで貫き通されてはいません。そのことは途中で「どうもこの物語は失敗らしい」と記していた彼にも、半ば自覚されていたはずです。つまり『十五夜物語』は、「風変り」な主人公による新しい新聞小説を書こうとした「作者」が失敗する話にもなっているのです。

『十五夜物語』は、新しい新聞小説の主人公像の提示に失敗するさまを描いた新聞小説でした。戦後には従来とは異なる理想的な主人公像が求められることを訴えながらも、その像はすぐには見出せないことが示されたのです。

単行本収録時に「形式の自由」への再挑戦を語った作之助は、このあとに書いた新聞小説では、主人公らしい主人公を書かなくなっていきます。『それでも私は行く』の主人公である梶鶴雄は次第に物語の後景へと退いていきますし、『土曜夫人』では多様な登場人物について「彼等はみんな主人公」であり「同時にまた、この人物だけがとくに主人公だということは出来ない」と語られます。標的は人物から世相へと移ります。作之助はその世相を描くために、あらためて新聞というメディアを積極的に利用していった形跡があります。その具体的なありようについては、さらにこの後の章で見ていきましょう。

第三章　記事・広告との化学反応／新聞小説の小説

――「京都日日新聞」と『それでも私は行く』

『それでも私は行く』の概要

『それでも私は行く』は京都の小説です。京都で学生時代を過ごした作之助は、小説の舞台にたびたび京都を使っています。しかしこの小説ほど京都の町々が出てくる作品は他にありません。それは、この作品が京都の新聞に連載されたことと関係があります。

『それでも私は行く』は、「京都日日新聞」に、一九四六年四月二六日から七月二五日まで掲載されました（全八四回）。一九四七年二月に、単行本が大阪新聞社から出版され、全集などでは、この単行本の本文が採られています。しかし作之助は単行本化にあたって、本文に手を加えています。ここでは、初出の新聞に載った本文で読み解きたいと思います。

まず小説の内容を確認しましょう。『それでも私は行く』は九つの章でできています。それぞれの章題は「四條河原町」「木屋町三條」「寺町通」「下鴨」「先斗町」「三條河原町」「高台寺」「京極」「それでも私は行く」です。あとに述べるように、途中で構造や筋の進行に大きな変化が起こるので、概要を示すのは簡単ではありません。が、さしあたり次のようにまとめます。

先斗町のお茶屋の息子で三高に通う美貌の青年・梶鶴雄は、行き先を決しかねて、サイコロの目が出るままに京都の町を宛て所なく歩く（四條河原町）。行く先々で、新円成金・小郷虎吉の犠牲になったヤトナの姉を救う金を作るためにスリをする女・相馬弓子（木屋町三條）、京都の新聞に「それでも私は行く」という小説を連載する予定で、鶴雄をモデルにしたいという作家小田策之助（寺町通）らに会う。三高教授の山吹に、小郷家での家庭教師を紹介された鶴雄は、その家で虎吉の妹の宮子に誘惑され、逃げる（下鴨）。弓子は新聞記者を装って小郷に会い（先斗町）、連れ出して、妻の浮気現場を目撃させる。混乱した小郷は、金力にものをいわせて初対面の舞妓の鈴子の旦那になろうとする。しかし藝者の君勇が、鶴雄が鈴子に寄せる想いを知って身代わりになる（三條河原町）。翌日、鶴雄は宮子に遭遇し、再び誘惑されて逃げた際に小田に会う。小田から掏った財布を返しに来た弓子にも再会する（高台寺）。小郷は君勇と映画館に行った先で君勇の元旦那の三好に刺される（京極）。事件は終息し、鶴雄は北海道へ旅立つ（それでも私は行く）。

作之助はこの小説について、単行本の「あとがき」で、「京都の人はこれまで自分たちの土地を舞台にした小説が、土地の新聞に載るというような経験がなかったので、この小説はその意味で意外に多く読まれた。題名の「それでも私は行く」という言葉は、京都の町々で流行した」とその人気ぶりを語っています。また、織田文庫に所蔵されている「あとがき」の草稿でも、「毎日の新聞が出るのを待ちかねて、販売店まで買いに行った読者も随分あるという。自己宣伝のためやうぬぼれで言うのではないが、「京都日日は小説で売れている」ということであった」と書いています。

残念ながら、京都で高い人気を誇ったとはいえ、地方紙に連載された小説が、同時代の文壇で評判になることはありませんでした。『それでも私は行く』は現在も、作之助の代表作として認知されているとは言えません。しかし作之助の作品を、大阪やデカダンといった出来合いのイメージではなく、その方法から見直すうえでは無視できない小説です。

以下、ここでは当時の「京都日日新聞」に注目し、今では見えにくくなった敗戦直後の地方紙の連載小説の実態を明らかにすることで、作之助がこの小説で試みた方法を検証します。

「京都日日新聞」との関係

「京都日日新聞」第一号（一九四六・四・一六）には、『それでも私は行く』の予告が載っています。「京都を舞台に奏でる　若人の新恋愛譜」という見出しで、作之助と作品は次のように紹介されています。

作者は女の都、文化の都、京都の近代相を描こうとしている。かつて学生生活を京都に送って京都をよく知る作者が、特にこの小説創作のため京都に居を移して傑作をものせんとの情熱に燃えている。作者が鋭い感覚と特異の筆致をもつて文壇に気を吐く売れッ児である事は喋々するまでもない。

また、作之助は「作者の言葉」で次のように述べています。

昨日の古い都であった京都は今日では日本の一番新しい都として多くの明日を持っている。かつて京都の三高に学んだ私の第二の故郷としての京都の古い情緒を懐むと同時に、今日の京都の新

京都を舞台に

連載小説

それでも私は行く

織田作之助（作）　三谷十糸子（画）

【近日より掲載】

近日から本紙上に織田作之助氏の新作小説「それでも私は行く」を連載いたします。「作者の言葉」にもあるやうに、作者は女の都、文化の都、京都の近代相を描かうとしてゐる。かつて学生生活を京都に送つて京都をよく知る作者が、特にこの小説制作のため京都に居を移して傑作をものせんとの情熱に燃えてゐる。

作者の言葉

片棒かつぐ　三谷十糸子

若人の新恋愛譜

図１　『それでも私は行く』予告
（「京都日日新聞」（1946・4・16）第２面、以降「京都日日新聞」の記事はすべて京都府立京都学・歴彩館所蔵）

しい姿に眼を瞠っている。私はこの小説では古く、そして新しく、更に「女の都」であり学生の都であり、映画の都である京都をあますところなく描写したい意欲に燃えている。いわば京都の「昨日・今日・明日」を描きたいのだ。これは至難だ。然し私は「それでも私は行く」の決心である。「紅燃ゆる」紅顔の美少年と共に、そして読者と共に、私はこの小説で京都の町町を歩きたい。再び京都へ還って来た男の気持で、京都の町々を歩きたい。

ここで目を引くのは、新聞社も作者も「京都」を強調していることです。連載開始直前に出た予告でも「みやこ京都を舞台に美しい若人たちが奏でる新恋愛譜！　ご期待を乞う」（四・二四）とあり、地元の読者を引きつけようというねらいがうかがえます。

こうした新聞社の意志は、第一号からあらわれていました。「京都のみなさん」という呼びかけで始まる「創刊のことば」では、「社運を賭して京都の発展の為に紙面総動員の活動をつづけようと決心しています」と宣言されていました。別の記事には「郷土夕刊紙として、待望に応えて発足した本紙」という言葉もあります。地域密着は、経営基盤の不安定な新興地方新聞としては当然の戦略でした。表裏だけの二面という、非常に限られたスペースしかなかった当時の新聞のなかで、作之助とその小説は目玉として、破格のあつかいを受けていきます。

たとえば連載開始前日には、「にがみ走った男がスキ　小説のモデル　S姐さんの紅気焔」（四・二五）という、モデル女性へのインタビューが載っています。そこでは挿絵画家の三谷《みたに》十糸子《としこ》が、モデルの女性に「祇園や先斗町や木屋町や京都のいろ町がとてもくわしく小説に出て来るらしいのよ」と告げています。

また、「織田氏蹶然《けつぜん》「それでも私は行く」　あいにく雨の鴨川踊初日」という五月四日の記事では、次のように報じられています。

作家織田作之助氏が小説の題名通り雨天にも拘らず「それでも私は行く」と鴨川踊見物にでかけると、喫茶店べにやの主人が現れて本紙の小説に自分の店の舞台になっているのを喜んで挨拶にくる。織田氏はまた踊風物を作品に取り込むつもりらしい

これらの記事で、身近な場所やイベントが使われそうだと知ることで、小説への期待と関心を高めた読者は少なくなかったはずです。

一九四六年の「京都日日新聞」には、作之助が雑誌に発表した小説や、別の小説の映画化に関する記事も載ります。文鳥生「四月号総合雑誌の創作」（五・一二）では、「改造所載、織田作之助の「競馬」は一寸読みごたえのある作品であった（中略）著者最近の傑作である、氏の文章達者な筆致は今後如何に大成して行くであろうか」と褒められています。また、「織田氏の小説映画化」（六月一五日）では、「本紙の連載小説でおなじみの織田作之助氏の小説「昨日、今日、明日」が、こんど松竹京都で「鸚鵡は何を覗いたか」という題名で映画化される」と広告されています。当時の「京都日日新聞」の〈オダサク推し〉がうかがえるでしょう。

さらに「近頃の街の流行語」（六・九）では、「本紙連載小説「それでも私は行く」は各方面で好評を博しこの題名をまねた「しかも私は行く」などという言葉がちかごろ流行語のようになっている」と報じられています。ここにも作品の人気と、その人気に拍車を掛けようとする

新聞社の意欲があらわれています。

こうした新聞社の支援に、作家も応えようと努めたようです。青山光二は、現実の町名や実際にあった店や京都生えぬきのフランス文学者たちが、時に名を変え、時にそのまま登場することに触れ、そうした方法が「著者がいつも作中にばらまく金額等をあらわすおびただしい数字や商品名や商売の種類をあらわす名称とおなじように、戦後の京都という具体性をてっとりばやくつよめるのに役立っている」と指摘しています。その最もわかりやすい痕跡が章題です。あらすじの説明の際に示したように、『それでも私は行く』の章題は、ほぼ京都の地名で覆い尽くされています。毎回タイトルの次に掲げられている章題に記されたそれぞれの地名は、同じ土地の空気を吸っている読者を引きつけやすかったはずです。

また、作之助は執筆当時、実際に遭遇した出来事を積極的に小説に取りこんでいました。このころ作之助としばしば会って、「山吹教授」という名前で小説に登場させられていた伊吹武彦は、「五月二日にあった出来事が、翌三日、または四日の新聞に出るというぐあいで、いってみればそれはニュースみたいなものだった」と述べています（「織田作の〝気ィつかい〟」）。

さらに、作之助は新聞紙面と作品との対応も、もくろんでいました。

たとえば、弓子のスリは作中で重要な役割を果たしますが、スリの頻発は「京にひそむ〝悪〟スリが筆頭　三月間に七百件」（五・一二）など、当時しばしば紙上を賑わせていました。また、弓子の姉・千枝子のように、酌婦が金銭的な理由などによって性を売ることを強要される状況も、四月一七日の記事「公娼は廃止されたか　終戦後ふえる酌婦　生きるために居残る荊の地」で報じられていました。第四回（四・二九）で鶴雄がスピード籤で得た金を差しだそうとし、第一四回（五・九）で弓子が引きつけられる「悲願」の救援義援金も、四月三〇日の記事「冷たい〝焼けぬ京都人〟〝焼けたのが悪い〟戦災者の身になろう」に出てきます。第八四回（七・二五）で鶴雄が「食糧難で、満足に授業は受けられない」ということも、「食糧事情急迫にかんがみ京大では講義を一まず一五日で切上げ一七日から夏期休暇に入ることになった」という六月一四日の記事「京大　講義より食糧　一七日から夏期休暇」を想起させます。

むろん、これらすべてを作家が紙面と対応させようと計画的に盛りこんだというのは考えにくい話です。ただ当時の作之助が、世相を報じる新聞記事に注目していたことは事実です。「世相と文学（上）――時代に遅れた作家のリアリズム――」（一九四六・二・一八）という評論で、「今日の作家」が「いたずらに過去の夢を追うて書きにくい世相の方は新聞に任せている」ことを批判し、「今日の雑誌に発表される小説を読むよりは日々の新聞を読んでいる方が、興味深々たりと感ずる」と述べているからです。最新の京都の世相を積極的に取り入れることで、報道との接点が生まれたら……という期待は、作之助にあったにちがいありません。

また、作之助の小説は記事以外の紙面にも触手を延ばしています。第五回（四・三〇）には、

「南座の芝居や、松竹座のチャップリンの映画や、接吻が出て来るという大映の映画の噂ばかりして」いる「藝者たち」を描いた場面があります。ここで注目されるのが、連載開始直前の四月一九日および二二日の「京都日日新聞」に、「チャップリンの黄金狂時代」と「彼と彼女は行く」の広告が出ていることです。特に後者の広告には、「あの夜の接吻はイツワリだったのか？」だの、「触れ合う唇と唇　脱皮する日本の恋愛映画が発散する新鮮なエロチシズム！」だのとあり、「接吻が出て来る」ことが強調されていました。これらの広告が作之助の目に触れ、小説に使われた可能性は大いにあります。他にも、第一四回で弓子が見かける「南座」の「文楽」の広告も、五月一・四・六日の創作欄のすぐ下に掲載されています。読者は小説を、広告欄とも絡み合わせて読めたのです。

興味深いのは、こうした創作と広告との関わりに、広告主たちも反応したことです。たとえば世界文学社です。作之助の友人であった柴野方彦が、雑誌「世界文学」を発行していた出版社です。当時、世界文学社は、京都大学及び第三高等学校の外国文学関係者のサロンのようになっていました。伊吹武彦、桑原武夫といった面々が集まる場所に、作之助も入りびたり、その話を『それでも私は行く』に使います（五・一三～一九、六・二～四）。すると、それに応えるように世界文学社が「京都日日新聞」の創作欄の下に広告を出しているのです（五・二五、六・一六）。その広告では「世界文学第二号」「アンドレ・ジイド著　伊吹武彦訳注　架空のインタヴュー」「アンドレ・ジーグフリード著　伊吹武彦訳　アメリカとは何ぞや」など、作中に登場する書物や文学者たちの名前が掲げられています。

また、その世界文学社に鶴雄が訪ねて行く第一八回（五・一三）で、通り過ぎるだけなのに妙にくわしく語られる牛肉店「三島亭」が、約二週間後の二六日に広告を出しています（図2）。

ついには、「それでも私は行く　甘味の店　二十九日開店　西谷堂」（図3）だとか、「それでも私は行く　同じ行くなら此の店へ　古着古道具御不用品一切（中略）鈴木商店」（図4）だとか、小説内容とは無関係に、題名だけを活用した広告さえ登場します。

それでも私は行く
織田作之助作
三谷十糸子畫
30
旅館
肉すき
三島亭
高尚御料理

図2　作品の下に「三島亭」の広告
（「京都日日新聞」（1946・5・26）第1面）

つまり『それでも私は行く』連載中の「京都日日新聞」には、小説と報道と広告との相互交流が見られるのです。創作欄は独立してありながら、紙面の他の部分と連動もしていたのです。

しかし作家と新聞社との蜜月は、長くは続きませんでした。

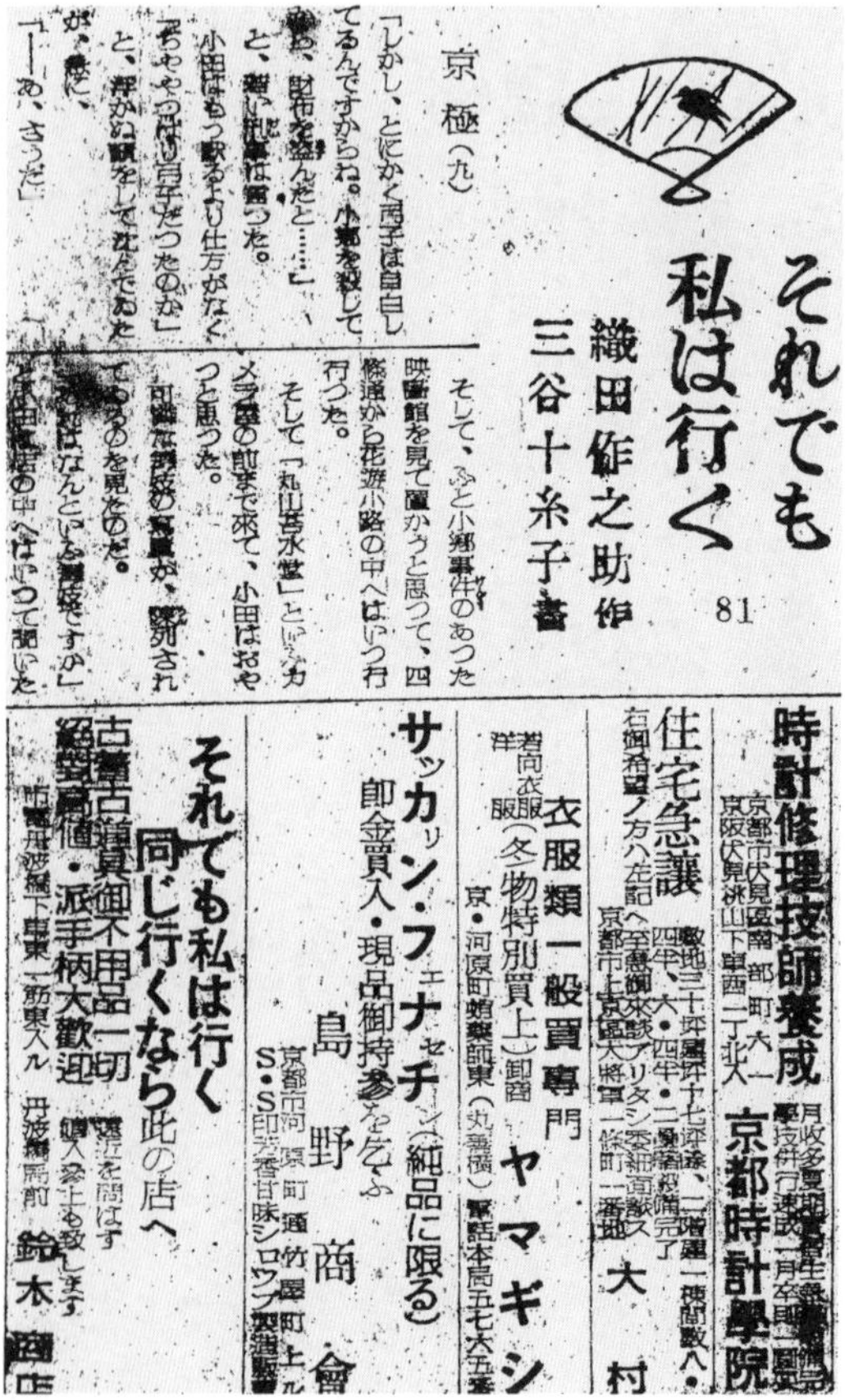
それでも私は行く
織田作之助作
三谷十糸子畫
81

京極（九）

「しかし、とにかく両子は自白してるんですからね。小郷を殺して財布を盗んだと……」

と、刑事は言った。

小田はもう黙るより仕方がなく
「やっぱり両子だったのか」

と、浮かぬ顔をして歩んでいたが、急に、

「――あ、そうだ」


そして、ふと小郷事件のあつた映画館を見て置かうと思つて、四條通から花遊小路の中へはいつて行つた。

そして「丸山吾水堂」というカメラ店の前まで来て、小田はおやつと思つた。

時計修理技師養成　京都市伏見区南部町六一　京阪伏見桃山下車西一丁北入　京都時計學院

住宅急譲　京都市上京区大将軍一條町一番地　大村

衣服類一般買専門　若向衣服洋服（冬物特別買上）御留　ヤマギシ　京・河原町蛸薬師東（丸善横）電話本局五七六五番

サッカリン・フェナセチン（純品に限る）
即金買入・現品御持参を乞ふ
島野商會
京都市河原町通竹屋町上ル
S・S印芳香甘味シロップ製造販売

それでも私は行く
同じ行くなら此の店へ
古着古道具御不用品一切
絶対高価・派手柄大歓迎
市電丹波橋下車東一筋東入ル
丹波橋局前　鈴木商店

図 4　題名をもじった広告
（「京都日日新聞」（1946・7・22）第 1 面）

それでも私は行く
甘味の店
二十九日開店
新京極三條下ル
西谷堂

図 3　題名を使った広告
（「京都日日新聞」
（1946・5・28）
第 2 面）

「小田策之助」登場の背景と効果

作家と新聞社との協力体制は、傍目には大いに成功していたように見えます。しかし単行本が別の新聞社から出版された事実からうかがえるように、内幕では、両者の関係はほどなくして険悪になっていたようです。

作家によれば、引き金は、誤植の多さと原稿紛失でした。作之助は単行本の「あとがき」で、次のように述べています。

新聞社はひどい誤植を以て私を悩ました。何回目だったか、原稿の終りの一枚が次の回の最初の一枚とすれちがって、意味が判らなくなったり、ついにはある回の原稿が印刷工場で紛失したのも知らず、その回を飛ばして、次の回を平気で載せたりした。そのため私は構想を変更して、小田策之助などという作者とおぼしき人物を登場させたりして、筋を運ばざるを得なくなってしまった。

よほど腹に据えかねていたのか、作之助はこの件について、「あとがき」の草稿ではよりくわしく記していました。

まずおびただしい誤植が小説欄の各行にあって私を悩ました。ある時は、原稿の終りの一枚が、次の日にのるべき原稿の最初の一枚とすりかえられて、作者にも何のことか判らぬような一日分になっている日もあった。訂正を申し込むと、次の日はまた最初の一枚が首切られて載っていた。そして、ついに作者を呆然とさせたことには、一日分の原稿が飛んでしまって、たとえば二十五回の次の日に二十七回の原稿が載るという乱暴さであった。（中略）そのため構想が変り、作中に作者自身とおぼしき人物を登場させるなどという無理な工夫をして、書きつづけた。

実際に「京都日日新聞」を確認すると、第八回（五・三）の終盤が途中から不自然になっています。そのため翌日には、第九回の本文と共に「三日附本紙小説中「弓子はズボンの中から百円紙幣を出すと鶴雄の前に置いた」の次章「と、弓子も赧くなって」以下は本日の分の組み違いにつきここに訂正、再掲載致します」という「訂正」が掲載されています。しかし実は、その第九回の冒頭と、第八回でおかしくなる直前とも上手く接続しません。ゆえに単行本の「木屋町三條（四）」では、間に原稿用紙約一枚分の本文が補われています。

また、その前後には大きな誤植が頻繁に起こっています。第三回が二回あり、第四回がありりません。「寺町通（五）」は二回あります。第三八回が二回ある代わりに、第三九回がありません。第七四回も二回あり、第七五回がありません（ただしどれも内容は切れ目なく進んでいます）。本文における細かい誤字脱字は、枚挙にいとまがありません。固有名詞に限っても「山吹教授」が「山教授」に、「小郷」が「少郷」に、「弓子」が「ユリ子」になるなどのミスがあります。

ただ注意したいのは、原稿紛失を裏づける事態は第八～九回のみであることです。なるほど作之助が言うように、第八回の終わりの一枚が別の原稿になったのも、訂正したはずの第九回の冒頭がおかしくなっているのも事実です。しかし、「一日分の原稿」全部が飛んでしまった形跡は、どこにもないのです。

ゆえに作之助の「あとがき」も、全面的には信用できません。作中作家を出さざるを得なくなった最大の理由にされている原稿紛失事件には、誇張があるようなのです。ならば、作中作家の登場も、苦肉の策ではなく、当初から計画されていた可能性があるでしょう。前章であつかった『十五夜物語』のような奇抜な新聞小説を書いたばかりの作家が、ここでも普通の恋愛小説を書く気などさらさらなかったとしても不思議ではありません。

誤植や原稿紛失による不利益は何でしょうか。最初に思いつくのは、小説の筋が混乱することです。そのため作之助は「小田策之助」を登場させたと言います。すなわち、第二二回（五・一八）で主人公の鶴雄が、小田に問われてこの日の行動を語る場面を作ることで、そこまでの要約を自然に挿入し、読者の便宜をはかったわけです。

しかし、要約そのものは前後の回にもあり、作品と区別して書かれています。第一二回（五・七）の冒頭には「（なぜ掏摸になったか、鶴雄への弓子の告白はつづく……）」という断り書きが付いています。第三六回（六・一）では「今までのあらまし」が一三行に渡って説明されています。こうした解決策があった以上、読者への配慮のためだけなら、作之助は作中作家を登場させなくてもよかったはずです。

作中作家の登場には、創刊時の「予告」で作之助のプロフィールを写真付きで知っている新聞読者の私小説的な興味をかき立て、現実との結びつきを強化する効果もあったでしょう。挿絵画家の三谷十糸子もそれを意識したようです。図5の第二一回の挿絵などは、「予告」に載った作者の近影と酷似しており、読者が結びつけることを誘っています。

しかし最も大事なことは、小説の骨組みが変化することです。第二〇回（五・一五）で、小田が「こんど京都の新聞に「それでも私は行く」という妙な題で、小説を書くので、京都へ来てる」ことが明かされます。これは読者に、目の前の小説が作中で書かれようとしているかのような錯覚を与えるでしょう。その錯覚は、作家と題名の一致はもちろん、第二一回での「こんどの小説ではね、想像力にあまり頼らずに、一つ実際にあった事件を書こうと思ってるんだ。人物も実在の人間を出すし事件の背景も、京都の実在の場所をいろいろ使ってみようと思うんだ」という小田の計画と、作之助による現実の京都の取りこみとが対応していることで強められます。

このように〈小説の小説〉になることで、読者は小説の筋だけでなく、その作られ方を意識させられます。その意識は、作品を対象化して、小説内で何が語られるかだけでなく、小説という表現そのものによって何が語られているかを考えさせるでしょう。作之助の言葉を使えば、「小説の中にある思想」ではなく、「小説の思想」へ読者を導いているということです（「小説の思想」一九四〇・六・一三〜一四）。

しかし、こうした表現形式を重視した読みへの誘いは、鶴雄を軸にした恋愛小説として一篇を楽しむことを難しくさせるのではないでしょうか。

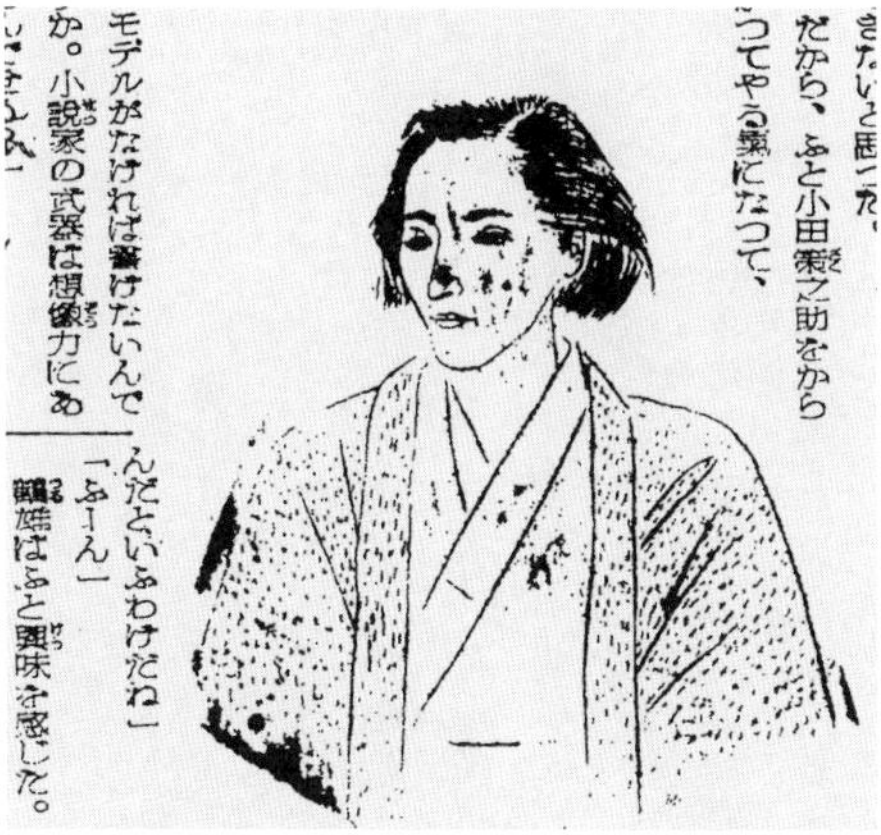

図５　『それでも私は行く』第21回（三谷十糸子画）（「京都日日新聞」（1946・5・17）第１面）

主人公の後退

『それでも私は行く』は、連載前の予告や序盤を読む限り、梶鶴雄と彼が京都の町々で出会う女性たちとの関係を描いた作品のように読めます。しかし梶鶴雄と女性たちの物語は、しだいに背景に退いていきます。

原因の一つは、鶴雄の女性関係に、物語を進める力が欠けていることです。鶴雄と鈴子は両思いで、君勇は自分から二人の犠牲になり、弓子は身分のちがいを感じて引き下がり、宮子は誘惑に失敗します。この小説に限らず、作之助の作品では、しばしば嫉妬が事件の引き金になりますが、鶴雄と鈴子の心は他の誰にも傾かないので、二人の間に嫉妬は生まれません。むしろ後半は、小郷虎吉の言動が物語の推進力になります。小郷は弓子の策にはまって妻の浮気現場に出くわし、鈴子に手を出しかけて君勇と関係を持ち、三好に嫉妬されて殺されます。この悪玉の破滅劇が、後半の筋の中心です。特に、小郷が「クンパルシータ」の旋律が流れるダンスホールで妻の不倫を目撃する場面は、まさにメロ+ドラマで、通俗的な面白さをもたらしています。ところが、この場面に鶴雄はまったく関与しないのです。

鶴雄を中心とした筋は、小田策之助によっても後退させられます。鶴雄は、小田による作中作のモデルになります。が、実態は情報源に過ぎません。しかも情報源としての役割さえ、最後は刑事（単行本では司法主任）に取って代わられます。結局、一連の物語において、鶴雄はこれといった活躍をしないのです。

物語に「偶然」をもたらすはずだったサイコロも、しだいに役目を果たさなくなります。冒頭では、鶴雄は矢田田鶴子なるタイピストに会いに行くのかと思いきや、サイコロの指示によって会うことをやめます。その後も田鶴子は出て来ません。連載小説の二回目で名前となれそめと手紙まで出てきた女性が、一向に登場しないことは、読者の意表を突くでしょう。が、こうした意外な展開がもたらされるのは最初だけです。鶴雄は途中からあまりサイコロを振らなくなります。その典型的な場面が第五九回（六・二六）にあります。「鶴雄は何だか気が進まなかったが、しぶしぶついて行った。宮子と一緒に歩くのはいやだったが、しかし、弓子にはやはり会いたかったのだ。だから、サイコロを振ってみもしなかった。」

作品では、前半にスタンダールの『赤と黒』が、後半にドストエフスキーの『罪と罰』が長々と紹介されます。美青年・家庭教師・身売り・殺人といった共通点があるため、『それでも私は行く』は両作品と重ね合わせて読むことができます。鶴雄自身もそれら名作の主人公にあこがれています。が、そこには大きなへだたりがあります。次の引用は、第二八回（五・二四）の、鶴雄が小郷家で宮子に誘惑される場面です。

「ジュリアンになれたら本望だ」

つねにサイコロによって自分の行動を左右しながら、運命の刃の上を渡るような激しいスリルを求めてやまない鶴雄は倦怠した生活から脱け出す血路を、下鴨の小郷の家に求めてやって来たのである。

ところが、和製のジュリアン・ソレルもいきなり出戻り娘に浴室へ侵入されるようでは、随分相場も下落したものである。高貴な精神もへったくれもあったものじゃない。ただ、官能的な、はしたない場面が鶴雄を待ち受けていたに過ぎない。

鶴雄はジュリアンになぞらえられつつ、別ものだとされています。

また、第五二回（六月一九日）では次のように描かれます。

――ラスコリニコフは老婆の顔をにらみつけながら、斧を振り上げた。が、その時ふっと自分から力が抜けてしまったのを、ラスコリニコフは感じた……。

そこまで読んだ時、鶴雄はほっと溜息をついた。

「ラスコリニコフには人が殺せなかったのだ。観念では殺人は出来ない」

そう呟いて、活字から眼を離した時、鈴子の声が聴えて来たのだ……。

『罪と罰』をまだ序盤しか読んでいない鶴雄が共感しているのは、いまだ殺人を犯していないラスコリニコフでしかありません。なるほど鶴雄はこのあと夜通し『罪と罰』を読み耽り、小郷を斧で殺す夢を見ます。しかしそれも夢どまりで、実行には移しません。宮子とは関係を持ちませんし、愛する鈴子の危機を救うのは君勇で、小郷を殺すのは三好です。鶴雄はジュリアンにもラスコリニコフにもなれません。この三高生は、小説が進むに連れて主人公の座から滑り落ちていくのです。

鶴雄の筋からの後退は、挿絵に描かれる回数の推移からもうかがえます。挿絵への登場回数を順位づけると、一位…鶴雄（一六回）、二位…弓子（一四回）、三位…小田（一〇回）と続きます。ただし鶴雄が描かれるのは第一・二・三・九・一六・二二・二三・二四・二六・四二・五七・五九・六一・六三・六六・七一回であり、中盤以降は存在感を失っていきます。対照的に、小田は第一九・二一・六二・六三・六六・六八・七一・七六・七七・八二回の挿絵に登場し、終盤に存在感を増しています。

鶴雄は、最終（第八四）回で、小田と次のように言葉を交わします。

「どうしてって……。君勇にも弓子にも鈴子にも、もう会いたくないんです」

「ふーん」

「それに、京都という土地がつくづくいやになりました」

「じゃ、どこへ行くの……？」

「友人が北海道にいるんです。そいつを頼って牧場で働きます」

「学校は……？」

「よします。どうせ、食糧難で、満足に授業は受けられないし、北海道の牧場で、独学する方が気が利いています」


鶴雄は女たちからも、京都からも離れようとします。しかしこの小説はわずか五日間の物語です。鶴雄の決意も、ここ数日の内に生まれて、サイコロで決めたものに過ぎません。これからどうなるのかは不透明です。

北海道での肉体労働生活に憧れる京都の学生、という設定は、国木田独歩の小説『牛肉と馬鈴薯』（一九〇一・一一）を想わせます。『牛肉と馬鈴薯』の前半では、同志社を出て、理想に燃え、北海道に赴き、開墾事業に取りかかったものの、五ヶ月で挫折し、現実主義者になった炭鉱会社の紳士・上村の過去が紹介されます。苦労知らずで周囲に「坊ン坊ン」と呼ばれている鶴雄が、上村と同様の挫折する可能性は決して低くないはずです。

「現実」を描く困難

第七〇回（七・八）で、鶴雄は小田に「こんどのあなたの小説は通俗小説になるんですか」と聞きます。小田は「残念だが、通俗小説だね。新聞小説は通俗小説でなくっちゃ読まれないし、だいいちこう偶然が多くっちゃね」と答えています。ただ『それでも私は行く』自体は、まさにこうした批評が作中にあるゆえに、通俗小説から距離を取っているといえるでしょう。『それでも私は行く』は終盤に、通俗小説を書く通俗小説、あるいは新聞小説を書く新聞小説になっていきます。第七六回（七・一五）では、「新聞小説で受ける小説を書くのは、小田のように癖の多い純文学の小説を書いている作家にとっては、かなり苦痛であった」「凝って書けば、受けないし、凝らなければかえって受けるかわり作家としての良心が許さない」などと語られていました。いわばメタ通俗／新聞小説としての表情を鮮明にしていくのです。

先に引用したように、小田は新聞小説に「実際にあった事件」を書くつもりだと述べていました。その計画は、第六五回（七・三）でも強調されます。

小田は、こんどの新作の「それでも私は行く」という新聞小説では、本当にあったことを、そのまま、ルポルタージュ式に、出来るだけ小田自身の想像を加えずに書き、場所も人物も実在のまま使うという奇妙な計画を樹てていた。

事実のままに書きつつあったゆえに、小郷殺しが起こったとき、小田は作中人物候補のなかに犯人を探します。しかし最終的には、それまで知らなかった三好という人物が犯人だったと知ります。「本当にあったこと」を写しても、複雑な「現実」の諸相には対応しきれないことがわかるのです。だから第八二回（七・二三）で「現実を甘く見ていたこの小説家」は、「現実というものは、それに挑み掛ろうとする作者に、どんな不意打ちのいたずらをするか、判ったものじゃない」と己の限界を痛感します。

しかし小田の作中作の破綻は、作之助の作品の破綻を意味しません。もともと小田の小説の構想や文学論は、鶴雄に冷笑される程度のものです。また、第七六回には小田が書きかけた作中作の冒頭が引用されますが、その本文は、読者が第一回（四・二六）で読んだ現実の『それでも私は行く』の冒頭と、よく似てはいるものの、文の切り方や細部の表現が異なります。作中作の構想にはいなかった三好が実際の小説では描かれていることも含め、小田策之助と織田作之助、作中作とこの作品とは、近づけられつつ、はっきり線引きされているのです。

第八二回で小田は挫折します。が、すぐに「小田の職業意識は強い好奇心の食指を動かせた」

ゆえ「三好ってどんな男ですか。なぜ小郷を殺したんですか。なぜ、三好だということが判ったんですか」と「畳み掛けるようにきい」て、情報を得ようと努めています。そのため、小田がこのあと、まさに読者の目の前にある『それでも私は行く』と同じ小説を書いたと見なすことは可能です。ただし、三好をはじめ複数の登場人物の内面に立ち入るその書き方は、小田の当初の計画とはちがっているはずです。

事実を切り貼りしてフィクションにする作家は、同時に、フィクションの限界を示して現実の奥深さを指し示す作家でもありました。作之助の小説は、実際にあったことを書くという小田が考えた方法では表現できない「現実」があることを浮き彫りにします。よく似たしくみが、第Ⅰ部第二章で扱った『世相』にも見られました。『世相』の「私」は、敗戦後の現実を描こうとして筆を執ります。しかし気が付けば、過去に得意とした小説のスタイルを反復してしまっている自分に戸惑います。かといって「才能の乏しさは世相を生かす新しいスタイルも生み出せなかった」。やはり作中作が書けなくなることを通して、簡単には描けないほど混乱した敗戦後の世相をあらわそうとしているのです。

『それでも私は行く』の特徴は、そうした同時代の世相を映す困難が、新聞小説で書かれたことです。この小説では、新聞報道がしばしば作家に後れを取っています。小田が新聞を読んで疑問を感じ、警察署にかけつける第八〇回（七・二二）はその典型ですが、その後も作中の新聞は行き当たりばったりの報道を続けます。第八一回（七・一二）では、「君勇の勇の字が男になり「君男」と誤植されていた」というミスまでしたことになっています。作中の報道はいい加減で、作品は現実を映すことの難しさを訴えかけます。これらの要素は、読者をして「京都日日新聞」の紙面を素直に受け取ることを妨げかねません。

作之助の新聞社への非協力的な姿勢は、終盤で小田に長々と京都批判をさせていることにもうかがえます。第七一回（七・一）から七二回（七・二）にかけて、小田は「京都は敗戦後、東洋一の大都会になれると、京都人はうぬぼれていたが、京都はただ焼けなかったというだけで、目下のところ大都会にせよ、明日の都会じゃないね」とか、「結局、京都ってところは、プチブル的なんだね。自己保存の本能だけ強くって、排他的で、薄情で、けちで、臆病で……」とか述べています（単行本では、この京都批判の半分近くが削除されます）。

しかしより重要なのは、原則として事実を報道するメディアである新聞紙上で、「現実」を表象することの困難を訴えている点です。『それでも私は行く』とは、新聞というメディアと強く連携しつつ、その特性を逆手に取った小説でもあったのです。

敗戦直後の織田作之助は、斬新な新聞小説を企図していました。前章で取りあげた『十五夜物語』について、作之助は「このような新聞小説の形式は何れ誰かがやってくれると思っている。誰もやらなければ、作者はもう一度やってみたい。自由は許されたが、内容だけでなく、形式の自由もあってもいいのではないか」（「あとがき」『猿飛佐助』）と書いていました。『それでも私は行く』の連載が始まったのは、その三ケ月後です。

なるほど〈小説の小説〉という「形式」は、斬新とまでは言えないでしょう。それは「可能性の文学」で触れられている、ジイドの『贋金つくり』の「ややこしい形式」に似ています。作中にはジイドへの言及もありますし、一元的な現実解釈を相対化する「劇中劇」や「作者」の導入に、『贋金つくり』を意識した部分があるのは明らかです。そうした方法は、すでに昭和一〇年代に、太宰治や石川淳が試みていました。ただ、一見すでに手垢の付いた方法に映る〈小説の小説〉も、戦後に、地方新聞という媒体の特性を活かした形で用いると、新鮮さと批評性を持つのではないか、という着眼は、まぎれもなく作之助のものです。

なにより占領下、「ニュースは厳格に真実に符号しなければならぬ」という一文から始まる「プレス・コード」（最高司令官司令第三三条「日本に与うる新聞遵則」一九四五・九・一九）の下で、「現実」と積極的に絡みながら、「現実」を書く難しさを考えさせる新聞小説を書いたこと。作之助の権威に対する批判は、文学の世界だけにとどまらない広がりを持っていたのです。

第四章　復員兵と闇市──「大阪日日新聞」と『夜光虫』

新興地方夕刊紙「大阪日日新聞」

織田作之助は『それでも私は行く』と同時期に、『夜光虫』という長篇を「大阪日日新聞」に連載していました（一九四六年五・二四～八・九、全六五回）。ここでは『夜光虫』を当時の新聞のなかで読み直したいと思います。

敗戦直後には全国各地で多くの新聞が生まれました。背景には、新聞用紙の割り当てを制御していたGHQの意向がありました。「朝日新聞」「毎日新聞」といった既存の全国紙の発行が敗戦時の水準に据え置かれた一方で、地方の新興紙には優遇して用紙が供給されたのです。既存紙の側も、すぐに対策を打ちました。売りあげを伸ばすため、夕刊の代用を果たすため、復員してきた元社員の受け皿にするため、さまざまな理由で、地方に別会社による新興紙を作ったのです。

「大阪日日新聞」は「朝日新聞」と協力関係を持つ新興夕刊紙でした。創刊は一九四六年二月一日、価格は一部一五銭、夕刊のみの発行です。第一号は一〇万六〇〇〇部売れ、『夜光虫』の連載が始まった同年五月には一一万部刷っていたと言います。

人々が活字に飢えていた時代、新聞は飛ぶように売れました。多くの夕刊紙が創られ、競争は過熱しました。当時、大阪の夕刊紙としては他に「産業経済新聞」系列の「大阪新聞」、「毎日新聞」系列の「夕刊新大阪」がありました。二面しかない当時の新聞において、創作欄の占める割合は高く、連載小説には大きな期待が寄せられました。「大阪新聞」では賀川豊彦の『再建』や、富田常雄の『白虎』が人気を呼んでいました。「夕刊新大阪」では武田麟太郎『ひとで』を四六年二月四日の創刊と同時に連載していましたが、武田の急逝によって三月末で打ち切りとなり、その後は高田保の『猫』が連載されていました。「大阪日日新聞」は藤澤桓夫の『花言葉』を四月八日から連載し、五月二三日まで続きました。

多くの新興紙では、原稿を受け取りやすく、購読者が生活する地域を容易に作品の舞台にできる地元の作家を頼りにしました。そして連載が始まると、新聞社はその作家・作品を支えようと努めました。前章で述べたように、作之助の場合、四六年の春から夏にかけての一時期「京都日日新聞」と蜜月の関係を築きましたが、長くは続きませんでした。入れ替わるように「大阪日日新聞」との関係が密になっていきます。

ここでは、その「大阪日日新聞」に連載された『夜光虫』を、紙面との関わりを重視して読み直します。そうすることで、この巧みに構成されたエンターテインメント小説の今では見えにくくなった魅力を明らかにし、一九四六年の作之助の創作手法を再検討します。それは同時に、敗戦直後の新興夕刊紙で小説家が果たした役割をも浮き彫りにするでしょう。

『夜光虫』の概要

『夜光虫』は、一九四六年五月一日深夜から三日の朝にかけて、復員兵の小沢十吉が、大阪の闇市にうごめく「夜光虫」的な存在と関わる話です。「夜光虫」的な存在とは、「ストリート・ガール」の雪子であり、スリや恐喝を働く「青蛇団」の豹吉・お加代・亀吉であり、彼らに刺青を強要していた針助らを指します。物語は「裸の娘」「悪の華」「大阪の憂鬱」「夜のポーズ」「青蛇団」「氷の階段」「朝の構図」という七つの章でできています。その具体的な内容をたどると次のようになります。

五月一日の深夜、大阪に復員して来た小沢十吉は、友人の伊部を頼っていく道中で、裸で飛び出してきた雪子という娘に助けを求められ、旅館で一泊する（裸の娘）。

翌朝「青蛇団」の豹吉は、偶然知り合った男（伊部）を川に突き落とす。その後、靴磨きの兄弟（二郎と三郎）を従えて喫茶店に入り、雪子を待つ。仲間のお加代、亀吉も集まる。豹吉は復員兵（小沢）から掏ったという亀吉を叱る（悪の華）。

小沢は雪子を旅館に待たせて大阪駅に預けていた荷物を取りに行くが、引換券を紛失している。小沢は闇市で男（針助）と耳が聞こえないらしい娘を見かける。その足で伊部の家を訪ねるが、その近くでも針助らを見る。伊部の家では妹の道子にしか会えない。小沢は帰り道で亀吉に呼び止められ、金を返すと言われる。ところが今度は亀吉が掏られており、金の代わりに「隼団」から豹吉への果たし状が入っている（大阪の憂鬱）。

二郎と三郎は、豹吉に伝言をしようとした隙に、耳の不自由な娘に稼ぎを掏られる。自棄になった二郎はスリになろうと通りがかりの針助の懐をねらうが逆に捕まり、刺青を入れられそうになる。豹吉は、小沢の帰りを待ちかねて着物を盗んでしまった雪子が警察に連行されるのを見かけるが、隼団の元へ急ぐ（夜のポーズ）。

午後一〇時の中之島で青蛇団と隼団が接触したとき、小沢が現れ、説教演説をして止める。小沢は耳の不自由な娘の刺青を見て針助の所行に気づき、家に駆けつけ、兄弟を救い、針助を捕らえる（青蛇団）。

豹吉は警察署に侵入して雪子を救い出そうとする。しかし再び小沢に説教されて、仲間と共に自首する。留置場で豹吉は、殺したはずの伊部に再会して驚く（氷の階段）。
伊部は小沢と道子、雪子らに頼まれて、青蛇団に刺青を除く手術を施す約束をする（朝の構図）。

以上のような内容の『夜光虫』には、新聞小説として多くの工夫が凝らされています。第一に、事件が矢継ぎ早に起こる、スピード感にあふれたテンポの良い展開にされています。第二に、真夜中に裸の女と路上で出会う冒頭から謎を作って、あるいは決闘シーンなどを入れて、読者を引きつけるサスペンスの様式が取り入れられています。

ちなみに作之助はこの冒頭を、スタンダールの『媚薬』という短篇から借用しています。『夜光虫』は章題にもボードレールの詩集のタイトルを想わせる「悪の華」「大阪の憂鬱」といった言葉が使われています。こうしたフランス文学の伏流には、前章でも触れたように、執筆当時、京都で交流していた伊吹武彦や桑原武夫らからの影響がうかがえます。

第三に、登場人物は少なくありませんが、彼や彼女が次々に絡み合う網状の関係が紡がれています。

こうした特徴に加え、『清楚』と同様に大阪各地を舞台としていることが、「大阪日日新聞」の読者の関心を引き、現実感を与えたはずです。作品には、梅田・難波・阿倍野といった交通の要所や、朝日会館・渡辺橋・中之島図書館といったランドマークが登場します。

本紙次の連載小説

藤澤桓夫氏の『花言葉』は、大好評のうちに近く完結しますが、そのあとを承けて、織田作之助氏作『夜光虫』を連載します。織田氏もまた大阪が生んだ郷土作家、最近ことに快調で、わが文壇に独自の巨歩を印しつゝあります。大阪の敗戦色の中から何を拾ひあげるか、極めて野心的な作品です。しかも配するに小磯良平画伯の才筆と相俟つて毎夕まづ第一のお樂しみとなることを信じます。

「夜《や》光《くわう》蟲《ちゆう》」　織田作之助作　小磯良平画

織田作之助氏

作者の言葉

僕はこの小説では今日の世相を描かうと思ふ。世相は深刻で、憂鬱である。しかし、その憂鬱を描くことが、即ち作品を憂鬱なものにするわけではない。新聞小説は一日飽かれてしまへば、もう失敗だが、僕は世相の憂鬱を描いて、しかも飽かれないやうにするためには、さまぐ\な手を使はねばなるまいと、思つてゐる。世相の憂鬱は今日どん底まで來てしまつたが、どん底まで來なければ、本當の希望や明るさが湧いて來ないかも知れない。僕の狙ひも一つはそこにあるわけだ。

小磯良平画伯

図１　「大阪日日新聞」（1946・5・19）第１面に掲載された連載直前の予告（以降「大阪日日新聞」の記事はすべて大阪市立中央図書館所蔵）

大阪の夕刊紙の連載小説を成功させるためには、大阪を舞台にすることが早道です。ここまでに述べてきたように、戦時中に大阪の新聞で大阪を、戦後に京都の新聞で京都を舞台にした小説の人気を沸騰させた作之助は、そのことをよく理解していました。

もっとも、作之助は新聞小説としての成功のみを目指していたわけではありません。連載前の「作者の言葉」（「大阪日日新聞」一九四六・五・一九）では、次のように述べています。

僕はこの小説では今日の世相を描こうと思う。世相は深刻で、憂鬱である。しかし、その憂鬱を描くことが、即ち作品を憂鬱なものにするわけではない。新聞小説は一日飽かれてしまえば、もう失敗だが、僕は世相の憂鬱を描いて、しかも飽かれないようにするためには、さまざまな手を使わねばなるまいと、思っている。世相の憂鬱は今日どん底まで来てしまったが、どん底まで来なければ、本当の希望や明るさが湧いて来ないかも知れない。僕の覘《ねら》いも一つはそこにあるわけだ。（図1）

作之助は「今日の世相」を書くというねらいを示しつつ、そのためには工夫が要ると語っています。その工夫について知るために、小説の内容を、より具体的に見ていきましょう。

復員兵であること

『夜光虫』は小沢十吉を中心に展開します。作中では、彼が復員兵であることが強調されています。「小沢は外地から復員して、今夜やっと故郷の大阪へ帰って来たばかしだが、終戦後の都会や近郊の辻強盗の噂は、汽車の中できいて知っていた」（「裸の娘」三）という説明や、「闇市……っていうのか、復員したばかりでよくは知らんが、そこへ行ったら売ってるんじゃないかな」（「大阪の憂鬱」一）というセリフがあります。

復員兵は、後で述べるように、当時の新聞紙面にしばしば取りあげられる存在でした。同時に、復員兵を主人公にした小説には、「世相」を語りやすくなるメリットがあったはずです。

『清楚』の岸上正平も帰還軍人だったように、外地から帰って来たばかりの者の目には、戦後の日本や大阪が新鮮に映るため、彼等の目を通すことで、闇市やそこに群がる人々を客観的に描いたり、考え方を批判したりしやすくなるのです。小沢は大阪出身で、「応召前は天下茶屋のアパートに住んでいた」割に、大阪弁を使いません。彼は話し方においても外部から来た者に設定されているのです。

小沢は「得意の雄弁にものを言わせて」豹吉たちを説得し、改心を迫ります。「復員したばかしで、明日の米、いや、今日の米にも困る人間」「他人のことにかかわっている余裕すらない人間」（「青蛇団」八）ですが、「日本のことを心配するから」という理由で決闘を止めに入り、「大阪の市民のため、ひいてはこの国の社会の秩序のため」豹吉たちに自首を迫るのです。小沢の発言は抽象的な綺麗事に過ぎず、悪事に手を染めざるを得なかった若者たちを納得させる力はないように見えます。しかし彼らにとってあまりにも現実ばなれした意見を大まじめに語るため、かえって肩の力を抜いてしまうのです。「龍太は苦笑しながら「おい、豹吉、こんな奴おれ知らんよ。こんな邪魔が飛び入りしたら、もうおれは気が抜けてしもたよ。――どや、今夜はこれで幕ということにしようか」（「青蛇団」八）と決闘を止めることに成功したり、豹吉を「腹が立つというより、むしろ噴きだした」い気持ちにさせ、「「ほなどうしても自首せエいうのやな。」豹吉の声は急に力が抜けていた」（「氷の階段」四）と自首に導いたりするのです。

もちろん小沢は復員兵という外側の存在であるために、排除されてしまうこともあります。預けた荷物が紛失しても、駅の係員には「なんや、復員の荷物か」と相手にされません（「大阪の憂鬱」二）。第Ⅰ部第二章で見たように、同時期の作品『世相』にも、かつて慣れ親しんだ地に溶けこめない復員兵の姿が描かれていました。語り手の知人の横堀は「十二月二十五日の夜、やっと大阪駅まで辿りついたが、さてこれからどこへ行けば良いのか、その当てもない」。横堀は、見通しが定まらぬまま闇市を徘徊しているうちに、所持金をみるみる失っていきます。

『夜光虫』の小沢も天涯孤独の「宿なし」で、「普通なら、彼は復員直後の無気力な虚脱状態のまま、一種、根こぎにされた人となって、ぼんやり日を送ったところだろう」（「朝の構図」一）と言われます。作品では「「なんや、復員か。」という一言が、彼を悪の花の咲く園に追いやり、太陽の光線よりも夜光虫の光にあこがれさせてしまわないとは、断言できない」とも語られていました。実際、家も家族も失い、闇市以外に行き場所もなく、仕方なく犯罪に走る復員兵は少なくありませんでした。

つまり本人は自覚していませんが、小沢も「夜光虫」に加わらざるを得ない一歩手前の状況にあったのです。しかし「深夜雨の四ツ辻で、裸の娘を拾ったという偶然」によって「目まぐるしい一昼夜を過した」彼は幸運でした。帰ってきた当初から久しぶりに「若い女の口から」「自分の名を「さん」づけで呼ばれ」（「裸の娘」八）ることで慰めを得られ、掏られた相手の兄貴分が偶然にも「復員軍人や引揚げはみな困ってるネやぞ。盗んだ品は買い戻して、返して来い」(「悪の華」九)という稀有の復員兵ぴいきであり、最終的には友人と再会でき、友人の妹との恋愛も生じているからです。

『夜光虫』は、小沢が退廃的な生活を送る若者に「おせっかい」をして更正に導く話です。しかし小沢は救われる者でもあります。この小説は、帰る場所もなかったはずの復員兵が、戦後の大阪と人々に受け入れられていく話にもなっているのです。

語り手の前景化

『夜光虫』では、語り手が「世相」への見解を直接的に説明することがあります。

何を見ても、何をきいても、日日これ驚くべきことばかしの近頃の世相である。いちいち莫迦正直に驚いていては、弱い神経の者は気が狂ってしまう。だから、もう大阪の人々はたいていのことには驚かなくなってしまっている。(「大阪の憂鬱」十)

この小説では、しばしばこのように語り手が前に出てきます。語り手は、「記憶の良い読者は覚えているだろう」（「悪の華」四）、「読者には、もはや明瞭だろう」（「夜のポーズ」二）などと語りかけてきます。あるいは「その雨の中で、この不思議な夜の事件が起ったのである。不思議といえばよいのか、風変りといえばよいのか、それとも何と形容すればよいのだろうか」（「裸の娘」一）、「午前六時の朝日会館――。と、こうかけば読者は「午後六時の朝日会館」の誤植だと思うかも知れない」（「悪の華」一）などと、もったいぶることで、読者を引きつけようとすることがあります。

また「作者はここでいささか註釈をはさみたい」（「大阪の憂鬱」六）、「作者はここで再び註釈をはさみたい」（「大阪の憂鬱」十）、「「偶然というものは、続きだすときりがない」と、作者はかつて書いた」（「朝の構図」一）、「作者はここで最後の偶然を述べねばならない」（「朝の構図」三）などと、「註釈」を挟むことで「偶然」のような抽象的な内容を読者に読み取らせようとします。

さらに、「この奇妙な名前の男について述べる前に、しかし、作者は、その時、「やア、兄貴！」と、鼻声で言いながら、ハナヤへはいって来た十七、八の、鼻の頭の真赤な男の方へ、視線を移さねばならない」（「悪の華」八）、「中之島公園における青蛇団対隼団の緊迫した空気を、銀河が上から見下している間に、作者は大急ぎで話を少し前に戻すことにする」（「青蛇団」七）などと、同時並行で展開する話を整理することがあります。

「世相」のあらわし方として、特に注意したいのは結末です。

作者はこの物語を一まずここで終ることにする。豹吉やお加代や亀吉がやがて更生して行くだろう経路、豹吉とお加代、そして雪子との関係、小沢と道子の今後、伊部の起ち直りの如何……その他なお述べるべきことが多いが、しかしそれらはこの「夜光虫」と題する小説とはまたべつの物語を構成するであろう。（「朝の構図」三）

語り手は、青蛇団の更生を書かないことを明言して幕を下ろします。実は、作之助はシナリオ版の『夜光虫』（一九四七・二）の結末では、更生した後の彼らを活写していました。

町——新聞を配って走る豹吉の姿。ホノルルの前では、次郎三郎が靴磨きをしている。勉吉手風琴を持ってやって来て、歌う。雪子や春子のほかに、ホノルルで働いているお加代と唖娘が、勉吉の歌をきく。（中略）豹吉ホノルルへ新聞を入れて、走って行く。歌声空へ——。電線工夫になった亀吉が電線の上で歌声をきいている。歌声さらに空へ……。空には太陽が輝いている。

シナリオを横に置くと、小説に青蛇団の更生が書かれていないことが、いっそう際立ちます。

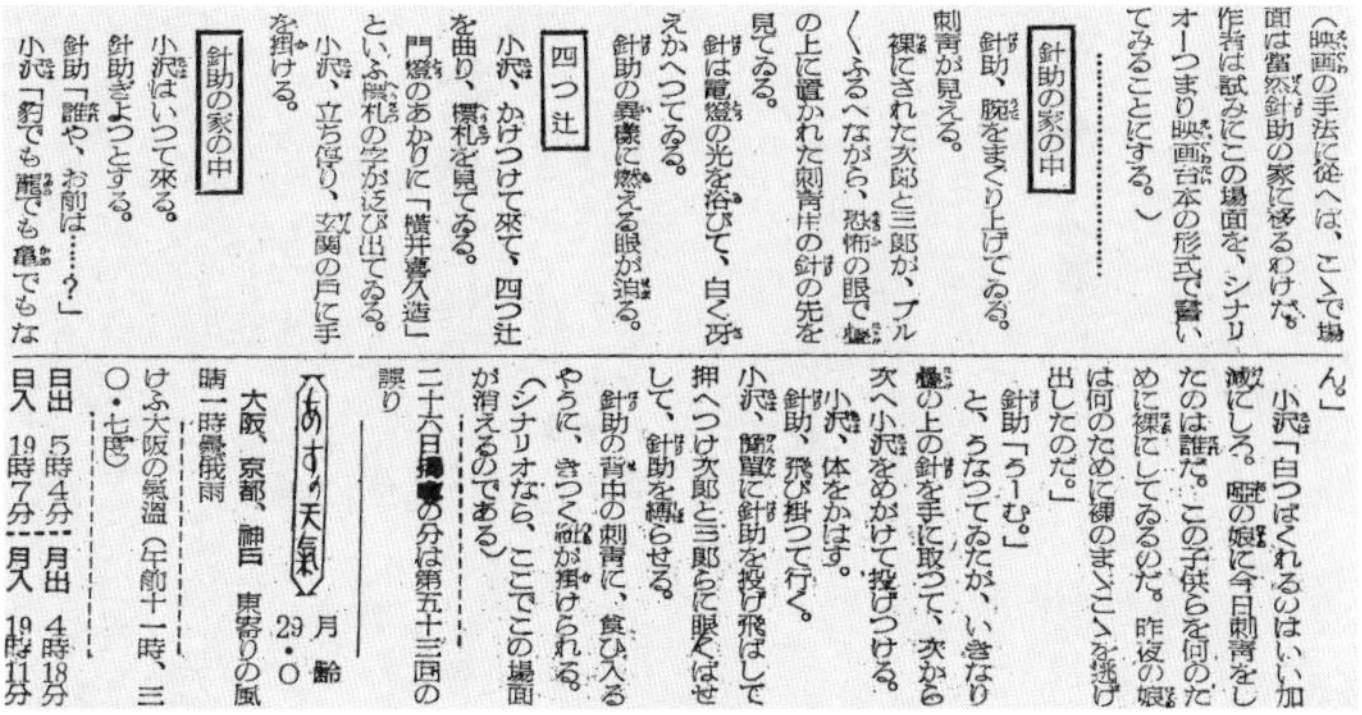

（映画の手法に従へば、こゝで場面は當然針助の家に移るわけだ。作者は試みにこの場面を、シナリオ――つまり映画台本の形式で書いてみることにする。）

…………

針助の家の中

針助、腕をまくり上げてゐる。刺青が見える。

裸にされた次郎と三郎が、ブルくふるへながら、恐怖の眼で燈の上に置かれた刺青用の針の先を見てゐる。

針は電燈の光を浴びて、白く冴えかへつてゐる。

針助の異様に燃える眼が消る。

四つ辻

小沢、かけつけて來て、四つ辻を曲り、標札を見てゐる。

門燈のあかりに「横井喜久造」といふ標札の字が浮び出てゐる。

小沢、立ち停り、玄関の戸に手を掛ける。

針助の家の中

小沢はいつて來る。

針助ぎよつとする。

針助「誰や、お前は……？」

小沢「豹でも龍でも亀でもなん。」

小沢「白つばくれるのはいい加減にしろ。啞の娘に今日刺青をしたのは誰だ。この子供らを何のために裸にしてゐるのだ。昨夜の娘は何のために裸のまゝこゝへ逃げ出したのだ。」

針助「うーむ。」

と、うなつてゐたが、いきなり燈の上の針を手に取つて、次から次へ小沢をめがけて投げつける。

小沢、体をかはす。

針助、飛び掛つて行く。

小沢、蹴躓に針助を投げ飛ばして押へつけ次郎と三郎らに眼くばせして、針助を縛らせる。

針助の背中の刺青に、食ひ入るやうに、きつく縄が掛けられる。

（シナリオなら、こゝでこの場面が消えるのである）

二十六日掲載の分は第五十三回の誤り

あすの天氣　月齢29・0
大阪、京都、神戸　東寄りの風晴一時曇俄雨
けふ大阪の氣溫（午前十一時、三〇・七度）
日出　5時4分　月出　4時18分
日入　19時7分　月入　19時11分

図 2　「大阪日日新聞」（1946・7・27）第 1 面。小説が突然シナリオ形式になる

小説だけを読んでいると、悪に手を染めざるを得なかった少年少女の改心は、ややあっけなく感じられます。しかしシナリオに比べると、小説は、暗から明へという単純な大団円が成立する手前で、あえて踏み止まっているように見えます。作之助がそうしたのは、「夜光虫」たちの唐突な更正が、同じ紙面にあらわれていた戦後の世相において現実感がなかったからでしょう。

作之助は『夜光虫』でも、新聞小説としての面白さを工夫するのと並行して、実験的な試みをしていきます。たとえば終盤で「（映画の手法に従えば、ここで場面は当然針助の家に移るわけだ。作者は試みにこの場面を、シナリオ――つまり映画台本の形式で書いてみることにする。）」（「青蛇団」十）と一回だけ、突然シナリオ形式になります。それは読者を驚かせると共に、場面の頻繁な転換をスムーズにして、言葉数も少なくして

スピード感を生むという、先述した新聞小説の工夫をより徹底した表現でもありました。

また、展開のすばやさに対して、作中の時間の流れ自体はゆるやかです。新聞小説では、世間の出来事を取り入れたり、季節やイベントを重ねたりして、現実の時間と並行して進めることが多くあります。そうすることで、読者に小説世界との一体感を味わわせられるからです。ところが『夜光虫』は一日半の話です。冒頭にはメーデーの話があり、作中時間は現実の時間と同年同月に設定されていました。が、連載が続くに従って、二つの時間は離れていきます。

時の流れのゆるやかさは、作之助の新聞小説の特徴でもあります。短篇ながら約二〇年が経過する『夫婦善哉』などの「年代記小説」とちがい、『清楚』は三日間、『それでも私は行く』は五日間、『土曜夫人』は一日半の話です。これらはいずれも作中で「偶然」の重要性が語られる作品でもあります。一瞬一瞬を拡大し、そのなかに多様な人間関係や出来事の連鎖をしくむことで、人生のいたる所に「偶然」があることが見えやすくなっているのです。

「偶然」の射程

ここで「世相」と「偶然」の関係を見直したいと思います。

『夜光虫』には「偶然」という語が頻出します。先に引用した以外にも、「偶然というものは、ユーモアと共に人生に欠くべからざる要素である」(「大阪の憂鬱」六)、「偶然というものは、続き出すときりがない」(「大阪の憂鬱」十)といった語りがあります。

作之助は「偶然」の重要性を、一九四三年発表の『清楚』ですでに言及していました。が、特に一九四六年に書かれた作品で頻繁に語ります。「偶然というやつは続き出すと、きりがないんだよ」と作中作家が述べる『それでも私は行く』、「人生は信吉にとっては偶然の堆積だ。この偶然を作り出す運を、信吉は信じているのだ」と「偶然」を信念とする主人公を描く『夜の構図』(一九四六・五〜一二)、「偶然を書かず虚構を書かず、生活の総決算は書くが生活の可能性は書か」ない作家を批判する「可能性の文学」などです。なかでも語り手が「偶然というものの可能性を追求することによって、世相を泛び上らせようと」していると述べる『土曜夫人』は、作之助の「偶然」の多用が「世相」を描くための手段でもあったことをうかがわせます。過渡期の混乱を描くためには、つじつまのあう必然的な出来事ではなく、事故や偶然の連続が不可欠であったというわけです。

ただ、『夜光虫』をはじめ、作之助の「偶然小説」ではしばしば語り手や作中人物が「偶然」の意義を語り出してしまいます。そのために読者を鼻白ませてしまうおそれがあります。たとえ意外な事件が起こっても、その重要性を語られるそばから解説されると、作品のねらいが見え透いてしまうからです。

しかし作之助が意図した「偶然」は、作品の外にもしかけられていたのではないでしょうか。『清楚』で見たように、作之助は挿絵画家が思いがけない絵を描いたために新しい場面を作ったと言います。また、『十五夜物語』で見たように、作之助は序盤に起こった誤植について中盤で触れ、作品に取り入れています。

つまり連載小説には、新聞というメディアとの接点で思いも寄らない効果が起こるという意味での「偶然」があります。作之助には、その「偶然」を作品に取りこむ意志があります。そして新聞とは、創作や報道や広告など、性質を異にする言説が「偶然」隣り合うメディアです。特に敗戦直後の二面しかない新聞には、多様な情報が凝縮していたため、無関係な言説が隣り合い、新たな脈絡が作られることは多くありました。

では、『夜光虫』は当時の紙面でどのような「偶然」に遭遇しているでしょうか。

「大阪日日新聞」における小説と紙面との対応

作之助は『夜光虫』でも新聞の内容を取りこむことがありました。靴磨きの兄弟と豹吉との間の「「ほんまか、大将！」十八の豹吉を大将と呼んだ。「大将大将いうな。日本に大将なんかあるもんか」」（「悪の華」四、六・七）というやりとりは、連載直前にあたる五月一二日の「大阪日日新聞」の投稿欄「カメラ川柳」に掲載された川柳「靴みがきまだ大将と呼びかける」とその解説である「大将！長靴みがきまっせ」「やめといてんか俺は戦争犯罪者と違うぜ！」を借用したと思われます。

また、その前日（「悪の華」三、六・六）の、豹吉が「香里の一家みな殺しの犯人が靴を磨いているところを、捕まったという話」を唐突に思い出す場面も、三ヶ月前に起きた現実の事件を踏まえていました。「〝食〟のため自由市場へ　『靴を光らす』正井に警察の目　六人殺しかくて捕る」（「夕刊新大阪」一九四六・二・一五）には、「靴をぴかぴかに光らせるのが得意」だった犯人が「悠々と足を台にのせて磨かせている」ところを捕まった話が掲載されています。同日の「大阪時事新報」にも「枚方の一家六人殺し捕わる」という「大阪北河内郡寝屋川町香里」で起きた事件の犯人が逮捕された話が載っています。残念ながら同日の「大阪日日新聞」は確認できませんでしたが、同様の記事が掲載されていたと推測できます。少なくとも当時の読者には、地元の複数の新聞で報じられた事件として想起しやすかったはずなのです。

しかし重要なことは、紙面と小説とが、よりゆるやかな形でも連続していたことです。

まず、小沢と同じ復員兵が当時しばしば紙面で話題に上っていました。「配給　引揚者と復員者へ」（六・一八）のような告知や、投稿欄「自由放送室」における「復員者の叫び」（五・五）や、「振出しは落魄の十二銭　復員対復員　救った刑事と天涯孤独者　人生双六　出世競争」

（六・九）、「復員の眼に映る冷たき妻　何故彼が強盗したか」（七・六）、「復員の手に落ちる〝雀の涙〟　引揚げは続くが乏しい援護の物資」（八・四）といった報道があります。こうした復員者の記事は、小沢の存在に現実感を与え、彼の活躍と幸運を際立たせたはずです。

また、スリの話題が小説のみならず、紙面にも多くあります。「素人スリ、交通地獄へ殺到　幼稚な偽造新円、薄闇を素通り『悪の華』終戦後の素描」（六・三）などです。なるほど連載時の紙面では、スリの取り締まりの強化も報じられていました。「スリ検挙隊編成　盛場、車内の犯罪ふえる」（五・二六）、「スリ検挙の精鋭隊　五十名に先輩の秘術を伝授」（七・一六）、「スリ群も乗ぜられず　明朗の旅へ武装警官の援隊　〝魔の列車〟を追放＝大阪駅の特別取締＝」（七・二九）、「スリの生態　奴らの巣・地下鉄　だが腕利きが片っ端から検挙」（七・三〇）などです。しかし何度も取り締まりが報道されていることは、かえってスリが後を絶たなかったことを印象づけます。こうした記事も、作中でいささか都合よく無関係の人物同士を結びつけるスリに、現実感を与えたはずです。

また、右に引用した六月三日の記事の題に、「悪の華」という言葉が使われていたことに注意しましょう。翌日から『夜光虫』が「悪の華」の章に入り、小見出しに「悪の華」と記され続けるからです。このような言葉の一致は、読者をして現実世界と創作欄で展開する世界とを同期しやすくしたはずです。

スリに限らず、連載中には「若い心に魔の魅力　稼ぎ場、ねぐら、飯場の自由市」（五・二四）のような、若者たちの退廃的な行動を報じる記事が並んでいました。それらのなかには『夜光虫』の内容によく似たものがあります。「酷暑に喘ぐ世相狂躁曲」（七・一三）は、「スリ、殺人、強盗、パチンコ……血なまぐさい〝悪の華〟は巷を横行する」とやはり『夜光虫』の章題を用いたリードから始まり、「戦時中大津の憲兵隊の紅一点として咲きほこったタイピスト嬢であったが、終戦後職を失い、某キャバレーのダンサーなどをやっていたが、虚栄と生活に追われ、昼間はスリを働き夜は闇に咲く花として「ダテ者のお藤」というあだ名さえ持っている」女を描いています。また「夜光虫　二人〝女白波〟捕わる　強盗団に血判して大暴れ」（七・三一）は、はっきりと作之助の小説の題名を使い（図3）、「布施市某高女三年在学中家出して不良の仲間に入り腕に〝女白波〟〝女真実〟の入墨をして荒れ廻っていた」女を描いています。これらは、「真面目なタイピスト」であったのに無理に施された刺青のために身を落とし、「ヒンブルの加代」と呼ばれるようになった、青蛇団のお加代に重ねられます。「街の〝灯〟に入る夏の虫・虫　ピンぼけに「文なし」組の浮浪群　今暁〝夜光虫〟狩り　…実見記…」（八・六）も、作之助の小説の題名を用いて「〝夜光虫〟的などぎつい存在」すなわち「掏摸、置引、野荒し、闇の女となんでもやるという恐ろしい連中」の「偽りなき生態を描いて」います。

作之助も、作中人物や出来事が、紙面の他の記事と重なることは想定していたにちがいあり

夜光虫
〝二人〟女白浪〟捕はる
強盗團に血判して大暴れ

街の〝灯〟に入る夏の虫・虫
ピンぼけに「文なし」組の浮浪

今曉
〝夜光虫〟狩り
實見記
午前1時

図3　「大阪日日新聞」（1946・7・31、8・6）共に第2面の記事。作之助の小説の題名が使われている

ません。ところが、記事の方も積極的に小説の題名を借用しているのです。他にも、「早くこい美しい社会　調べる者も〝ユーウツ〟ですぞ」（七・九）や、「数字が語る〝大阪のユーウツ〟」（七・一七）という記事などは、前月まで『夜光虫』が「大阪の憂鬱」という章題で展開していたこととつなげて読まれたでしょう。

　場所も重要です。作中で「S署――差し障りがあってはいけないから、わざと頭文字だけにして置くが――S署は大阪の表玄関にある警察署である。いわば大阪の代表的な警察署だ」（「氷の階段」二、七・三〇）とイニシャルで登場する警察署の「S」は、大阪の読者であれば、すぐに「曾根崎」だと見当がつくはずです。実際、曾根崎警察署は「大阪日日新聞」に頻繁に登場します。

たとえば「転落の詩集　草摘の記　某刑事の覚書　群咲く悪の華　かく自由市は少年を誘う」（六・一四）には「これは曾根崎警察署の救護課某刑事の備忘録である――少年犯罪の温床たる自由市場を舞台にして、いたいけな少年たちが撒き散らす悪の華の数々が、このノートに丹念に書きとめられ、やがては温い愛の手に抱かれ悔悛し更生への涙の誓いをするのだ」とあります。この記事は、「悪の華」の更正という筋書きも『夜光虫』に酷似しています。

あるいは「十八日午後四時から十九日朝まで、大阪曾根崎署に徹夜して」「大阪駅、梅田界隈のありのままの一夜を描く」という「眠らぬ〝梅田の悪夢〟曾根崎署夜話」（六・一九）も、梅田の警察署の一夜を舞台にしている点で『夜光虫』終盤の展開と重ねて読めます。「〝敗戦群盗〟網にかかる　大阪曾根崎署、最近の捕物帳」（六・二八）という同工異曲の記事もあります。一方で小説の側も、前述の「氷の階段（二）」で、「いかにも深夜の警察署らしい、S署の玄関の往来を新聞記者のような眼で観察していた」豹吉の立場から警察署周辺が語られることで、作品と新聞記事との境界が曖昧にされているのです。

小説第一回では、「新聞記者なら「深夜の怪事」とでも見出をつけるところだろうが、しかしこの事件は大阪のどこの新聞にも載らなかった」と語られていました（「裸の娘」一）。が、事件そのものは架空であっても、その周辺は紙面の他の記事と連続していたのです。それは作之助の小説が、夕刊紙にふさわしい娯楽性に富んでいたことを裏づけてもいます。

作家と新聞社

『夜光虫』連載時の「大阪日日新聞」紙面には、作之助の名前が溢れています。たとえば「新刊紹介」の欄で「「人情噺」織田作之助著」（六・二）と「「猿飛佐助」（織田作之助著）」（六・一〇）が取りあげられます。後者と同日の紙面には「文壇大阪」なる記事もあり、そこでは「大阪の藤沢桓夫、織田作之助両作家の最近の活躍は、いまさら云々するまでもない」と語られます。

また、第Ⅰ部第三章でも触れたように、「日日ロータリー将棋」という将棋好きの有名人を対局させる新聞社の企画で、「強引無類の指し口を誇る作家織田作之助氏」（六・二八）と紹介され、一ヶ月後に月形龍之介との対局が組まれます。その前日には「月形龍之介丈　織田作之助氏　棋想を練る一ヶ月　あすから白眉の対局」（七・三〇）という記事が、翌日には作之助の「自戦記」が載り、以後八月一〇日まで棋譜と観戦記が紙面に掲載され続けます。七月二八日には、坂田三吉への追悼文「坂田三吉のこと」も発表しています。

さらに、作品の映画化の記事が載ります。「君見ずや「佐分利」を　きのう千日前で〝忍術ロケ〟」（六・二二）では、「目下本紙に連載、読者の喝采を博しつつある「夜光虫」の作者である織田作之助氏の「昨日、今日、明日」は松竹によって映画化され「鸚鵡は何を覗いたか」

と改題のうえ目下京都撮影所で撮影中」とされています。八月二日・三日・九日には「原作織田作之助」と記されたこの映画の広告が載っています。

そして特に注目される記事が、「「夜光虫」映画化　「関西松竹企画会議」できまる」（七・二五）です。そこでは「目下本紙に連載中の織田作之助氏作「夜光虫」の映画化を筆頭に十本の新企画を決定した」と報じられ、「マキノ正博監督」による「御紙掲載の「夜光虫」も原作の面白さを十分に画面に盛り上がらせるため、原作者の織田氏に自らシナリオを書いて貰いました」というコメントも載っています。実は、前に述べたシナリオ形式が用いられた回は、同月二七日に掲載されています。つまり、映画シナリオ執筆中の記事が出た翌々日の小説がシナリオ形式になったのです。こうした敏感な反応によって作品にアクセントを加え、読者をあっと言わせることこそ、作之助が期待した「偶然」の効果でした。

むろん、想定外の「偶然」もあったはずです。たとえば検閲への抵触です。その実態は、大阪府立中之島図書館織田文庫に所蔵されている、「大阪日日新聞」編集局長だった平井常次郎から作之助に宛てた書簡（一九四六・七・九）からうかがえます。

　小説四十二回、スリの手口が余りにハッキリ書いてある点、聯合軍の検閲で引ッかかりそうです、あの手口教授の点を少しゆるめたいと思いますが至急代りの一項をいただくか、然るべく訂

正を小生におまかせ願うか　どちらかにしたいと思います

実際の小説の四二回はスリではなく、針助が兄弟に刺青をしようと説得する場面になっています。作之助はこの一回のみならず、複数回にまたがる改稿を施したのでしょう。三九回から四三回までは、靴磨きの兄弟がスリになる決意をして、針助の懐をねらうものの失敗して捕まり、刺青を入れられそうになる話が展開します。小磯良平による三九回の挿絵では、最初の数行にしか出てこないお加代と耳の不自由な少女とが丁寧に描かれています。また、三八回と四一回は花、四〇回は町並みが描かれるだけで、四二回になってようやく兄弟と針助が描かれます。こうした本文と挿絵のずれも、直前に急いで書き直された痕跡でしょう。

もともと『夜光虫』は、事前にある程度プロットが定まっていたようです。最初に述べたように、「大阪日日新聞」は「朝日新聞」系の出版社でした。新興紙は連載小説に関しても、協力紙を横断することがありました。やはり織田文庫に所蔵されている、同社総務部長繁村長孝から作之助に宛てた一九四六年四月八日付書簡には、次のようにあります。

平井局長並に朝日の幹部とも色々協議の結果、小説の内容は真に結構で皆非常に喜んでいますが、「九州タイムス」と併載させて頂くために九州で「大阪の憂鬱」と云う題がどうかと云うこ

とになり、この点を何とか御考慮願い度いとのことです

ここまで書いていますと、いま朝日から内容が面白そうなので四国新聞にも併載したいと申して参りました、すると益々題が大阪だけのように読者に響くので何とか御考え願い度いと申しております

ポイントは三つあります。まず、題名は元々「大阪の憂鬱」だったらしいこと。また、「九州タイムス」「四国新聞」という、他の「朝日」協力紙にも載せていたこと。そして、あらかじめあらすじを新聞社側に見せていたことです。

あらすじの事前作成は、昭和前期の「朝日新聞」で連載するために必須でした。新延修三『朝日新聞の作家たち　新聞小説誕生の秘密』（一九七三）によれば、新聞社学芸部では、候補者を決めて本人に執筆の意思を確認したあと「まずそのプロットなり、ストーリーを聞いてそれをわれわれの判断の材料にする」という流れがあったと言います。

つまり『夜光虫』は、大筋は予定どおり作られていたのです。作之助が同時期に書いた新聞小説はちがいました。『十五夜物語』は依頼された三日後から連載が始まりました。『それでも私は行く』は、新聞社との関係の変質により、途中から予告とはまったく異なる小説になりました。『土曜夫人』は「題を決めるのに一日、構想を考えるのに一日、たのまれてから書き出

すまでに二日しか費さなかった」と言います（「文学的饒舌」一九四七・一）。

それらに比べて、用意周到に書かれた『夜光虫』には構成上の破綻は少なくなっています。しかしそれでも執筆中に想定外の出来事はありましたし、同時に、そこでは新聞を活かした世相の取りこみや「偶然」を活かした手法が試みられていました。そうした魅力は、当時の「大阪日日新聞」紙面でこそ浮かびあがるのです。

それは新興夕刊紙に連載する作家に期待されていたことでもありました。平井常次郎が作之助に宛てた一九四六年六月二一日付書簡には「新大阪の摂津茂和氏の小説、も一ツですな」とあり、同二四日付書簡にも「『梔子姫』は小説も挿絵も全く受けていないようです、コッちの方は日に日に評判が昂まるばかりで喜んでいます」とあります。摂津茂和『梔子姫』は「夕刊新大阪」に六月一七日から八月三〇日まで連載されていた小説です。「大阪日日新聞」と「夕刊新大阪」、それぞれ「朝日新聞」系・「毎日新聞」系の新興紙であった両紙は競合関係にありました。しかも、「新小説　梔子姫　近く連載」（六・一二）という予告には「今日の世相はあまりに深刻です、しかし作者の言葉にもある通りお米とともに楽しく明るい心の糧もほしい時です、作者は今日の世相からこの糧を拾って読者に配給しようというのです」と書かれ、摂津も「作者の言葉」で「ただ口を開けば、食わせろ、食わせろ、が近頃の世相である。確に食糧は今の日本に一番欲しいものだが、もう一つ欲しいものがある。それは「希望」だ。（中略）

私はこの小説でそれを狙ってみたい」と、作之助が連載前の「作者の言葉」に書いた「世相」「深刻」「希望」といった語を用いたことも、火に油を注いだにちがいありません。紙面との連動には、競合紙への対抗手段として、新聞社ぐるみで行われた面も多分にあったはずです。ただし『夜光虫』と紙面との連動は、表層的な部分だけにとどまりません。次に掲げるのは作品終盤、小沢が豹吉に自首をすすめる場面です。

君たちは敗戦につきものの混乱と頽廃の園に咲いた悪の華だ。が、日本はもう混乱、頽廃から起ち直ってもいい頃じゃないか。それにはまず、悪の華をなくしてしまう必要がある。しかし、僕は何もいきなり刈り取ってしまおうとは思わない。それよりも、むしろ君たち悪の華が向日葵の花のようになることを、望んでいるのだ。（後略）（「氷の階段」五）

小沢は「悪の華」「夜光虫」から抜け出ることを勧めながら、「いきなり刈り取ってしま」うことは否定しています。作中時間は一九四六年五月二日です。しかし当該部分の掲載は八月二日です。前日の大阪では、闇市の強制一斉封鎖が行われていました。「大阪日日新聞」は、「かくて消えたり闇市の〝灯〟事故もなく〝閉鎖劇〟は幕」（八・二）という記事で「敗戦後この一箇年の大阪最大の社会的事象として、全市民の注目の的だった九十二箇所の闇市場の一斉封鎖は、予定通りきょう一日午前零時から断行されたが不気味なほど各方面とも平静に進んだ」と報じています。封鎖後にも「至るところ〝拳銃の街〟悪の温床〝闇市〟ついに潰滅」（八・三）という記事があります。まさに「夜光虫」の根城が「いきなり刈り取ってしま」われたのです。

実は「大阪日日新聞」では、約一週間前から大阪の闇市の廃止が話題になっていました。まず「命運つきるか自由市場　迫る当局の断とその存否論」（七・二三）、「闇市の撲滅を確約府会警察調査会で」（七・二四）などの記事が出ます。当初は「「更正」説もある　大阪自由市場の前途」（七・二五）のように、「単なる廃止は失業者を続出させるため、場銭稼ぎの不当利得の排除と、無鑑札の俄商人を追っ払い明朗な新商店街として更正せしめるべく、この方向へ粛正されるもの」といった楽観的な見方もありました。ところが「ついに断！閉鎖前夜の闇市場」（七・二六）、「闇市　一日全面的に閉鎖　けさ大阪府の方針を決定」（七・二七）、「闇市けさの表情　売り急ぎ気構え」（七・二八）、「武装トラック隊出動　闇市を押潰す警察機動隊」（七・二九）、「闇市　閉鎖地域決る　けさ大阪府から告示」（七・三〇）、「『ヤミ市』今夜限りの『いのち』」（七・三一）などと、一面上段で報じられ続けた記事からは、大阪の闇市の封鎖が、商売手法の吟味による区別も、立ち退かされる人々の行き先の用意も、京都や神戸と足並みをそろえることもなく強行されることがわかってきました。

こうした状況を、「大阪日日新聞」としても手放しで肯定していたわけではありません。八月一日の一面のコラム「日日の窓」には「闇市場は一件の不祥事もなく頗る明朗に閉鎖された。徹底的な府警察部の取締の偉効といっていい」としながら「ただ歩調を共になし得なかった神戸、京都両市の今後の反響に多くの示唆が残されている。無ヤミに市場を潰すのみが、明快な処置ともいえぬが――。」とあります。「悪の華」を「いきなり刈り取ってしまおうとは思わない」という『夜光虫』の小沢の発言も、当時の紙面の読者には、闇市強制封鎖への批判的な立場を暗に示したものとして受け取られたはずなのです。

むろん、当時の大阪を描いているのに進駐軍が登場しない――ただ「ハバ、ハバ!」という「早くしろ」という意味の進駐軍の用語」を豹吉が使う場面にのみ痕跡を残しています――『夜光虫』に、権力への直接的な批判は読めないでしょう。そのような批判が可能な時代でもありませんでした。しかし記事では書きにくい意見を、創作欄のなかで、綺麗事ばかりいう滑稽な人物に語らせるという、したたかな姿勢はうかがえます。

『夜光虫』には新聞小説として構成の工夫がなされているだけでなく、復員兵による外部の視点の導入、語り手の前景化、紙面との連続性といった「世相」を描く多様な試みがなされていました。また、「偶然」という主題は、本文とメディアとの境目においても起こっていました。『夜光虫』は初出紙で読むと、紙面の現実と重なって現実感が補強されます。意外な人物が次々に出くわす内容が、思いのほか紙面と重なることで、当今の世相が「偶然」に支配されているという主題が立体的に浮かびあがるのです。紙面と小説との重なりは、娯楽性を高めるのと共に、権力を相対化する役目を果たすこともあります。むろん作之助がどこまで新聞社と手を組んだり、配慮したりしたのかは、推測に頼らざるを得ない部分もあります。当時の大阪日日新聞社には、高津中学校時代から交友のあった吉井栄治が記者として勤めていたので、吉井がサポートした可能性もあるでしょう。いずれにせよ『夜光虫』が最後まで新聞社の期待に応える作品であったことはまちがいありません。

「京都日日新聞」に続き「大阪日日新聞」でも新聞小説を成功させたことで、一九四六年の京阪において、織田作之助の名は、それまで以上に浸透しました。同時期には「朝日新聞」や「毎日新聞」の大阪版や、「夕刊新大阪」にも掌編を掲載しています。その人気が戦後、藤澤桓夫『彼女は答える』（一九四五・一一・一～一二・三一）、貴司山治『愛の歌』（一九四六・四・一八～七・五）と立て続けに関西在住作家に新聞小説を依頼していた「読売新聞」の目にとまり、『土曜夫人』の連載につながったことは想像に難くありません。敗戦直後の作之助がメディアの寵児となった背景には、京阪の新興夕刊紙との密な関わりが大きな役割を果たしていたのです。

第五章　先鋭化する実験――「読売新聞」と『土曜夫人』

　最後に、織田作之助の絶筆となった新聞小説『土曜夫人』を取りあげます。『土曜夫人』は、「読売新聞」に一九四六年八月三〇日から一二月六日まで連載されました。以下、この小説も当時の紙面を踏まえて読み直します。

　手続きとして、まず作之助と新聞小説との関わりを再確認します。次に、短い時間に多種多様な人物が交錯する小説のしくみを分析します。その上で、小説と初出紙面との呼応およびずれを検証します。

　ここでの分析は、作之助の他の新聞小説はもちろん、『夫婦善哉』や『世相』など、〈世相〉を色濃く反映した代表作とも深く関わります。また、敗戦直後における他の作家の新聞小説や、地方紙と中央紙とのちがいを考える手がかりも得られるはずです。

新興地方紙から大新聞へ

一九四〇年、『夫婦善哉』で「文藝推薦」賞を得、本格的な創作活動を始めたころ、作之助は作家と新聞記者と、二足のわらじを履いていました。夕刊大阪新聞社で社会部の記者として勤める傍ら、野田丈六という名で『合駒富士』を同紙に連載したこともありました。

しかし一九四二年五月一日、新聞統合によって「夕刊大阪」が「大阪時事新報」と合併して「大阪新聞」になった際に、作之助は退社します。それからは筆一本の生活をしました。とはいえ「大阪新聞」との縁は続いていました。ここまでに見てきたように、連載を予定していた作家が急に書けなくなったときに、一ヶ月だけ代役を務めています（『清楚』）。また、敗戦直後で新聞社として先が見えず、紙面をどう作ってよいのかわからない混乱期に、半月だけの連載を頼まれ、応えています（『十五夜物語』）。

そして一九四六年になると、作之助の創作活動は華やかになります。三月には「改造」に『競馬』を、「新生」に『六白金星』を、四月には「人間」に『世相』を発表し、いずれも話題を呼びます。その時期には、地方の新興紙からも次々と連載小説の依頼がきます。作之助も期待に応え、『それでも私は行く』と『夜光虫』を成功させました。その実績をひっさげて、いよいよ東京の大手新聞である「読売新聞」に連載することになります。

「読売新聞」は、作之助がそれまでに連載した地方新聞と何がちがったのでしょうか。まず発行部数です。やや時代は下りますが、一九四八年五月時点の国内新聞発行部数は、「朝日新聞」三五三万三二五九部、「毎日新聞」三四三万七三三六部、「読売新聞」一七四万二四九二部、「東京新聞」五三万八〇五〇部、「産業経済新聞」一三万一五八一部、「大阪新聞」三一万二〇五九部、「大阪日日新聞」一二万七一〇〇部、「京都日日新聞」七万五〇〇〇部であったと言います（井川充雄『戦後新興紙とＧＨＱ――新聞用紙をめぐる攻防』九八〜一〇一頁参照）。

「読売新聞」の本格的な全国進出は一九五二年であり、当時は「朝日」「毎日」との差は大きくありました。ただ「読売」には尾崎紅葉以来の「文学新聞」としての伝統があり、二大紙に負けない知名度を誇っていました。ＧＨＱの指導で、まだ一社による朝刊と夕刊の同時発行が許されていなかった時代に、中央の朝刊紙として大きなシェアを持っていた新聞から依頼が来たのです。京阪の・新興・夕刊紙から、東京の・伝統ある・朝刊紙へ。作之助にとってさらに名をあげる絶好の機会が訪れていました。

実は、作之助はこれ以前にも、複数の東京の新聞社から連載小説の依頼を受けていました。しかしいずれも頓挫していました。『それでも私は行く』には、東京の新興紙「みやこ新聞」に並載する話がありました。ところが先方の都合で取りやめになりました。夕刊みやこ新聞社の斎藤英一郎から作之助への一九四六年四月一四日付書簡（織田文庫所蔵）によれば、「いやしくも東京を地盤とする一応の中央紙が京都日日の焼なおし小説を載せるなんて云われるのが同業界における肩身の狭い」という意見が社内に強かったためだと言います。新聞業界のプライドを優先させたことで、並載決定にいたらなかったというのです。

　また、別の書簡では、「東京新聞」で連載の候補にあがったものの、話が急に立ち消えになったことがわかります。増田周子編『織田作之助と大阪』（二〇一三）には、作之助が「連載の件、その後構想をねっていますから、そのうち筋書き送ります」と書いている『東京新聞文化部長宮川宛書簡』が掲載されています。手紙に日付はないようですが、文中に「里見さんのあとでしたら、いつ頃からですか」という言葉があり、里見弴『十年』が「東京新聞」に連載されたのは一九四六年一月二七日から七月一〇日ですから、同年の春ごろに書かれた手紙でしょう。注目されるのは、その「構想」が「構成は、ジイドの「贋金づくり」の調子で、作者と登場人物とを交錯させながら、女の都としての京都と大阪（もちろん現下の世相）のいろんな階級の女性を書きたい」と説明されていることです。この内容は『土曜夫人』を想わせます。

　ところが、一九四六年九月二二日付の青山光二宛の書簡では、「東京新聞は文化部でぼくと石川淳の二人に決定してたのんで置きながら、社長が邦枝完二を主張したらしい。これもおかしい。土曜夫人を書いたのは、東京新聞の社長に邦枝完二とどっちがおもしろいか、よませたい気持もあったのだ」と述べています。「読売新聞」で、以前「東京新聞」のために考えていた企画に似た小説を書いたのは、他にいい案がなかったからかもしれませんが、目に物を見せてやりたいという気持ちもあったはずです。

作之助にとって、東京の新聞への進出は三度目の正直だったのです。作之助は『土曜夫人』の執筆経緯をしばしば青山宛の手紙で語っています。あるときには「土曜夫人、改造の編輯長が来ての話では、受けているらしい。何だか期待もされているらしいが、僕はところどころ調子を下したり、急に高めたり、テンポを早めたり、ゆるめたり、いろいろ苦心している。受ける自信は、京日と大阪日日でついている」と書き、またあるときには「土曜夫人で今までのぼくの作風の総決算をしよう」という意志も述べられています。

そのためか、『土曜夫人』には過去の作品で使われた話が再利用されている部分が少なくありません。第Ⅱ部第二章で述べたように、木崎という人物が、妻と寝るときに「暗くして、螢を蚊帳の中に飛ば」す場面は、『螢』や『蚊帳』に酷似した場面があります。また、銀造という人物が「沈没船引揚げ事業につぎ込んで、失敗した」話がありますが、沈没船引き揚げ事業の話は『俗臭』、『勧善懲悪』、『わが町』など多くの作品に出てきます。

こうして書かれた『土曜夫人』は、少なくともある時期までは、作之助はもちろん、戦後文学の代表的な成果と見なされていました。一九四七年に鎌倉文庫から単行本化されて以降、河出書房の『現代日本小説大系別冊1』（一九五〇）や春陽堂の『現代長編小説全集』（一九五〇）に収録され、新潮文庫（一九四九）や角川文庫（一九五六）にも入り、版を重ねました。作家の富士正晴は「織田作之助は偶然と嘘をつく才能とで、彼のいう人間の可能性を追及しようとしていた。それが一番華やかに、一番完璧性をもって結晶し、流露したのがこの「土曜夫人」であった」（「解説」角川文庫）と高く評価しました。

『土曜夫人』は作家が倒れたこともあって打ち切りになってしまったので、その全貌は知り得ません。しかし未完の作品でも、残されている本文で何がなされているのかをつかむことはできます。ここでは、『土曜夫人』でなされた試みを、「読売新聞」を手がかりに考えます。

『土曜夫人』のしくみ

小説の内容を確認します。『土曜夫人』は、土曜日から日曜日にかけての一昼夜を、陽子・茉莉・木崎・京吉・チマ子・坂野・春隆・貴子・章三・露子・カラ子・夏子・銀ちゃん・芳子・北山・銀造ら二〇人近い人物が入り乱れる、全一二章の群像劇です。

作中の時間は敗戦後、土曜の夜から日曜の夜までの一昼夜です。後述する現実の大阪刑務所集団脱走事件を代入すると、一九四六年八月一〇日から一一日にかけてということになります。

舞台は主に京都です。ただし大阪駅や中之島公園周辺など、わずかながら大阪も出てきます。また終盤、複数の主要人物が汽車で東京へ移動しています。二つの都を軸に、物語はより複雑化する可能性があったのです。

作品のあらすじは次のように整理できます。

土曜日の夜、木屋町のキャバレエで、ダンサーの茉莉が京吉とのダンス中に青酸カリで自殺する。その姿を木崎がカメラに収める。茉莉の友人の陽子は京吉に話を聞く。陽子もダンサーだが、乗竹伯爵の息子春隆に政治家の娘という素性を見破られ、田村という料亭に誘われる。その前に陽子は木崎を追う（女の構図）。

帰宅した木崎はチマ子と出会い、家に入れる。しかし木崎が隣室の坂野と話しヒロポンを打っている間に、チマ子はライカと共に消える（夜光時計）。

料亭田村の主の貴子は愛人の春隆の、次いでパトロンの木文字章三の相手をする。そこに陽子が春隆を訪ねてくる。春隆の思惑を知った陽子は部屋を飛び出すが、そこで章三と出くわし、素足のまま逃げる（貴族）。

素足の陽子は巡査に「ブラックガール」に間違われて留置場に入れられる。そこで貴子の娘のチマ子と知り合い、木崎への伝言を頼まれる（夜の花）。

京吉は靴磨きの少女カラ子に再会する。カラ子は京吉を慕ってついて歩く。京吉は喫茶店でマダムの夏子に陽子からの電話を知らされるが、カラ子と東京に行くと決める（兄ちゃん）。

貴子は友人（露子）の銀座で店を開く話に乗せられ、春隆を連れて東京に行こうとする。章三は新聞の広告で乗竹侯爵邸の売却を知り、貴子には告げずに自分も東京へ行くことにする（東京へ）。

坂野は新聞で身上相談を読む。その部屋に木崎、次いで京吉が来てヒロポンを打ってもらう。警察から木崎に電話があるが、京吉が代わりに出る。外に出た京吉は陽子を見かけるが、巡査に職務質問されている内に逃がす（身上相談）。

陽子は木崎のアパートに行って自分を写したフィルムをもらおうとする。木崎は断るが、やはりダンサーだった亡妻の八重子を思い出して陽子に惹かれる（鳩）。

京吉は東京行きの資金を稼ぐために祇園荘で銀ちゃんたちと麻雀をする。喫茶店から京吉に電話がある。スリを尾行しているカラ子からだが、店では坂野の細君の芳子も銀ちゃんを待っていた。祇園荘では京吉の代わりに坂野が来る（キャッキャッ団）。

喫茶店に京吉が来る。芳子は京吉と話して、祇園荘に銀ちゃんがいることに気づく。だがそこには坂野も来ているので、京吉は芳子を止める。その間にカラ子とスリを見失う。スリの北山は親しかった夜の女の行方を捜しているが、カラ子の尾行に気づき、中之島公園で問い詰める。そのとき大阪拘置所から脱走した囚人の波に巻きこまれ、北山は財布を捨てて逃げる。その財布を脱走したチマ子の父の銀造が拾う（暮色）。

大阪駅で銀造は章三を見かけ、貴子を求めて田村へ行く。だが貴子は露子と春隆と東京へ発っていた。その汽車には章三も乗っている。章三は貴子と春隆の睦まじい様子を見て怒り、デッキに出るが、そこで口論になった男を突き落としてしまう。その現場を目撃した美しい女は、自分に会いたければ銀座のアルセーヌへ来いという（登場人物）。
カラ子は京吉を探すが見つからない。京吉は芳子と陽子の家を訪ねるが、芳子は逃げる。銀ちゃんは坂野と俥に乗って、芳子を見かける。戻ってきた京吉は陽子に挑むが、陽子が春隆と関係していなかったと知り、恥じて逃げる。俥に乗った京吉は銀造を見かける（走馬燈）。

このような筋書きにおいて、第一に注目されるのは、土曜の夜から日曜の夜という短い時間の間に、多くの登場人物の動向が同時進行で語られていることです。年齢も社会的階層も異なる男女が出会い、すれちがう様子が描かれます。

広範な読者に読まれる新聞小説において、さまざまな人物を登場させるのは、多くの支持を得るために有効でしょう。また、別々の場所で起こる事件を同時進行させる手法は、登場人物たちが気づかないことを読者が知っている（そのためハラハラする）状態に持ちこみやすいので、新聞小説ではしばしば用いられます。作之助も『それでも私は行く』や『夜光虫』でやっています。しかし登場人物の数が多すぎたり、次々に別の場所に移動したりすると、一日ごとに読み進む読者は記憶しておられず、連続した物語として把握しにくくなります。『土曜夫人』の場合は、あえて中心が定まらないほど登場人物を増やし、場面転換を多くすることで、各人の個性よりも、彼らを含んだ世相を浮かびあがらせる効果をねらっているようです。

また、人々が次々に遭遇します。それは、後でくわしく見る「偶然というものの可能性を追究」しようという「作者の試み」が然らしめているのでしょう。ただし偶然の出会いをリアルに描くためには、必然の支えが不可欠です。さもなければご都合主義になり、かえって読者の興を削ぐからです。

そこで効果的に用いられているのが、自尊心と嫉妬というモチーフです。この二つは、作之助の多くの作品に見られます。この小説では、特に陽子や章三が、自尊心の強い人物として造型されています。「好悪感情のはっきりしている陽子は、章三のような男のタイプには好感が持てなかった。章三の全身にみなぎっている自尊心が、元来自尊心の強い陽子を反発したのであろう」（「東京へ」一）と語られているとおりです。

その自尊心が刺激されると、彼らは普段なら取らない行動に出ます。陽子は春隆にあやしげな料亭に誘われ、京吉は止めますが、「行くなと言われると、陽子はもう天邪鬼な女だった。理由はきかず、命令的な京吉の調子だけが、ぐっと自尊心に来て」（「女の構図」十一）、夜更けに料亭に行き、章三に再会するはめになります。

また、章三は「自尊心を傷つけられて、我慢するくらいだったら、死んだ方がましだ」（「登場人物」七）という「信条」を持ち、「野心以上に自尊心の振幅によって動く」ゆえに、愛人の貴子が春隆と親しげにふるまう様子を汽車の中で目撃し、「傷ついたままズキズキと膿み出している自尊心のはけ口のない膿を、持て余したまま、踵をかえすと、三等車との間のドアをあけて、デッキへ出た」ことで、殺人を犯すことになります。

もちろん自尊心が強いから行動しないこともあります。同じ回では、「汽車の中でいきなり貴子を撲ろうとしたのだが、しかし、章三の自尊心はそんな向う見ずを彼に許して置くほど、けちくさい自尊心ではなかったから、二三歩行きかけて、急に立ち停った」とも語られます。しかしそのために章三は感情をもてあましてデッキへ出るのであり、物語を動かす突発的な行動が、主要人物の強い自尊心から生まれているのは明らかです。

嫉妬も同様です。カメラマンの木崎にとって当初、陽子は被写体として魅力的ではありませんでした。しかし結婚前に男性関係のあった亡妻の八重子を重ねることで、陽子への見方が変わります。「一昨年八重子が死んでしまっても、消えてしまわず」存在した「嫉妬の火」が、「十番館へ来てはじめて陽子を見た途端、再び燃え上った」ことで、彼女に注目し始めたのです。

また終盤、行き場のない芳子は京吉に連れられて、陽子の家に行きます。が、そこで京吉と陽子の親しさを感じると、あてもなく去ってしまいます。「いきなり、飛び出したのは自分でも思いがけぬ嫉妬であろうか」（「走馬燈」七）。そしてその芳子の様子を、浮気相手であるグッドモーニングの銀ちゃんが見かけるという偶然につながっていきます。

さらに、貴子の元パトロンで脱獄囚の銀造は、当初は娘のチマ子に会いに大阪から京都へ行こうとしていました。ところがホームで以前から嫉妬していた現パトロンの章三を見かけます。「顔を見れば、さすがに年甲斐もないこの男かと嫉妬が起った」（「登場人物」二）相手です。だから銀造は貴子を求めて京都に行きます。が、貴子と章三は東京行きの汽車のなかにいます。このように、自尊心や嫉妬心が複数の「偶然」に必然性を与えているのです。

　では、そうした「偶然」の物語は、何を目的としているのでしょうか。語り手は「登場人物（九）」で、次のように述べます。

　この物語ももはや八十五回に及んだが、しかし、時間的には一昼夜の出来事をしか語っていず、げんに新しい事件と新しい登場人物を載せた汽車が東京へ向って進行している間に、京都でもいかなる事件がいかなる人物によって進行させられているか、予測の限りではない。

そして、このことは結局、偶然というものの可能性を追究することによって、世相を泛び上らせようという作者の試みのしからしめるところであるが、同時にまた、偶然の網にひっ掛ったさまざまな人物が、それぞれ世相がうんだ人間の一人として、いや日本人の一人として、われわれもまた物語の主人公たり得るのだと要求することが、作者の足をいや応なしに彼等の周囲にひきとどめて、駈足で時間的に飛躍して行こうとする作者をさまたげるのだとも言えよう。

傍線を付した箇所で、「偶然」によって「世相」を描こうというねらいが明らかにされます。重要なことは、このように「作者」が作中に現れるしかけも、世相を浮き彫りにするために用いられていることです。作中に作家が登場して作品の意図を示すことで、一般的な小説に比べて、虚構と現実との区分が曖昧になります。ましてこの小説が発表されているのは、単行本でも雑誌でもなく新聞です。新聞小説は、小説以外の記事や広告と同一平面上に置かれています。そのため読者は虚構を、虚構以外のものと同時に視野に入れて読むことになります。物理的に、虚構と現実との距離が小さいのです。そこに「作者」が登場し、虚構と現実との境界が曖昧になることで、紙面に反映する「世相」が小説に滲みこみやすくしているのです。

このように考えるのは、『土曜夫人』が、新聞の読まれ方に意識的な新聞小説であるからでもあります。

・新聞は誰でも読む。（中略）しかし、同じ新聞を同じ時にひらいても、一番さきに眼にはいるのが、同じ記事だとは限らず、某侯爵邸の売物の広告が何よりも先にぱッと眼にはいるのは、余ほどの偶然であろう。（「東京へ」四）

・猫も杓子も新聞を読む。同じ記事を読んでいる。（中略）

・われわれが思っている以上に、ひとびとは一番さきに新聞の同じ欄を見るだろうし、また、われ

われが思っている以上に、ひとびとが一番さきに見る欄は、それぞれ違っているのだ。(「身上相談」一)

新聞小説のなかで、新聞の読まれ方の多様性が語られているのです。この新聞小説には、他の記事や広告と同じ平面で読まれることで起こる「偶然」への自覚と期待があります。

作之助の新聞小説には、紙面と重なる〈世相〉を作中に取りこむことで、創作欄と他の記事との境界を低くするねらいがあります。メタフィクションと、紙面の他の欄の利用。作之助が新聞小説でくり返した二つの手法は、〈世相〉を描く目的において連繫しているのです。

『土曜夫人』と新聞

作之助は『土曜夫人』において、新聞小説として多様な技法を試みています。たとえば、処女の貞操の危機を描いて引きつけることがあります。それはやはり「読売新聞」に連載された小杉天外『魔風恋風』(一九〇三・二・二五〜九・一六)をはじめ、菊池寛『真珠夫人』なども含め、明治大正期以来の新聞小説の常套手段でした。作之助も『それでも私は行く』で同じ技法を使っています。『土曜夫人』でも、「走馬燈(十)」に陽子が京吉に挑まれる場面があります。

もっとも『土曜夫人』の場合、性的な表現として主に注目されたのは、貴子の描写です。春隆や章三にしなだれかかる貴子の「四十女の色気」が具体的に述べられ、さらに「貴族（一）」などの小磯良平の挿絵に半裸の貴子が描かれることで、男を誘惑する貴子の姿は読者に強く印象づけられることになります。

そのために「新聞小説の卑猥化」が問題視されるまでになります。一九四六年一〇月一四日付「日本新聞報」には、「新聞小説の卑猥化　各方面の意見を聴く」という特集が組まれ、「憤慨に絶えぬ」という一高校長の天野貞祐および「読者も有難迷惑」という丹羽文雄の談話が載りました。ただし、併載された「教科書でない」という読売新聞文化部長の原四郎の談話では、「織田作之助の文学がエロ文学であるかどうかという点について、私個人としてはニヒリズムの文学であって舟橋聖一や邦枝完二のエロ文学と混同したくない」と擁護されました。また「営業的には確かに成功であり、販売の方では非常に喜んでいる」し、「こんな小説は家庭に入れられない」という逆説的な抗議もあるが（中略）新聞小説として圧倒的な成功ではないまでも一面には新しい分野を開いていると自負する」と述べられています。

とはいえ、性的関心を煽ったことは、作家仲間からも評判がよくありませんでした。高見順は四六年一一月二二日付の日記に「織田君を私は全面的に認めないのではない。しかし「土曜夫人」は、いかん！　痴態と媚態以外に何もないじゃないか」と記しています。

しかし『土曜夫人』は「痴態と媚態」を中心にしているでしょうか。というのは、前述のような貴子の描写を、語り手は滑稽化してもいるからです。

しかし、彼女はその服装では、一つだけ失敗していた。彼女の服装が時に滑稽に見えるということに、気がつかなかったのだ。これは重大な手落ちだ。すくなくとも、春隆はそんな貴子の恰好を見て、噴き出したくなっていた。（「貴族」一）

貴子は語り手に迂闊さを指摘され、誘惑相手に影で笑われています。そのため性的な興奮を煽る効果は薄められています。『土曜夫人』に「痴態と媚態」と見なされる表現はありますが、そこに中心はないのです。

むしろ作之助が工夫を凝らしたのは、ここでも紙面との連動です。

まず、政治欄との関わりがあります。小説には、陽子の父の鉱三が、金融封鎖反対論を説いていることが語られます（「夜の花」三）。その一ヶ月ほど前の「読売新聞」では、加藤勘十という社会党議員の反対論が記事になっていました（「金融措置令改正と各党の態度　社会党　全面的に反対　加藤勘十氏談」（一九四六・八・一一））。したがって当時の読者は、作中人物の意見と、過去に実際あった紙面とを重ねられたはずです。

広告欄との関わりもあります。「東京へ（三）」において、章三は新聞を広げて、「売邸、某侯爵邸、東京近郊……」という広告に目をとめます。これとよく似た広告が、実際に「読売新聞」にありました。九月六日第二面には、『土曜夫人』第八回が掲載されていますが、その二段上に、「某侯爵邸分譲」の広告が載っているのです（図1）。同じ新聞の同じ面の近くに掲載されているため、『土曜夫人』の読者の大半がこの広告を目にしていたはずです（九月一八日、一〇月一日、一〇月七日、一〇月二八日にも小説と同じ面にこの広告が載っています）。

連載中の「読売新聞」の広告欄には、ダンサーの募集やカメラの売却など、他にも作品に登場する事物が載っていました。その点でも読者は作品世界をリアルに感じやすかったのです。

むろん、これら広告欄と創作欄との関わりは、偶然の要素が大きく、作家に制御できることは少なかったはずです。しかし、『それでも私は行く』と『夜光虫』で、それぞれの地方紙の広告欄と創作欄との相互作用を活用していた作之助は、そのような偶然を引き起こしやすい要素を大量にしこんでいたと考えられます。

作之助が直接的に紙面との結びつきを意図した場合もあります。それは社会欄との関わりからうかがえます。「兄ちゃん（四）」で、京吉とカラ子は「おれと一緒に歩くと、誘拐されるぞ！」「うん。兄ちゃん誘拐して！」という会話をします。なぜここで「誘拐」が強調されるのでしょうか。また、「キャッキャッ団（一）」で京吉は、「間抜けたポリ的（巡査）もあったも

図 1　「読売新聞」（1946・9・6）第 2 面。
小説の上に「侯爵邸分譲」の広告がある

んだ。おれを樋口だと思いやがるんだよ。円山公園感じ悪いよ。うっかり女の子連れて歩くと、ひでえ眼に会う」といいます。この「樋口」とは誰なのでしょうか。

現在の読者が予備知識なしに読むと浮かぶこれらの疑問は、連載当時の新聞読者にはわかりきったことでした。一九四六年九月には、世を大いに騒がせた誘拐事件があり、その犯人が「樋口」という苗字だったからです。「住友本家の令嬢　学校前から誘拐さる」（九・一九）、「誘拐魔樋口捕る　岐阜県付知の雑貨店に宿泊　住友邦子さんは無事」（九・二四）といった記事が『土曜夫人』と同じ面で報道され続けていました。作之助は、旧財閥の令嬢が誘拐されるという戦後の混乱を象徴するニュースを取り入れ、紙面における虚実の壁を薄くしているのです。

逆に、紙面の他の記事が創作の読解に影響を及ぼした例もあります。連載当時の「読売新聞」では、折に触れて掲載される文化欄も『土曜夫人』と同じ面に載りました。注目されるのは「日本の「実存主義」運動」（一九四六・一一・一八）です。そこには坂口安吾「肉体自体が思考する」と伊吹武彦「サルトル談義」が掲載されています。安吾は「織田作之助君なども、明確に思考する肉体自体ということを狙っているように思われる」として「これからの文学が、思考する肉体自体の言葉の発見にかかっているということ、この真実の発見によって始めて新たな、真実なモラルがありうることを私は確信する」と書いていました。また、伊吹は「敗戦後のフランスの暗さと苦悶は日本のそれと大差はない。しかも日本ではこの暗さと苦悩が文学的に一体何を生んだか、何も生みはしなかった。たかだか第二封鎖級の老大家の作品がものめずらしげに取り出されたほか、僅かに織田作之助、坂口安吾の作品——これを新円級といっては無礼になる——がなにものかをほのかに暗示しつつあるばかりである」と書いていました。

これらは先にあげた「卑猥化」への批判に対する、新聞社側の理論武装にも見えます。しかし人気急上昇中の作家と三高のフランス文学者が共に、作之助の名前を出した上で新しい文学を語っており、同じ紙面で『土曜夫人』が連載されていた事実は見過ごせません。両者の専門的な意見を理解できた読者は多くなかったかもしれません。しかし彼らの文章によって、読者は同じ面で小説を連載している作家が「肉体」を描くことに、思想的な意味があることがうかがえるようになります。それは作品を通俗的に楽しむだけでなく、方法的に楽しむ視座を与え、登場人物が入り乱れ、「作者」が登場する実験的な小説を受容しやすくしたはずです。

このように『土曜夫人』には、初出紙面で読むことで際立つ面白さがあります。しかし、必ずしも作之助にとって都合のよい話ばかりではありません。

家庭欄との関わりを見ましょう。「身上相談（一）」で、坂野は新聞の身上相談欄を読みます。そこには、復員者の相談が書かれています。男は出征中に、ある巡査に妻と関係を持たれ、金を使われ、子どもを連れ去られてしまったと言います。それを読んだ坂野は憤慨します。

しかし、これは初出で『土曜夫人』を読んだ読者が、違和感を覚えかねない場面でした。先

日本の「實存主義」運動

肉體自體が思考する　坂口安吾

サルトル談義　伊吹武彦

十一名が重軽傷

羽黒の優勝きまる

辛い農村縁故暮し

兄弟も他人扱ひ

インドネシア獨立の喜び

ベアリング

水道 衛生 給湯

佐々木工業所

土曜夫人

図 2　「読売新聞」（1946・11・18）第 2 面。左に坂口安吾と伊吹武彦の作之助に触れた文章が、下に『土曜夫人』が掲載されている

に取りあげた、章三が新聞で広告を見る場面の面白さは、作中人物が新聞を読む視線と、読者が新聞を見る視線とが重なることにありました。「偶然」に人生を賭ける作中人物と、読者の視線とが「偶然」一致する面白さがあったわけです。

ところが、坂野が新聞を読む場面は逆です。当時の「読売新聞」に「身上相談欄」はありません。家庭欄的な記事や、読者の声を拾う投書欄は載ることがありました。しかし身上相談欄はありません。ですから坂野が読んでいる新聞は、読者の目の前にあった「読売新聞」ではないのです。ゆえに、作中人物と読者との新聞を読む視線のずれが露わになってしまうのです。

実は、この「身上相談」は、別の新聞の記事を踏まえて書かれていました。一九四六年九月二三日付「夕刊新大阪」第二面に掲載された「人生案内　出征中に巡査が妻を　復員恐れて嬰児と逃去る」です。すべては引用しませんが、『土曜夫人』で「問——私の出征中、妻は、御主人は前線から帰りませんよという一巡査の言葉に偽わられて、不倫の関係に陥り、ついに子供まで出来てしまったのでした」と始まる相談が、「夕刊新大阪」の「問 私の出征中、妻は「前線から帰られない」という一巡査の言葉に偽わられて不倫の関係に陥り、遂に子供まで出来てしまったのでした」という相談を元にしていることは明白です。

作之助は敗戦後の混乱を象徴する、実際に新聞に載った手紙をリミックスすることで、作品世界に現実性をもたらそうとしたのでしょう。内容は先に述べた嫉妬のモチーフともつながりますし、このあと坂野は妻の芳子を銀ちゃんに寝取られていたことがわかるという構成の妙もあります。しかし、坂野の読む新聞と、読者の目の前にある新聞とのずれは決定的です。

作之助は地方新聞で、紙面と連動させた小説で成功しました。その勢いで「読売新聞」でも紙面と連動する効果がねらわれています。ところが、作之助は小説に地方新聞の記事をも取りこんだ結果、ずれも生まれているのです。そして、ずれはこの部分だけではありません。

「暮色（九）」には、チマ子の父で貴子の元旦那である銀造が、大阪の拘置所からの集団脱走の流れに乗る場面があります。これも実際にあった事件を元にしています。一九四六年八月一三日付の「読売新聞」でも報じられている事件です。ただ、その「百卌名を逮捕　大阪の集団脱走」という記事は非常に小さいものです。二面の下の方に一段で九行。翌日以降に続報もありません。当時の「読売新聞」はもっぱら関東地方で読まれていたため、ニュースバリューが小さかったのでしょう。

しかし、事件が起こった大阪ではパニックが起こっていました。当時の「朝日新聞」の東京版と大阪版を比較すると、東西の差異は明瞭です。八月一二日付東京版には、第二面中央下段に、二段抜きの大きさの見出しと、一段（九行）の記事が出ています。同日の大阪版には、第二面最上段右端に、三段抜きの大きさの見出しと、六段にわたる詳細な記事が出ています。大阪版ではこの後も数日、関連する報道が続きます。が、東京版はこの一回で終わりです。

大阪の地方新聞は、もちろん大々的に取りあげていました。たとえば「大阪日日新聞」の一九四六年八月一二日の紙面では、一面の題字の横、最上段右端という最も読者の目に付きやすい位置に記事が置かれています。そして翌日も翌々日も、脱走者が何人捕まったのか、責任の所在はどこにあるかといった報道がなされました。

しかし、それらは関東圏の読者には馴染みのない話です。そのため、大阪の脱獄事件が組み入れられても、現実と虚構が入り交じる感覚は生まれません。また、そのような感覚を持てるはずの近畿圏の読者には、新聞が届いていなかったのです。

もはや作之助をとりまく状況は、地元の新聞で身近な人々と楽しくやっていたころとは変わっていました。『それでも私は行く』のときには支持された、土地の名前や店の名前を次々に作中に持ちこむ方法も、広範囲で読まれている新聞では、効果を見こみにくくなります。記事と広告と創作とが織りなす、地方夕刊紙時代に見られたダイナミズムは失われているのです。

現実の時間との不一致も見逃せません。脱走事件が起こったのは八月です。誘拐事件が起こったのは九月です。銀造の脱走時に、京吉が「樋口」を語るのは、つじつまが合いません。作之助としては、現実の複数の事件を組みこむことで「世相」を濃厚に浮かばせようとしたのでしょう。しかしそこに生じるずれは、注意深い読者に抵抗を覚えさせかねないものでした。

このようなずれは、作之助が執筆しながら構想を練っていたために生じたのかもしれませ

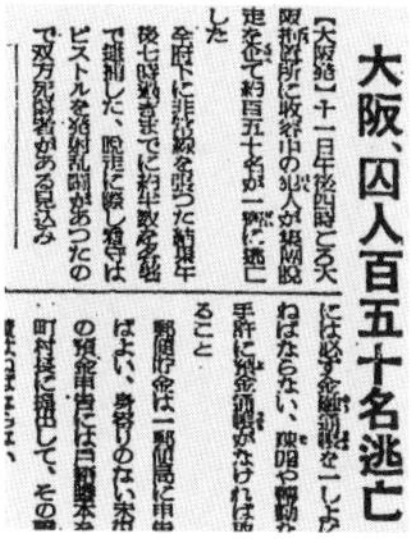

大阪、囚人百五十名逃亡

【大阪発】十一日午後四時ごろ大阪拘置所に収容中の犯人が集団脱走を企て約百五十名が一斉に逃亡した

全府下に非常線を張った結果午後七時半までに約半数を逮捕した、脱走に際し看守はピストルを発射乱闘があつたので双方死傷者がある見込み

昭和二十一年八月十二日（月曜日）

未決囚數百名が大阪拘置所破り

過半數は逮捕、必死の追跡陣

脱走囚數は約百五十名か

土佐堀川で手に汗握る捕物

疑似コレラ七名

大阪で防疫に大童

少い「郵貯」の棚上げ

年金、軍事貯金は申告不要

二重封鎖心得帳

函中ナイン

図 3　「朝日新聞」東京版および大阪版（1946・8・12）の第 2 面（大阪府立中之島図書館所蔵）。脱走事件の扱いが大きく異なる

ん。前にも触れたように、作之助は「題を決めるのに一日、構想を考えるのに一日、たのまれてから書き出すまでに二日しか費さなかった」ようです（「文学的饒舌」）。しかし「安易な態度ではじめたのだが」途中からは「決然として、この作品に全精力を打ちこむ覚悟をきめた」とも書いているように、しだいに意気ごみが変わってきます。

小説が執筆過程で少なからず変化したことは、青山光二への手紙からもわかります。一九四六年九月の書簡では、「筋の見通しまだコントンとして全くつかない。春隆の妹が六十回あたりで出てくる予定だが、これが章三と二人である意味の主人公になるだろう」と語られています。ところが、同年一〇月の書簡では、「九十回目あたりで侯爵の妹が出て来て、章三と意外な事件を起し、結局これが小説のヤマになるのと、八十回前後で、貴子の前のパトロンが刑務所を脱走する事件が重要」だと語られています。わずか一ヶ月で、乗竹信子の登場場面が三〇回分も遅れています。それだけ構想が変化したのです。

結局、作之助は『土曜夫人』を書き終えられませんでした。ただし「読売」からは年内での打ち切りを通告されていたようです。つまり、作品はこの後さらに大きく変わらざるを得なかったのです。

この先の展開が予測不可能なわけではありません。「鳩（七）」には「葉子は階段を降りて行きながら何かしらもう一度このアパートへやって来ることがありそうな気持に、ふっとゆすぶられていた」とあります。おそらく陽子と木崎は再会するのでしょう。また、同級生に設定された陽子と乗竹信子も会うのでしょう。京吉とカラ子も東京に行こうとしており、カラ子の出身地と信子の勤め先が同じ銀座ですから、彼らにも重要な役割がありそうです。銀座は章三が向かい、貴子が店を開こうとしている場所でもあります。一方で、冒頭で茉莉が死を選んだ理由は謎のまま残っています。

伏線は多く残されています。作之助にプロットの腹案もいくらかはあったはずです。しかし、それも変更が予定されていました。『土曜夫人』はさらなる偶然の「可能性」を期待させたまま残っています。ただ新聞小説として決して短くはなく、敗戦直後の「世相」を描く目的は、ある程度まで達成されています。

あるいは、たとえ完結していても、伏線は回収されなかったのかもしれません。先に引用した九月某日付青山光二宛書簡では、「最後まで新しい人物がつぎからつぎへ出て来るという型破りの新聞小説になるだろう」とも語っていました。また、荒正人は、『土曜夫人』は「全篇を通じてみなぎっている情熱と気魄の故に、心を衝いてくるなにものかをもっている」としたうえで、「徹頭徹尾偶然で組み立てられた、動きのやたらにおおい小説である。前後の脈絡など覚えていなくとも、その場面、場面を愉しんでいさえすればそれですむ」と述べていました。

要するに、一回一回をそのつど楽しめばそれでよい小説かもしれないのです。たしかに次々に別の人物が登場するために、継続的に読んでいる読者と途中参加の読者とのギャップは小さくなっています。『土曜夫人』は、どの回から読んでも楽しめるという意味でも「偶然」を許容する小説だったのはないでしょうか。なにしろ新聞が手に入りにくかった時代です。序盤の布石を記憶し、最初から読み続けられた読者は多くなく、作家も期待しづらかったでしょう。『土曜夫人』が連載されていた時期、新聞社は第二次読売新聞争議の渦中にありました。この事件が作之助の視野に入っていたことは、青山光二宛の手紙から明らかです。

単一ゼネストが東京での大問題であるかも知れないが、しかし、ぼくはいかなる時でも団体とははなれて行動し、考える男だから、労働者のカッサイをはくしたり、読者カクトクのためや、東宝映画化の効果のためや、他の新聞に飛びつかせるために、ぼくが命をすりへらして書いている仕事を中断させようとは思わない。（中略）ぼくはヨミウリも単一も双方ともに同情するし、双方ともに同情しない。

作之助が言うように、イデオロギーに縛られない点に彼が描いた「世相」の特色もあります。しかし敗戦直後のこの時期、イデオロギー的な対立が、社会に強く反映していたことも事実です。二・一ゼネストは、『土曜夫人』連載終了から二ヶ月も経たない内の出来事です。読売争議にもＧＨＱの意向が絡んでいました。しかし作之助はそうした世の動きには無関心です。

　作之助はあくまで形而下の現実を描こうとしました。その結果『土曜夫人』には当時の「世相」が強く反映されています。それは、敗戦直後の記憶が薄れていった昭和後期以降に、『土曜夫人』が各社の文庫から姿を消した理由でもあるでしょう。一方、発表当時すでに懐古の対象となりつつあった光景を描いた『夫婦善哉』は、誰にとっても等しく懐かしいゆえに、今なお読まれ続けているのです。

終章　作之助没後の世界で——一九四七年前後の〈小説の面白さ〉

没後の評価——追悼文と〈哀しみ〉

一九四七年一月一〇日、織田作之助は亡くなります。作之助の四七年は一〇日間で終わりました。敗戦直後から話題作を立て続けに発表し、死の直前にも「読売新聞」に『土曜夫人』を、「婦人画報」に『夜の構図』を、「りべらる」に『怖るべき女』（一九四六・一〇〜一九四七・一）を連載して、若手作家では「随一の花形」、「文壇きっての売れっ子」と評されていた作之助の訃報は、全国紙で報道され、多くの新聞や雑誌に追悼文が掲載されました。物資不足のため紙面が強く制限されていた当時の紙媒体においては、異例の扱いでした。

一連の追悼文において興味深いのは、複数の作家が作之助の〈哀しみ〉を強調したことです。太宰治は「織田君の哀しさを、私はたいていの人よりも、はるかに深く感知していたつもりであった」として、「はじめて彼と銀座で逢い、「なんてまあ哀しい男だろう」と思い、私も、つらくてかなわなかった」と書きました（「織田君の死」）。坂口安吾も「織田は悲しい男であった」と書き、その理由を「あまりにも、ふるさと、大阪を意識しすぎた」「ありあまる才能を持ちながら、大阪に限定されてしまった」ことに求めました。宇野浩二は作之助の文学を「哀傷と孤独の文学」と名づけ、「織田の、人となりにも、作品にも（中略）かぎりなき、ふかき、哀傷と孤独と流浪のあじわいが、しみとおり、にじみだしている」と記しました。川端康成も「さきごろ私は織田作之助氏の「土曜夫人」を読んだ後で自作の「虹」を校正してみて、似通っているのに驚いた。同じ悲しみの流れではないか。「土曜夫人」の言わば自分を追いつめた勢いの乱れ咲きの蔭になんと悲しい作者の心底であろう。その悲しみが私の作者の死を悲しむ思いと一つに流れ合った」と述べました。つまり没後には、派手な浪費やヒロポンの頻用、講演での過剰な演出など、奔放なふるまいで知られていた若い流行作家の別の一面が強調され、見直されたのです。

ところが、一九四七年の雑誌や新聞には、追悼文が一通り書かれ終わった後も、織田作之助の名前が語られ続けています。敗戦直後の混乱が続き、世の状況も文壇も刻々と変わっていた時期に、なぜ年始に若くして死んだ作家の名がささやかれ続けたのでしょうか。

　この章では、作之助が死の直後どのように語られたのかという観点から、一九四七年前後の言説空間を洗い直します。そこに浮かびあがるのは「小説の面白さ」をめぐる活発な動きと、「新戯作派」「無頼派」という括りが成り立っていくプロセスです。

「虚構小説」「ウソ派」「虚構派」

　一般的には、作家が死んで数ヶ月経つと、その名が話題に上ること自体が少なくなります。ただ作之助の場合、死してなお語られ続けました。「二流文楽論」、「サルトルと秋聲」、「可能性の文学」などの、晩年に立て続けに発表された評論が波紋を呼んでいたからです。

　作之助はこれらの評論で、徳田秋聲や志賀直哉に代表される伝統的な私小説が未だ力を持ち続ける日本文壇に対して、坂田三吉やサルトルの実験的な精神に学び、虚構（嘘）を押し出した面白い小説を書くことが必要だと述べました。その余波は二つに分かれました。一つはサルトル受容の火付け役としてです。もう一つは私小説批判の旗頭としてです。ここでは、特に後者について確認します。一九四七年、作之助の名前が最も使用されたのは、私小説を批判し、虚構の重要性と小説の面白さを追求するという、「可能性の文学」でより積極的に押し出されていた文脈においてだったからです。

作之助は「可能性の文学」で、「一刀三拝式私小説の藝術観」を批判しました。伝統的な私小説を「ただ素直でしかない、面白くないという点では殆んど殺人的な作品」だと退け、「日常性の額縁をたたきこわすための虚構性や偶然性のロマネスク」を再評価することで「「可能性の文学」の創造が可能になり、小説本来の面白さというものが近代の息吹をもって日本の文壇に生れるのではあるまいか」と結論づけたのです。

注目したいのは、四七年には、こうした作之助の議論を受ける形で、「虚構小説」という言葉が使われていたことです。浅見淵は「戦後文学の新風として、さいきん氾濫しているのは虚構小説である」として、坂口安吾、石川淳、太宰治の作品をあげたあと、次のように述べています。

ついせんだって急逝した織田作之助はたまたま絶筆として「可能性の文学」（改造十二月号）なる一文を遺しているがその中で、虚構性、つまり嘘を真実化することこそ、文学を肥らせることになり、同時に、きょう主流化している私小説によってもたらされている小説一般の衰弱をば、すなわち面白さの喪失をば、恢復することにもなるといっている。（中略）すなわち、きょうの虚構小説の氾濫は、近代小説はすべて私小説に還元するというきょうまでの常識を、織田作之助のいうように虚構を真実化することにより、逆説的に破ってみせるという野心的な挑戦に基づいてい

るのである。(「文藝時評」一九四七・四)

私小説を批判し、小説に面白さを取り戻そうとする試みに「虚構小説」なる呼称が与えられ、作之助と太宰治・坂口安吾・石川淳がつなげられています。浅見は同じ時期に別の「文藝時評」でも、「敗戦後の文学において一際目立つ現象」として「虚構小説の氾濫」をあげています。

本来「小説」が「虚構」であることは自明です。にもかかわらず「虚構小説」という言葉が使われたのは、「虚構」という語が、同時代の文壇において特別な意味を含んでいたからです。その特別な意味を呼びよせたのが、作之助の「可能性の文学」をはじめとする評論でした。しかも、当時「虚構小説」やそれに近い言葉によって、複数の作家に共通点を見出していたのは、浅見ひとりではありませんでした。

たとえば、深田久弥は文壇の情勢を「攻撃軍」と「籠城軍」とに区別し、「依然として身辺小説であり花鳥風月趣味である」文壇小説に対する「攻撃軍の制作実践家」に、作之助や林房雄らを位置づけました。その深田の随想を受けた上林暁は、「攻撃軍」を「虚構派」と呼びました。対する「籠城軍」は「志賀・宇野二家及びその亜流の文学」であり、自分も「籠城軍の一兵卒に数えられているかも知れない」という認識のもと、次のように述べます。

この攻撃軍の武器とするものは、フィクションでありロマンでありデフォルマシオンであるらしく思われる。織田作之助氏はフィクションを唱えつつ死んだし、林房雄氏は以前からロマン派であり、丹羽文雄氏は最近、作品におけるデフォルマシオンに重きを置いているようである。してみると、攻撃軍は一括して、虚構派と言えようし、籠城軍は仮に名附けて、真実派とでも言えよう。（「文藝時評」一九四七・七・二三〜二四）

さらに上林は、「攻撃陣が軍端を構えた直接の動機は、日本の近代小説が真実を追求する余り、虚構の面白さを忘れたのに概して、その虚構の面白さを奪還しようというところにあった」と整理します。ただし「攻撃陣の武器に用いられている虚構なるもの」は、「通俗大衆小説に残骸を留めている筋の変化や荒唐無稽さを、単に援用せんとするもの」だと批判します。上林は例として太宰治の『ヴィヨンの妻』（一九四七・三）を取りあげて、太宰なら「作家の心情を素直に吐き出した「父」（人間四月）の方がはるかに感銘深きものがあった」とします。そして「虚構ということを強く叫び出したのは織田作之助氏であったが、織田氏の場合、通俗小説に一歩踏み入れた人のあがきか、さもなくば、通俗小説に一歩踏み入れんとする人の理論づけではなかったのか」と憶測します。

いま重要なのは、深田や上林の意見の当否ではありません。「虚構」を前面に押し出す一派と、伝統的な私小説を書く一派とを、はっきりと対立として捉える構図が強調されたことです。こうした構図が作られた背景には、戦後に私小説批判や本格小説待望論が盛んになっていたこともあります。複数の議論が合流していく過程で、作之助・太宰・安吾・淳に加えて、丹羽文雄・深田久弥・林房雄などが「虚構派」に組み入れられていきます。一方、「真実派」として、志賀直哉・宇野浩二・上林暁の名前があがってきます。前に述べたように、宇野は作之助の追悼文を総合誌と文藝誌に発表していました。没後に出た短篇集『夫婦善哉』には序文も寄せていました。「虚構派」か「真実派」かという二分法に還元されない作家同士の結びつきがあったのです。しかしそのような個別の関係は、当時の言論空間では認めにくくなっています。

こうした対立を、白井明（林房雄）が「読売新聞」で次のようにまとめ、拡散します。

今の文壇にはウソ派とマコト派が対立しているそうだ。「世界文化」の深田久弥によれば、ウソ派が攻撃軍で、マコト派が守備軍だそうだ。「時事」の上林暁によれば、攻撃軍は虚構派といい、そのチヤムピオンが故織田作之助と林房雄であり、守備軍は真実派といい、その主領は志賀直哉、宇野浩二だそうである。虚構派は坂口安吾や太宰治などと一括して「新戯作派」とも呼ばれているらしい。（一九四七・七・二八）

「新戯作派」の命名者である林は、ここで「虚構派」と「新戯作派」という言葉を結びつけています。当時「戯作」という言葉を好んで用いたのは坂口安吾です。安吾は作之助を悼んだ文章でも「戯作」を使い、小説を面白くする工夫の重要性を説いていました（「大阪の反逆」）。ただ、安吾は「単なる読み物の面白さのみでは文学で有り得ない」とも述べていました。「文士は常に、人間探求の思想家たる面と、物語の技術によって訴える戯作者の面と、二つのものが並立して存するもの」だとして、思想性と戯作性の両方が必要だと訴えたのです。しかし、それが林房雄の手にかかると議論は単純になり、もっぱら面白さの肯定が強調されます。そして「ウソ派」「虚構派」「新戯作派」の最右翼に、没後すでに半年以上が経っていた作之助の名があげられているのです。

「新戯作派」と〈小説の面白さ〉

一連の議論を活性化したのが林房雄であることは疑いありません。林は「小説の目的とは何ぞや？」という問いに対する現在の文壇の答えを、「自己を描くこと」「人間を描くこと」「社会を描くこと」「人間を楽しませること」の四つに分類し、それぞれを「私小説派、本格小説派、新社会派、新戯作派」と呼んでいます（「小説時評　小説の目的」一九四七・六）。そして「新戯作派」にあたる作家たちとして「織田作之助、坂口安吾、太宰治、石川淳など新進気鋭の若手」の名前をあげます。その上で自身も「小説の目的はすべての藝術と等しく人を楽しませることだ。小説の精神は永遠に新しい戯作精神でなければならぬ。目的と手段をとりちがえた私小説派は門前の小僧にすぎない」と「新戯作派」に肩入れします。

一九四七年の時点では、「新戯作派」という言葉はまだ安定していません。作之助・太宰・安吾・淳らを一群の集団として捉える動きは他にもありました。しかし直接的な交流はそれほどなかった作家たちですから、集団の輪郭は曖昧でした。ところが、そこに林房雄の粗雑な、しかしわかりやすい整理が入りこんできたことで、面白い小説を目指す側と、そうではない側という二分法のなかに、作家たちはまきこまれていきました。

こうした議論と並行して、そもそも〈小説の面白さ〉というものをどう捉えるかについても問い直されていました。はやく上林暁は「戦後再び、小説の面白さが兎や角言われるようになった」ことに触れて、「千変万化の筋や、奇抜突飛なキャラクタア及びその複雑な人間関係」といった「物語性」より、「小説における高い理念や深い人生観、緊密な描写や含蓄ある表現」である「文学性」を重視しました(「小説の面白さに就き」一九四六・一一)。一方、深田久弥は「小説の面白さ」(一九四七・一〇)において、「編輯者がこのような課題を僕に求めた意向は、近頃戯作派の陣営から、私小説派、退屈な真面目派、日常茶飯事派、小説の神様派に対する悪口が少々行きすぎていることに対して、是正の意味があるのではないかと忖度する」が、自分はむしろ「戯作派」寄りだと言います。ただし「彼等は大衆を面白がらせるのが小説家の任務だと説く。さらばと申せ、満天下の読者を唸らせ恍惚とさせた「宮本武蔵」「愛染かつら」等に、月桂樹を捧げるや否や。あれはいかん、あんまり虚偽で、俗悪なお芝居すぎる、と云うであろう。とすれば、大衆を面白がらせるという彼等の旗じるしにも訂正を要する。訂正と云って悪ければ或る条件を必要とする」とも述べます。面白さの重要性を認めつつ、一口に面白さといってもいろいろなレベルがある、という深田の意見は、「虚構派」「新戯作派」側に内在する立場のちがいを認めたものでもありました。

同時期に発表された坂口安吾「娯楽奉仕の心構え――酔ってクダまく職人が心構えを説くこと――」（一九四七・一二）にも、「面白さはすぐれた効能である。同じものを面白くなく書くよりも面白く書く方がよろしい」としながら「面白ければ文学になるという性質のものではない」と説くバランス感覚がありました。また、「日本人は然しなぜかくも偏狭なのだろうか。自ら私小説家と号したり、一方では私小説だけをよしと云い、一方ではフィクションだけを文学だという」と、状況を俯瞰する眼がありました。しかしそのタイトルや、「私は娯楽奉仕の職人たる誇りをもつ」という文章から、「虚構派」「新戯作派」側と見なされがちでした。

少し後には、太宰治も「小説の面白さ」（一九四八・三）を語っています。太宰は「小説と云うものは、本来、女子供の読むもので、いわゆる利口な大人が目の色を変えて読み、しかもその読後感を卓を叩いて論じ合うと云うような性質のものではないのであります。小説を読んで、襟を正しただの、頭を下げただのと云っている人は、それが冗談ならばまた面白い話柄でもありましょうが、事実そのような振舞いを致したならば、それは狂人の仕草と申さなければなりますまい」と言ってのけます。議論に本格的に参戦するのではなく、議論全体を茶化してしまおうとしている点で、いかにも「新戯作派」らしい表現です。

しかし太宰は並行して、直接的に自分の文学的立場を語り始めてもいました。「如是我聞」（一九四八・三〜七）です。太宰はそこで「おいしいものを、所謂「ために」ならなくても、味わなければ、何処に私たちの生きている証拠があるのだろう」と問い、作家の「心づくし」「奉仕」を重視し、「日常生活の日記みたいな小説」ではなく「虚構を案出する」ことが大切だと説いています。「如是我聞」は痛烈な志賀直哉批判で知られますが、それは単なる個人的な感情の発露ではなく、〈小説の面白さ〉をめぐる積極的な立場の表明でもあったのです。

一九四八年、「戦後文学の方法を求めて」（二月）、「アヴァンギャルドの精神」（四月）といった時代を先取りするテーマの座談会を開いていた「綜合文化」が五月号で「小説の面白さ」と題して議論している事実も、こうした状況を裏づけます。平野謙・花田清輝・椎名麟三・野間宏・佐々木基一によるこの座談会では、「可能性の文学」や「織田作の創作方法」が、小見出しに用いられるほど語られています。没後一年以上が経過してもなお、作之助の名は〈小説の面白さ〉を語る際に無視できないものだったことがわかります。

ただ、この時期に作家たちが〈小説の面白さ〉について頻繁に議論していた背景には、発表媒体の姿勢も関係していました。

「中間小説」の時代――〈小説の面白さ〉とメディア

一九四七年は、新聞小説の復活が印象づけられた年でした。戦中から戦後にかけて、資源不足、輸送力不足で新聞は二面のみになっていました。紙面が極度に制限されたため、娯楽である小説は多くの新聞から消えていました。それが戦後になって地方新聞から復活しました。作之助がそこで実績をあげて認められたことは、すでに見ました。

一九四七年になると、全国紙でも新聞小説がよみがえります。四七年から四八年にかけては、石坂洋次郎『青い山脈』（「朝日新聞」一九四七・六・一四～一〇・四）、石川達三『望みなきに非ず』（「読売新聞」一九四七・七・一六～一一・二二）、大佛次郎『帰郷』（「毎日新聞」一九四八・五・一七～一一・二二）、獅子文六『てんやわんや』（「毎日新聞」一九四八・一一・二二～一九四九・四・一四）といった力作が相次いで発表されました。同時期には、林芙美子、丹羽文雄、藤澤桓夫、久生十蘭ら、戦前から人気のあった作家たちも「朝日新聞」「毎日新聞」「読売新聞」といった有力紙に連載小説を書いていました。

当時の新聞小説には、限られた紙面の一部をあえて創作に割くだけの価値が求められていました。「読売新聞」に連載された作之助の『土曜夫人』、「東京新聞」に連載された安吾の『花妖』（一九四七・二・一八〜五・八）、「朝日新聞」に掲載予定だった太宰の『グッド・バイ』などは、右にあげた人気作家たちよりも多くの読者の支持が得られることを期待されていたのです。

一方で、一九四七年は大量の雑誌が創刊された年でもありました。雑誌が増えれば当然、競争は激化します。敗戦直後という時代の空気を反映して、従来にない新しい傾向やジャンルも探されます。その模索の一つに、通俗小説と純文学との中間領域の開拓がありました。「日本小説」「小説新潮」「別冊文藝春秋」などの四七年前後に創刊された雑誌が、多くの読者を満足させる小説を看板にしようと競っていました。「小説新潮」（一九四七・九）の「創刊の言葉」には、「本誌の念願とするところは、小説文学を今日の水準より一層高め、その領土を広く開拓して、通俗に堕せず、高踏に流れず、娯楽としての小説に新生面を開くと共に、近代小説の使命たる人生の教師としての役割をもまた十分に果さんとする点にある」とあります。純文学雑誌と見なされていた「文學界」も、復刊号（一九四七・六）で亀井勝一郎が「所謂純文学と大衆文学という従来の曖昧な独善的な枠は撤去するつもりである」と述べていました。

見逃せないのは、こうした「中間小説」誕生の背景に、〈小説の面白さ〉を再考する議論があったことです。「小説新潮」の「十月の言葉」（一九四七・一〇）には「近頃中堅作家の一群に、自然主義の日本的奇形児ともいうべきあまりにも随筆的乃至日記的になった私小説を排し、小説をもっと一般的に面白いものにしなければならぬという運動が起されているようだが、これは結構な事だ」と書かれていました。「十二月の言葉」（一九四七・一二）にも「小説は真実を語ると共に、面白さを与えるものでなければならない。「面白い」という点に、小説の特に課せられたる任務がある。小説は面白くなければならぬという事が近ごろ改めて云われはじめたのは小説本来の使命に目覚めたからである」と記されていました。

「中間小説」は、後には藝術性に乏しい、娯楽読物を指す言葉になりました。が、この時期には積極的な意味も含んでいました。第Ⅰ部第三章で述べたように、「可能性の文学」の目的の一つにも、横光利一「純粋小説論」以来の課題を戦後に再び提起することがありました。作之助は、純文学と通俗小説の間で仕事をしていましたが、「中間小説」の時代には間に合いませんでした。しかし太宰は「中間小説」の中心的な媒体である「日本小説」に、『女神』（一九四七・五）、『フォスフォレッスセンス』（一九四七・七）、『美男子と煙草』（一九四八・三）を、「小説新潮」に『眉山』（一九四八・三）を発表しています。安吾は探偵小説『不連続殺人事件』を「日本小説」に持ちこんで連載しています（一九四七・八〜一九四八・八）。「小説新潮」は雑誌の口絵に作家の写真を載せるのが特徴でしたが、四八年一月号には太宰・安吾・淳が掲載されています。太宰は翌月にも井伏鱒二と共にグラビアを飾っています。

むろん彼らに「中間小説」を書いている自覚はなかったはずです。しかし、「可能性の文学」の流れを受けて、「ウソ派」「虚構派」「新戯作派」といった語で括られ、伝統的な私小説作家と対立的に位置づけられた四七年前後において、後に「無頼派」と呼ばれた作家たちは、純文学から一般向けに歩み寄ったメディアに〈面白い〉小説を発表していた点で、「中間小説」の主要な書き手であった林房雄、丹羽文雄、石坂洋次郎、田村泰次郎らと、少なくとも読者から見たとき、決して遠い位置にはいなかったのです。

戦場の記憶と「無頼派」

今日は「新戯作派」よりも「無頼派」の方が一般的な呼称として根づいています。「無頼派」という語は、一九五五年末から使われ始めました。安吾が永眠した年です。なぜこの頃に「新戯作派」は使われなくなったのでしょうか。

一つには、あえて「小説の面白さ」を前面に出す文脈が理解されにくくなったからでしょう。すでに一九四九年の時点で、伊藤整は「日本の第一級の作家たちが、読者を面白がらせる小説を一せいに書き続けている」状況を批評していました（「中間小説論」）。五二年には、小林秀雄が「往年の純文学作家が、こぞって新聞小説を書き、所謂中間小説（妙な名前だが、正確な名称でもある）を書く様になった」と指摘していました（「感想」）。〈面白い小説〉を多くの読者に向けて書くことは、特別なことではなくなっていました。「小説の面白さ」の追求に、方法的または思想的な意義があった敗戦直後の気分は失われ、「戯作」という語にこめられた批評性が伝わりにくくなったのです。

それは臼井吉見編『戦後十年名作選集』（一九五五）、中島健蔵・中野重治編『戦後十年日本文学の歩み』（一九五六）、「文藝　増刊号　戦後十年傑作小説全集」（一九五六・八）などの出版物が示すように、狭い意味での〈戦後〉が距離を置いて考察される時代になったということでもあります。そのような視線でふり返られたとき、焼け跡を生きた作家たちの文学的主張より、執筆活動のありかた自体が再注目されたのです。

この章の最初に、没後に織田作之助の評価が変わったと述べました。その〈哀しみ〉をたたえた作之助像には、命がけの姿として、当時より多くの人々の共感を誘う要素があったことを、最後に指摘しておきたいと思います。太宰治は「彼の行く手には、死の壁以外に何も無いのが、ありありと見える心地がした」として、作之助は「死ぬ気でものを書きとばしている男」だったと書きました（「織田君の死」）。また、林芙美子は「東京の銀座裏の旅館で、血を吐いた時、奥さんの話では、まるでそこら一面噴き挙げるようなものすごさだったという話である。あんまり苦しそうなので、奥さんが血を吸ってあげたといった。織田さんのすさまじい愛情がうかがえた感じがした」と記しました（「伝統破りの織田作之助」）。

これに反応したのが、「読売新聞」の「気流　読者の欄」における「織田作之助の死」（一九四七・二・一〇）です。投書をしたのは、戦地で看護師をしていた女性です。彼女は、林芙美子の追悼文を読んで知った作之助の死と、それを看取った織田昭子のふるまいを、兵士と自分との記憶に重ねました。

▽しかし織田作之助という人は幸せな人だったとも思う。夫の苦悶を見るに忍びず、その血を吸ってやったというあき子夫人に私は尊いものをみた。（中略）従軍看護婦として上海南市の陸病に働いていたころのある日〝看護婦さん看護婦さん〟と呼ぶ患者の声に急いで重症室に飛び込んで行った。と同時に一人の患者が血を吐き始めた。とっさの場合何物も眼に入らず、急いで患者の頭を横向けにするとともに自分の手を〝膿盆〟の代用としてあてがった。

▽なまあたたかいヌルヌルした血液は私の両の手の平いっぱいになり、白衣のそでから胸のあたりまで飛沫をあびた。私は何か言いしれぬ悲しさに胸がつまり、涙ぐみながら真赤に染った患者の口辺をぬぐってやった。ああその血液、それと同じ血液をあき子夫人は吸ったのだ。夫のため

に、深い愛情をもって――

この投書が反響を呼びます。一〇日後の「気流　読者の声」(「読売新聞」一九四七・二・二〇)では、「これに関連する投稿十数通におよんでいる、その二、三を拾ってみる」と紹介しています。そのなかには「織田さんといい、この看護婦さんといい皆美しい気持の持主だと思う。このような人々が何時までも美しさを持ち続けられるような社会に一日も早くなることが織田さんに対する大なる餞けとなるのだ」というように、この女性への同情と連動して、作之助まで肯定的に捉え返したものがありました。

これらの一般読者の反応や、太宰や林の追悼文からうかがうように、命がけで創作した作之助の姿には、戦場の兵士と重ね合わされる面があったと思われます。それは作之助の死が後に「斬死にもひとしい死方」(佐々木基一「「新戯作派」について」一九六二・四)と形容されたことにもつながります。そうした作之助像が、翌年の太宰のセンセーショナルな死とも重ね合わされて、いわゆる「無頼派」像の基盤を作っていきます。戦争と敗戦直後の混乱のなかで失われた多くの死が記憶となり、「もはや戦後ではない」と宣言された時代にいたったとき、焼け跡の時代に殉じたような生と死が、新たな光を帯び始め、それにふさわしい呼び名が流通していったのです。

一九五五年から五七年にかけて、現代社から『織田作之助名作選集』が刊行されます。その広告には「光芒放つ無頼派の偉業」と記されています（「読売新聞」一九五五・一二・二〇）。作之助のイメージが「無頼派」として定着し始めていたことがわかります。ただ同じ広告に「1955年文部大臣賞1位「夫婦善哉」の織田作シリーズ」と記されていることも見逃せません。この選集の出版が、五五年から公開されて話題をさらった豊田四郎監督の映画『夫婦善哉』を当てこんでいたことがわかります。

「無頼派」の作家。『夫婦善哉』を書いた大阪の作家。現在まで続いている織田作之助のイメージは、ちょうどこの時期に形成されたのです。

凡例

引用本文は原則として初出または初刊本に拠りました。ただし読みやすさを考慮して、新字体・現代かな遣いにしています。また、傍線等は著者が付けました。なお、本書に掲載された図版の中で、連絡先不明のため著作権継承者様にご連絡できなかった著作物があります。お心当たりがございましたら、奥付に記載された連絡先までご連絡ください。

参考文献

全体に関わるもの

織田作之助『定本織田作之助全集』第一〜八巻、文泉堂出版、一九九五
大谷晃一『織田作之助――生き愛し書いた』沖積舎、一九九八
山内乾史「織田作之助著述一覧稿（Ⅰ）〜（Ⅳ）」（「近代」一九九五・九〜一九九七・三）
関根和行『増補版　資料織田作之助』日本古書通信社、二〇一六

序章

北尾鐐之助『近代大阪』創元社、一九三二
クロード・レヴィ＝ストロース（大橋保夫訳）『野性の思考』みすず書房、一九七六
坂口安吾「大阪の反逆」（「改造」一九四七・四）

織田作之助・太宰治・坂口安吾・平野謙「現代小説を語る」(「文学季刊」一九四七・四)
織田作之助・太宰治・坂口安吾「歓楽極まりて哀情多し」(「読物春秋」一九四九・一)
林芙美子「伝統破りの織田作之助」(「朝日新聞」東京、一九四七・一・一三)

I 代表作を読む——形式の工夫

第一章

「東京朝日新聞」広告(一九四〇・八・一七)
宮内寒彌「文藝時評——新人について」(「文学者」一九四〇・一一)
橋本寛之「虚構の町　織田作之助『夫婦善哉』」(『都市大阪〇文学の風景』双文社出版、二〇〇二)
真銅正宏「ド手物とうまいもん——上司小剣「鱧の皮」・織田作之助「夫婦善哉」」(『食通小説の記号学』双文社出版、二〇〇七)
平野謙「昭和十年代」(『昭和文学史』筑摩書房、一九六三)
高橋広満「風俗小説の系譜」(『時代別日本文学史事典　現代編』東京堂出版、一九九七)
青野季吉・川端康成・宇野浩二・武田麟太郎「『文藝推薦』審査後記」(「文藝」一九四〇・七)
中村光夫「文藝時評(3)」(「東京朝日新聞」一九四〇・六・三〇)
高見順「羞恥なき文学——文藝時評」(「文藝春秋」一九四〇・九)
岩上順一「新らしからざる装ひ」(「文章」一九四〇・一〇)
丹羽文雄『或る女の半生』(「中央公論」一九四〇・八)
宇野浩二『器用貧乏』(中央公論社、一九四〇)

廣津和郎『巷の歴史』（「改造」一九四〇・一）
野口冨士男『風の系譜』（「文学者」一九四〇・四～六）
宮本百合子「文藝時評（4）」（「都新聞」一九四〇・一二・一）
丹羽文雄「続面上の唾」（「文学者」一九四〇・一一）
平野謙「リアリズムの頽廃」（「帝国大学新聞」一九四一・一・二七）
紅野敏郎「田辺茂一・伊藤整ら「文学者」の時代」（『昭和文学の水脈』講談社、一九八三）
岩上順一「動機の真実――文藝時評」（「知性」一九四〇・八）
日高昭二「解説『夫婦善哉　完全版』について」（『夫婦善哉　完全版』雄松堂出版、二〇〇七）
杉山平一「解説」（『夫婦善哉』角川文庫、一九五四）
矢島道弘「織田作之助論――その方法と展開」（「大阪文学」一九六七・五）
三木輝雄「作品読解「夫婦善哉」（織田作之助）」（「国語と教育」一九九〇・三）
岩上順一「戦時下の文学」（吉田精一・平野謙編『現代日本文学論』真光社、一九四七）

第二章

木村徳三「織田作之助」（『文芸編集者その跫音』TBSブリタニカ、一九七七）
三谷修「「世相」論」（「阪神近代文学研究」二〇〇七・三）
無署名「小説月評」（「人間」一九四六・六）
杉山平一「織田作之助君を偲ぶ」（「文学雑誌」一九四七・五）
本多秋五『物語戦後文学史（上）』新潮社、一九六六
西田りか「『世相』論」（「解釈と鑑賞」一九九四・九）

矢島道弘「織田作之助論――〈現実感覚〉を中心に」(『悪鬼たちの復権』三弥井書店、一九七九)
矢島道弘「無頼派とその周辺」(『時代別日本文学史現代篇』東京堂出版、一九九七)
中石孝『織田作之助　雨　蛍　金木犀』編集工房ノア、一九九八
中村光夫『日本の現代小説』岩波書店、一九六八

第三章

藤澤桓夫「織田作と将棋」(「太陽」一九四八・八)
「日日ロータリー将棋」(「大阪日日新聞」一九四六・七・三〇～八・一〇)
平井常次郎→織田作之助宛書簡(一九四六・七・三〇、大阪府立中之島図書館織田文庫所蔵)
酒井隆史「王将――阪田三吉と「ディープサウス」の誕生」(『通天閣　新日本資本主義発達史』青土社、二〇一一)
菅谷北斗星『坂田将棋・近代将棋争覇録　坂田・木村・花田熱戦棋譜』千倉書房、一九三七
坂田三吉「将棋哲学」(「大阪朝日新聞」一九二九・一・八～一九)
花田長太郎「感想」(「読売新聞」一九三七・五・二)
「木村名人・升田七段挑戦五番勝負」(「夕刊新大阪」一九四六・九・一八～一〇・三、一〇・一五～二九、一二・九～三一)
足立巻一『夕刊流星号――ある新聞の生涯』新潮社、一九八一
岡本嗣郎『孤高の棋士　坂田三吉伝』集英社文庫、二〇〇〇
本多秋五『物語戦後文学史(上)』新潮社、一九六六
横光利一「純粋小説論」(「改造」一九三五・四)

宮川康「織田作之助「可能性の文学」論序説――横光利一「純粋小説論」と比較して」（「大阪教育大学附属高等学校池田校舎研究紀要」一九九二・三）
西川長夫「織田作之助とスタンダール、あるいは京都の織田作之助について」（「仏文研究」一九八六・一〇）
桑原武夫「第二藝術――現代俳句について」（「世界」一九四六・一一）
桑原武夫「日本現代小説の弱点」（「人間」一九四六・二）
桑原武夫「織田作之助君のこと」（『織田作之助選集』第二巻月報、中央公論社、一九四八・三）
坂口安吾「未来のために」（「読売新聞」一九四七・一・二〇）
坂口安吾「大阪の反逆」（「改造」一九四七・四）
中村光夫「文学の框――この一年の文壇について」（「人間」一九四六・一二）
伊藤整「本格小説談義」（「人間」一九四七・一）
十返肇『贋の季節』（講談社、一九五四）
織田作之助・吉村正一郎「可能性の文学」（「世界文学」一九四七・一）
志賀直哉・谷崎潤一郎「文藝放談」（「朝日評論」一九四六・九）
太宰治「如是我聞」（「新潮」一九四八・三～七）
上林暁「文藝時評①」（「時事新報」一九四七・七・二三）
臼井吉見「展望」（「展望」一九四七・九）
中野好夫「文藝時評　志賀直哉と太宰治」（「文藝」一九四八・八）
『雑誌『改造』の四十年』（光和堂、一九七七）

北條秀司「「王将」のはじまり」（『演劇太平記（一）』毎日新聞社、一九八五）

Ⅱ　作之助の〈器用仕事〉――先行作品の換骨奪胎

第一章

藤澤桓夫『回想の大阪文学――明治・大正・昭和の大阪文学を語る』ブレーンセンター、一九七八
中石孝『織田作之助　雨　蛍　金木犀』編集工房ノア、一九九八
宮川康「「わが町」の前テクスト――織田作之助の「わが町」について・補遺」（「文月」二〇〇七・七）
尾崎名津子『織田作之助論　大阪表象という戦略』（和泉書院、二〇一六）
杉山平一「織田作之助君を偲ぶ」（「文学雑誌」一九四七・五）
正宗白鳥「年末所感」（「文藝」一九四二・一）
古木雄呂志「創刊号作品評」（「大阪文学」一九四二・一）
名木皓平「『大阪文学』創刊当時」（「復刊大阪文学（織田作之助研究）」一九六七・三）
浦西和彦「動物集」（『織田作之助文藝事典』和泉書院、一九九二）
宮川康「織田作之助「馬地獄」の教材性――現代文分野における「大阪の文学」の教材として」「大阪教育大学附属学校池田校舎研究紀要」一九九五・三
海野弘「モダン・シティ大阪の漫歩者」（『近代大阪（復刻版）』創元社、一九八九）
橋爪節也／岩井正也「北尾鐐之助『近代大阪』と〝大大阪〟」（橋爪節也編『大大阪イメージ　増殖するマンモス／モダン都市の幻像』創元社、二〇〇五）
加藤政洋『大阪のスラムと盛り場――近代都市と場所の系譜学』（創元社、二〇〇二）

加藤政洋「都市・放浪・故郷――近代大阪と織田作之助のノスタルジア」（「流通科学大学論集――人間・社会・自然編」二〇〇五・三）
伊東孝編著『水の都、橋の都――モダニズム東京・大阪の橋梁写真集』（東京堂出版、一九九四）
橋爪節也「運河沿いの〝大大阪〟イメージ――『大大阪橋梁選集』」（橋爪編『大大阪イメージ　増殖するマンモス／モダン都市の幻像』所収）
吉田精一「織田作之助と西鶴」（「解釈と鑑賞」一九五九・二）
宇野浩二『大阪〈新風土記叢書1〉』小山書店、一九三六

第二章

根岸守信編『耳袋　上巻』岩波書店、一九三九
西谷雅義「ロシアに於ける最初の日本人」（「上方」一九三八・六）
北村薫・宮部みゆき『名短編ほりだしもの』筑摩書房、二〇一一
武藤禎夫『定本落語三百題』岩波書店、二〇〇七
杉山平一「大阪の詩人・作家たち――交友の思い出から」（「海鳴り」二〇〇三・四）
渡辺均『落語の研究』駸々堂書店、一九四三
中込重明「「大山詣り」――狂言からの着想」（『落語の種あかし』岩波書店、二〇〇四）
恩田雅和「繁昌亭支配人の落語×文学＝」（「産経新聞」二〇一三・九・五、一二・七）

第三章

太宰治「如是我聞」（「新潮」一九四八・三～七）
石「織田作之助と太宰治」（「夕刊新大阪」一九四八・七・二六）

太宰治「織田君の死」（「東京新聞」一九四七・一・一三）
太田治子『明るい方へ　父・太宰治と母・太田静子』（朝日文庫、二〇一二）
M記者「時の人を訪ねて　織田作之助」（「ホープ」一九四七・一）
青山光二『青春の賭け　小説織田作之助』（中公文庫、一九七八）
木村久邇典『太宰治と私』小峯書店、一九七六
『日本小説代表作全集6　昭和十五年後半期』（小山書店、一九四一）
高見順「反俗と通俗――文芸時評」（「文藝春秋」一九四〇・一二）
檀一雄『小説太宰治』（六興出版社、一九四九）
中石孝『織田作之助　雨　螢　金木犀』編集工房ノア、一九九八
里見弴『荊棘の冠』（「中央公論」一九三四・一二）
太宰治「返事の手紙」（「東西」一九四六・五）
太宰治『太宰治全集12』（筑摩書房、一九九九）

第四章

杉山平一「織田作之助君を偲ぶ」（「文学雑誌」一九四七・五）
中央公論出版部「後記」（『織田作之助選集第二巻』中央公論社、一九四八）
中石孝『織田作之助　雨　螢　金木犀』編集工房ノア、一九九八
青山光二「解説」（『夫婦善哉』新潮文庫、二〇〇〇）
『名作旅訳文庫6　大阪　『夫婦善哉』『アド・バルーン』織田作之助』ＪＴＢパブリッシング、二〇一〇

佐藤秀明「《解説》可能性の織田作」（『六白金星・可能性の文学他十一編』岩波文庫、二〇〇九）
船越幹央「楽天地　民衆娯楽のメッカ」（橋爪節也編『モダン道頓堀探検　大正、昭和初期の大大阪を歩く』創元社、二〇〇五）
橋爪伸也『大阪モダン　通天閣と新世界』（NTT出版、一九九六）
樋口彩乃「織田作之助「アド・バルーン」論——十吉の語りと「惜愛」」（「論究日本文学」二〇一一・五）
宮川康「「わが町」の前テクスト——織田作之助の「わが町」について・補遺」（「文月」二〇〇七・七）
杉山平一「大阪の文学を語る」（『詩と映画と人生』ブレーンセンター、一九九四）
小泉なおみ「アド・バルーン」（浦西和彦編『織田作之助文藝事典』和泉書院、一九九二）
宇野浩二『蔵の中他四編』（改造文庫、一九三九）
太宰治『春の盗賊』（「文藝日本」一九四〇・一）

Ⅲ　新聞小説での試み——エンタメ×実験

第一章

福島行一「「赤穂浪士」と新聞小説」（『大佛次郎』ミネルヴァ書房、二〇一七）
柳井貴士「織田作之助「清楚」をめぐって——初出版と単行本版の差異と映画化の関連」（二〇一七年度日本近代文学会秋季大会発表）
山城ひとみ「清楚」（浦西和彦編『織田作之助文藝事典』和泉書院、一九九二）
大阪市交通局『大阪市地下鉄建設70年のあゆみ　発展を支えた建設技術』（二〇〇三）
ラ・フォンテーヌ（中村通介訳）『寓話　上』肇書房、一九四二

塩川記者「コ島敵前上陸に従軍して」（『比島作戦』読売新聞社、一九四二）

第二章

『大阪新聞75周年記念誌』大阪新聞社、一九九七・一二
高木健夫編『新聞小説史年表』国書刊行会、一九九六・一
斎藤理生「『河北新報』のなかの『パンドラの匣』」（「太宰治スタディーズ」二〇一四・六）
増田周子編『大阪都市遺産研究叢書　別集3　織田作之助と大阪』関西大学大阪都市遺産研究センター、二〇一三・三
太宰治『女の決闘』（「月刊文章」一九四〇・一〜六）
吉川英治『太閤記』（「読売新聞」一九三九・一・一〜「読売報知」一九四五・八・二三）
尾崎秀樹「『新書太閤記』の位置」（『吉川英治　人と文学』新有堂、一九八〇）
正力松太郎「私と吉川英治さん」（「吉川英治全集月報7」講談社、一九六七・一）
矢沢高佳「『太閤記』の思い出」（「吉川英治全種月報8」講談社、一九六七・二）
吉川英治『宮本武蔵』（「朝日新聞」一九三五・八・二三〜一九三九・七・一一）
大佛次郎『丹前屏風』（『大佛次郎時代小説自選集　第八巻　由井正雪（下）・おぼろ駕籠・丹前屏風』読売新聞社、一九七〇）
『笑い　日本文学における美と情念の流れ』（現代思潮社、一九七三）
大佛次郎「あとがき」（『大佛次郎時代小説自選集　第八巻　由井正雪（下）・おぼろ駕籠・丹前屏風』読売新聞社、一九七〇）

第三章

鈴木貞美「二〇世紀の芸人――織田作之助の位置」（「季刊アーガマ」一九九六・一一）
西川長夫「織田作之助と焼跡のジュリアン・ソレルたち」（『日本の戦後小説』岩波書店、一九八八）
中石孝「華麗なる未完の大作――『土曜夫人』」（『織田作之助　雨　蛍　金木犀』編集工房ノア、一九九八）
中村勝「洛中　先斗町・木屋町　それでも私は行く　織田作之助　盛り場にうごめく男女群像」（『京都文学散歩』京都新聞出版センター、二〇〇六）
尾崎名津子「〈偶然小説〉の可能性」（『織田作之助論』和泉書院、二〇一六）

第四章

井川充雄『戦後新興紙とＧＨＱ　新聞用紙をめぐる攻防』世界思想社、二〇〇八
岸本光右「戦後、大阪の夕刊紙　大阪日日新聞の場合　時代に翻弄されながらも歴史を刻む」（「大阪春秋」二〇〇七・一）
山本明「復員兵　戦争の傷痕を背負って」（『カストリ雑誌研究　シンボルにみる風俗史』中公文庫、一九九八）
尾崎名津子「〈偶然小説〉の可能性」（『織田作之助論』和泉書院、二〇一六）
新延修三『朝日新聞の作家たち　新聞小説誕生の秘密』波書房、一九七三

第五章

井川充雄『戦後新興紙とＧＨＱ』世界思想社、二〇〇八
増田周子編『大阪都市遺産研究叢書　別集３　織田作之助と大阪』関西大学大阪都市遺産研究セン

ター、二〇一三
富士正晴「解説」(『土曜夫人』角川文庫、一九五六)
伴悦「『世相』・『土曜夫人』論」(「大阪文学」一九六九・四)
高見順『終戦日記』文春文庫、一九九二
荒正人「解説」(『現代日本小説大系別冊1』河出書房、一九五〇)
青山光二「織田作之助からの手紙」(高橋徹編『月の輪書林古書目録十七 特集・ぼくの青山光二』月の輪書林、二〇一四・一一)

終章

無署名「登場人物」(「文藝春秋」一九四六・一二)
M記者「時の人を訪ねて 織田作之助」(「ホープ」一九四七・一)
太宰治「織田君の死」(「東京新聞」一九四七・一・一三)
坂口安吾「未来のために」(「読売新聞」一九四六・一・二〇)
宇野浩二「哀傷と孤独の文学」(「中央公論」一九四七・四)
宇野浩二「作家と作品 序――織田作之助の思ひ出 つゞき」(「人間」一九四七・四)
川端康成「哀愁」(「社会」一九四七・一〇)
浅見淵「文藝時評 戦後文学の新風 虚構小説の流行について」(「自由新聞」一九四七・二・一五)
浅見淵「文藝時評」(「風雪」一九四七・四)
高見順「悲劇の周囲」(「文藝時代」一九四八・三)

深田久弥「戦後の文学界」(「世界文化」一九四七・五)
上林暁「文藝時評①②」(「時事通信」一九四七・七・二三～二四)
竹山道雄「本格小説の生まれぬ訳」(「文藝春秋」一九四七・一一)
正宗白鳥「文藝時評（三）」(「潮流」一九四七・三)
高見順「日本の近代小説と私小説精神」(「人間」一九四七・四)
中村光夫「私小説の論議について」(「文藝」一九四七・五)
白井明「文壇東西南北　ウソ派とマコト派」(「読売新聞」一九四七・七・二八)
浅子逸男「「新戯作派」の命名者」(「都大論究」一九七九・四)
坂口安吾「大阪の反逆」(「改造」一九四七・四)
林房雄「小説時評　小説の目的」(「小説と読物」一九四七・六)
平野謙「人性の俳優」(「読売新聞」一九四七・六・三〇)
松本和也「戦後メディアにおける〈無頼派〉の形成――織田作之助・坂口安吾・太宰治・石川淳」
(「太宰治スタディーズ」二〇〇八・六)
上林暁「小説の面白さに就き」(「新文学」一九四六・一一)
青野季吉・伊藤整・中野好夫「創作合評会（2）」(「群像」一九四七・五)
高見順「文学者の運命について」(「新潮」一九四七・八)
深田久弥「小説の面白さ」(「人間」一九四七・一〇)
坂口安吾「娯楽奉仕の心構へ」(「文学界」一九四七・一一)
太宰治「小説の面白さ」(「個性」一九四八・三)

太宰治「如是我聞」（「新潮」一九四八・三〜七）
平野謙・花田清輝・椎名麟三・野間宏・佐々木基一「小説の面白さ」（「綜合文化」一九四八・五）
板垣直子「作家と新聞小説」（「夕刊新東海」一九四七・九・一一）
深田久弥「文藝放談」（「文学界」一九四八・七）
丹羽文雄「新聞小説について」（「文学界」一九四八・七）
浅見淵「文藝時評　小説の垣」（「自由新聞」一九四七・一二・二〇）
丸山倫世「昭和20年代における中間小説――その文学的位置づけと変遷」（「人文研究」二〇一五・三）
矢野朗「作家の限界　織田作之助私観」（「新文学」一九四七・六）
上林暁「織田作之助の文学論」（「読売ウィークリー」一九四七・二・二二）
大村彦次郎『文壇栄華物語』（ちくま文庫、二〇〇九）
村松定孝「中間小説と風俗小説」（「国文学」一九六二・八）
伊藤整「中間小説論　危機意識と文学」（「読売新聞」一九四九・三・一四）
小林秀雄「感想」（「北國新聞」一九五二・二・五）
佐々木基一「「新戯作派」について」（「解釈と鑑賞」一九六二・四）

あとがき

織田作之助の小説に出会ったのは、大学に入った直後です。一九九四年の春、大阪大学文学部に入学し、すぐに出来た友人の一人が、作之助と同じ高津高校の出身でした。その友人が「サイトウ、ダザイ好きなんやったら、オダサクも読みいや」と薦めてくれたのです。帰り道、千里中央の田村書店で、ちくま日本文学全集の『織田作之助』を買い、たちまちハマりました。

二回生の夏には、難波の自由軒で名物カレーを食べ、波屋書房で新刊を買い、天地書房で『定本織田作之助全集』を買っている自分を見出しました。全集を通読し、「可能性の文学」で卒業論文を書こうと思った時期もありました。いつのまにか、太宰治で卒論も修士論文も博士論文も書いていましたが、オダサクもちゃんと考えたいなァという思いは、ずっと抱えていました。

二〇〇六年に群馬大学に職を得て、関東で暮らし始めてから、みんなオダサク知らないんやな、残念やなと思うことがたびたびあり、それが研究を本格的に始めるきっかけになりました。

わたしにとって作之助の魅力は、何よりもその文章、語りにあります。ただ、一つ一つの作品を細かく探ってゆくと、小説の構成の実験や、さまざまな先行作品の活用、新聞紙面との化学反応など、調べ、考えることで初めて見えてくる面白さがあることもわかってきました。

そうした、作之助が施したさまざまな工夫を明らかにしたこの本によって、大阪の人、デカダンな人というだけではない、小説家としての作之助を知って、興味を持っていただければ、著者としてこれ以上の喜びはありません。

なお、作之助には全集未収録の作品が少なくありません。大阪大学の論文リポジトリ「ＯＵＫＡ」にアクセスしていただいて、「織田作之助」＋「全集未収録」で検索していただければ、わたしがこれまでに発掘した掌篇や随想をウェブ上で読むことができます。ぜひご覧ください。

作之助の小説がそうであるように、などと言うのはおこがましいですが、本書もまた、多くの人の支援によって成り立っています。大阪大学出版会の板東詩おりさんには、最初にお話をいただいてから最後まで、たくさん面倒をみていただきました。また、西村ツチカさんに心沸き立つ表紙を描いていただけたのは、望外の喜びでした。さらに、学会、研究会、授業、講演などで話を聴いて下さった方々、意見を寄せて下さった方々にも、お礼を申し上げます。そして全国各地の図書館や文学館、とりわけ大阪府立中之島／中央図書館、大阪市立図書館、尼崎市立図書館、京都府立総合資料館には大変お世話になりました。ありがとうございました。

最後に、図書館めぐりに毎月つきあってくれる家族にも、感謝を捧げます。

二〇一九年一一月二〇日

斎藤理生

斎藤理生（さいとう　まさお）

1975年生。大阪大学大学院文学研究科博士後期課程修了。博士（文学）（大阪大学、2004年）。群馬大学教育学部講師、同准教授を経て、2014年4月より大阪大学大学院文学研究科准教授。専攻は日本近現代文学

主著
『新世紀　太宰治』（共編著、双文社出版、2009年）
『太宰治の小説の〈笑い〉』（双文社出版、2013年）
「織田作之助全集未収録資料紹介（一）〜(三)」（「阪大近代文学研究」2017〜2019年）
「新発掘・坂口安吾「復員」とその背景」（「新潮」2018年4月）

阪大リーブル71

小説家、織田作之助

発行日	2020年1月10日　初版第1刷発行
著者	斎藤理生
発行所	大阪大学出版会 代表者　三成賢次 〒565-0871 吹田市山田丘2-7　大阪大学ウエストフロント 電話06-6877-1614（直通）　FAX 06-6877-1617 URL　http://www.osaka-up.or.jp
カバーイラスト	西村ツチカ
印刷・製本	尼崎印刷株式会社

ISBN 978-4-87259-639-7　C1395

阪大リーブル

HANDAI Live

001 ピアノはいつピアノになったか？（付録CD「歴史的ピアノの音」） 伊東信宏 編 定価 本体1700円+税

002 日本文学　二重の顔 〈成る〉ことの詩学へ 荒木浩 著 定価 本体2000円+税

003 超高齢社会は高齢者が支える 年齢差別《エイジズム》を超えて創造的老い《プロダクティブエイジング》へ 藤田綾子 著 定価 本体1600円+税

004 ドイツ文化史への招待 芸術と社会のあいだ 三谷研爾 編 定価 本体2000円+税

005 猫に紅茶を 生活に刻まれたオーストラリアの歴史 藤川隆男 著 定価 本体1700円+税

006 失われた風景を求めて 災害と復興、そして景観 鳴海邦碩・小浦久子 著 定価 本体1800円+税

007 医学がヒーローであった頃 ポリオとの闘いにみるアメリカと日本 小野啓郎 著 定価 本体1700円+税

008 歴史学のフロンティア 地域から問い直す国民国家史観 秋田茂・桃木至朗 編 定価 本体2000円+税

009 懐徳堂 墨の道　印の宇宙 懐徳堂の美と学問 湯浅邦弘 著 定価 本体1700円+税

010 ロシア　祈りの大地 津久井定雄・有宗昌子 編 定価 本体2100円+税

011 懐徳堂 江戸時代の親孝行 湯浅邦弘 編著 定価 本体1800円+税

012 能苑逍遥㊤ 世阿弥を歩く 天野文雄 著 定価 本体2100円+税

013 わかる歴史・面白い歴史・役に立つ歴史 歴史学と歴史教育の再生をめざして 桃木至朗 著 定価 本体2000円+税

014 芸術と福祉 アーティストとしての人間 藤田治彦 編 定価 本体2200円+税

015 主婦になったパリのブルジョワ女性たち 一〇〇年前の新聞・雑誌から読み解く 松田祐子 著 定価 本体2100円+税

016 医療技術と器具の社会史 聴診器と顕微鏡をめぐる文化 山中浩司 著 定価 本体2200円+税

017 能苑逍遥㊥ 能という演劇を歩く 天野文雄 著 定価 本体2100円+税

018 太陽光が育くむ地球のエネルギー 光合成から光発電へ 濱川圭弘・太和田善久 編著 定価 本体1600円+税

019 能苑逍遥㊦ 能の歴史を歩く 天野文雄 著 定価 本体2100円+税

020 懐徳堂 市民大学の誕生 大坂学問所懐徳堂の再興 竹田健二 著 定価 本体2000円+税

021 古代語の謎を解く 蜂矢真郷 著 定価 本体2300円+税

022 地球人として誇れる日本をめざして 日米関係からの洞察と提言 松田武 著 定価 本体1800円+税

023 フランス表象文化史 美のモニュメント 和田章男 著 定価 本体2000円+税

024 懐徳堂 漢学と洋学 伝統と新知識のはざまで 岸田知子 著 定価 本体1700円+税

025 ベルリン・歴史の旅 都市空間に刻まれた変容の歴史 平田達治 著 定価 本体2200円+税

026 下痢、ストレスは腸にくる 石蔵文信 著 定価 本体1300円+税

027 セルフメディケーションのための くすりの話 那須正夫 著 定価 本体1100円+税

028 格差をこえる学校づくり 関西の挑戦 志水宏吉 編 定価 本体2000円+税

029 リン資源枯渇危機とはなにか リンはいのちの元素 大竹久夫 編著 定価 本体1700円+税

030 実況《ライブ》・料理生物学 小倉明彦 著 定価 本体1700円+税

031 **夫源病**
こんなアタシに誰がした
石蔵文信 著
定価 本体1300円+税

032 **ああ、誰がシャガールを理解したでしょうか?** CD付
二つの世界間を生き延びたイディッシュ文化の末裔
圀府寺司 編著
定価 本体2000円+税

033 懐徳堂 **懐徳堂ゆかりの絵画**
奥平俊六 編著
定価 本体2000円+税

034 **試練と成熟**
自己変容の哲学
中岡成文 著
定価 本体1900円+税

035 **ひとり親家庭を支援するために**
その現実から支援策を学ぶ
神原文子 編著
定価 本体1900円+税

036 **知財インテリジェンス**
知識経済社会を生き抜く基本教養
玉井誠一郎 著
定価 本体2000円+税

037 **幕末鼓笛隊**
土着化する西洋音楽
奥中康人 著
定価 本体1900円+税

038 **ヨーゼフ・ラスカと宝塚交響楽団**
(付録CD「ヨーゼフ・ラスカの音楽」)
根岸一美 著
定価 本体2000円+税

039 **上田秋成**
絆としての文芸
飯倉洋一 著
定価 本体2000円+税

040 **フランス児童文学のファンタジー**
石澤小枝子・高岡厚子・竹田順子 著
定価 本体2200円+税

041 **東アジア新世紀**
リゾーム型システムの生成
河森正人 著
定価 本体1900円+税

042 **芸術と脳**
絵画と文学、時間と空間の脳科学
近藤寿人 編
定価 本体2200円+税

043 **グローバル社会のコミュニティ防災**
多文化共生のさきに
吉富志津代 著
定価 本体1700円+税

044 **グローバルヒストリーと帝国**
秋田茂・桃木至朗 編
定価 本体2100円+税

045 **屛風をひらくとき**
どこからでも読める日本絵画史入門
奥平俊六 著
定価 本体2100円+税

046 **アメリカ文化のサプリメント**
多面国家のイメージと現実
森岡裕一 著
定価 本体2100円+税

047 **ヘラクレスは繰り返し現われる**
夢と不安のギリシア神話
内田次信 著
定価 本体1800円+税

048 **アーカイブ・ボランティア**
国内の被災地で、そして海外の難民資料を
大西愛 編
定価 本体1700円+税

049 **サッカーボールひとつで社会を変える**
スポーツを通じた社会開発の現場から
岡田千あき 著
定価 本体2000円+税

050 **女たちの満洲**
多民族空間を生きて
生田美智子 編
定価 本体2100円+税

051 **隕石でわかる宇宙惑星科学**
松田准一 著
定価 本体1600円+税

052 **むかしの家に学ぶ**
登録文化財からの発信
畑田耕一 編著
定価 本体1600円+税

053 **奇想天外だから史実**
天神伝承を読み解く
髙島幸次 著
定価 本体1800円+税

054 **とまどう男たち—生き方編**
伊藤公雄・山中浩司 編著
定価 本体1600円+税

055 **とまどう男たち—死に方編**
大村英昭・山中浩司 編著
定価 本体1500円+税

056 **グローバルヒストリーと戦争**
秋田茂・桃木至朗 編著
定価 本体2300円+税

057 **世阿弥を学び、世阿弥に学ぶ**
大槻文藏監修 天野文雄 編集
定価 本体2300円+税

058 **古代語の謎を解く Ⅱ**
蜂矢真郷 著
定価 本体2100円+税

059 **地震・火山や生物でわかる地球の科学**
松田准一 著
定価 本体1600円+税

060 **こう読めば面白い! フランス流日本文学**
子規から太宰まで
柏木隆雄 著
定価 本体2100円+税

061 歯周病なんか怖くない
歯学部教授が書いたやさしい歯と歯ぐきの本
村上伸也 編
定価 本体1300円+税

062 みんなの体をまもる免疫学のはなし
対話で学ぶ役立つ講義
坂野上淳 著
定価 本体1600円+税

063 フランスの歌いつがれる子ども歌
石澤小枝子・高岡厚子・竹田順子 著
定価 本体1800円+税

064 黄砂の越境マネジメント
黄土・植林・援助を問いなおす
深尾葉子 著
定価 本体2300円+税

065 古墳時代に魅せられて
都出比呂志 著
定価 本体1700円+税

066 「羅生門」の世界と芥川文学
清水康次 著
定価 本体2000円+税

067 心と身体のあいだ
ユング派の類心的イマジネーションが開く視界《ヴィジョン》
老松克博 著
定価 本体1900円+税

068 日本を彩る香りの記憶
内野花 著
定価 本体1600円+税

069 ほんとうのトコロ、認知症ってなに？
山川みやえ・土岐博・佐藤眞一 著
定価 本体1600円+税

070 公文書をアーカイブする
事実は記録されている
小川千代子・菅真城・大西愛 編著
定価 本体1800円+税

（四六判並製カバー装。定価は本体価格＋税。以下続刊）